【新訳】

# 地下室の記録

ドストエフスキー

亀山郁夫［訳］

集英社

目次

装丁　大久保伸子
装画・挿絵　伊藤　彰剛

# 新訳　地下室の記録

## 運命の大いなる力に組みしかれた、新たな不確実性の世界――まえがきにかえて

わたしたちは今、幸福と不幸が、美と醜とが、ことによると、善と悪の観念さえもが瞬く間に反転しかねない危険な時代に生きている。わたしたちは日々臆病になり、感動を失い、どんな小さな安定にでもすがりつこうと必死にあがき続けている。現代の若いひとたちの間に広がる「内向き」の行動志向も、病根はおそらく同じだ。

他方、ごく少数ながら、自分ないしエゴという名の殻にあえて引きこもろうとする若者たちがいる。彼らのそうした行為をポジティヴに名づけるなら、「籠城」という言葉が何よりふさわしい。彼らは、自分の弱さを自覚し、ひたすら自分を責めさいなみ、そこに喜びさえ見出しているが、その結果、彼らにできることと言えば、まばゆい光に溢れる外界にむかって、悪意ある唾を吐きかけることだけだ。けれど、そんな彼らが、ひそかに思い描いている夢がある。驚くべきことに、その夢は、どこまでも純粋かつラディカルである。といって、遠い将来における勝ち組をめざす、といったしたたかな打算に裏打ちされているわけでもない。なぜなら、純粋かつラディカルであるということ、それは、外界や自分のありようを曇りのないリアルな目で見つめる態度を言うからである。そもそもリアリズムとは、負の現実、

すなわち不幸や醜悪や悪を志向する。ところが、そのような精神の持ち主にも、時として、めくるめく幸福への欲求や、私心のない美しい夢や、自己犠牲の精神が脈うつことがあるのだ。それこそが、リアリズムの真骨頂というべきものではないだろうか。

さて、ここに、「地下室人」と呼ばれる一人の男がいる。まさに矛盾だらけといってよい人物であり、自分の矛盾に傷つき、その傷を舌先でなめまわしながら、なおかつ『美しく崇高なもの』に憧れ、外界との、涙ながらの和解を願い続けている。その彼が住みついている「地下室」とは、言い換えるなら、青春時代を生きるだれもが一度はくぐりぬけなくてはならない〝戦場〟――そして彼自身、たとえどれほど意識の病いに苦しめられ、恥辱にまみれ、道化の役割を強いられようと、ほかのだれにもまして高潔な戦士であり、ほんものの人間と呼ぶに値する存在なのである。

ドストエフスキーはこの人物を通して、ある一つの真実を語りかけようとした。すなわち、この〝戦場〟を戦いぬくことなく、遠い将来、一個の自立した人間として大きな成熟を手にすることはできないということを。この『記録』にこめられているのは、おそらく若いドストエフスキーが身をもって経験した躓《つまず》きの記憶だが、その痛々しい記憶の彼方に輝いているものこそ、人間の真実、あるいは人間の生命という聖なるオーラなのである。

# 第一部

# 地下室

この記録の書き手も、『記録』そのものも、むろん、フィクションである。しかし、わたしたちの社会が全体としてかたちづくられてきた状況を考慮すると、こうした記録の書き手のような人物がこの社会に存在しても少しもふしぎではないどころか、むしろ存在して当然だという気がする。わたしは、つい先頃の時代に特徴的だったひとりの人物を、ふつうより多少とも際だたせるかたちで、公衆の面前に連れだしたいと思った。この人物は、今なお生きながらえている世代を代表するひとりである。「地下室」と題するこの断章で、この人物は、自己紹介がてらみずからの考えを表明し、わたしたちの世界に現れた理由、いや、現れざるをえなかった理由を明らかにしようとしているかのようにみえる。その先の断章では、この男の人生に起こったいくつかの事件にまつわる、まぎれもない『記録』が続くことになる。

フョードル・ドストエフスキー

# 1

わたしは、病んだ人間だ……わたしは、底意地が悪く、およそ人に好かれるような男ではない。肝臓でも悪いのではないか、と思う。もっとも、自分の病気のことなど、わたしはつゆほども考えたことはないし、この体のどこが悪いかも、正確にはわかっていない。医学にしろ、医者にしろ、それなりに敬意ははらっているが、現に今、医者にかかっているわけでもなければ、これまでも一度として医者の世話になったことはない。おまけに、わたしは極端なほど迷信深いときている。つまり、そう、医学に敬意をはらうことができるほどには迷信深いということだ（わたしは十分な教育を受けてきたので、迷信深くなるはずなどないのだが、それでも妙に迷信深いところがある）。いや、ちがう。わたしが医者の世話になろうとしないのは、底意地が悪いせいだ。そのあたり、きっとご理解いただけないだろう。いや、それならそれでいい、こちらはちゃんと理解しているのだから。わたしにしても、むろんこの場合、はたしてだれにこの憎しみをぶつけているのか、うまくは説明できない。もっとも、医者の世話にならないと息まいたところで、べつに彼らの面《つら》を汚したことにはならないくらいわたしもよく承知している。それに、わたしはだれよりもよく理解している、そんなことをして損をするのは自分ひとりで、ほかのだれでもない、ということも。しかしそこまでわかっていて、なおかつ医者にかからないとすれば、これはもう底意地が悪いせいとしか言いようがない。肝臓が悪いのなら、それでもけっこう、もっと悪くなればいいだけのことだ！

わたしはもうだいぶ前からこんなふうな生き方をしている、二十年間も。今は四十歳。以前は、役所づとめをしていたが、現在ではそれもやめてしまっている。わたしは底意地の悪い役人だった。相手にわざと邪慳《じゃけん》な態度をとっては、そうすることに快感を覚えてきた。なんせ賄賂《わいろ》をとるようなことはしてこなかったから、せめてそれぐらいの褒美は与えられてあたりまえと思っていた（悪いジョークだと思って書いたつもりでいたが、こう見ると自分でもよくわかる。たんにいやらしく気どってみせたかっただけのことだ、と。だとしたら、ここは意地でもとり消さないでおく！）。わたしがむかっている役所のデスクに、証明書のたぐいをもらいにいろんな請願人がたずねてきたころ、わたしはわざと連中に嚙みつき、それがうまくいって相手が意気消沈したとわかると、えも言われぬ快感を覚えたものだった。たいていの場合、それがうまくいった。大半が、臆病な連中だったからである。請願人なんて、たかがしれている。ところが、そのなかにひとり、わたしがとくに腹にすえかねていた小生意気な将校がいた。その将校は、なんとしてもこちらの言うことをきかず、嫌味にサーベルをがちゃつかせるのだった。わたしはその男と、このサーベルの件で一年半も戦いを続けた。そしてやっとのことで男を屈伏させることができた。こうして男はがちゃつかせるのをやめた。もっとも、これはわたしがまだ若かったころの話である。ところで、諸君、きみたちにはおわかりだろうか、わたしの底意地の悪さの最大のポイントがいったいどこにあるか？ たしかに、問題の本質、つまり、もっとも唾棄《だき》すべき点は、次のようなところにある。すなわち、どうしようもなくはげしい癇癪《かんしゃく》を起こしているときですら、自分はたんに底意地が悪いわけでも、いや、癇癪もちですらなく、愚かなスズメどもをいたずらに驚かせ、それをもって気慰めにしているにすぎないことを恥しらずにもはっきり自覚していたということだ。口もとに泡まで吹いて激昂しているくせに、ちっちゃな人形をひとつでもあてがわれるか、シュガー付きのお茶を一杯出されるかすれば、たちまちおとなしくなってしまう。いや、心底、感激してしまうかもしれない。たとえそのあとで、確実に歯ぎしりし、恥ずかしさのあまり何カ月にもわたって不眠に苦しめられるようなことになっても。わたしの性癖なんて、だいたいがそんなところである。

さっき、自分のことを底意地の悪い役人などと言ったのは、嘘である。底意地が悪いせいで、嘘をついたまでのことだ。わたしはたんに、請願人やら将校やらをからかってみせただけで、じつのところ一度として底意地が悪かったためしはない。むしろ、それとはまったく逆の要素がうんざりするほど自分のなかにあることを絶えず意識してきた。その逆の要素がわたしのなかではげしくうごめいているのを感じていた。そしてその要素がわたしのなかでずっとうごめきながら、しきりに外へ出ようとあがいていることもわかっていた。しかし、けっしてそれらを解き放ってはやらなかったし、やろうともしなかった、いや、わざと放とうとしなかった。それでいて、その逆の要素に、自分でも情けないほど苦しめられ、そのせいで引きつけまで起こしたことがある。そしてとうとうすべてにうんざりしてしまった。ほんとうにうんざりしてしまった！　諸君、きみたちには、わたしがこれからきみたちの前で何かを懺悔《ざんげ》し、何かしら許しを請おうとしているように見えるのではないか？……きっとそんなふうに見えているにちがいないとわたしは思う……ここはしかし、はっきりさせておく。たとえ、きみたちにそんなふうに見えようと見えまいと、そんなのはもうわたしにとってどうでもいいことなのだ……

　わたしは、たんに底意地の悪い人間どころか、何者にもなれなかった。悪人にも、善人にも、卑怯者にも、正直者にも、ヒーローにも、虫けらにもなれなかった。今では、自分がこと決めた穴蔵に引きこもって、賢い人間が何かしらまともな何者かになれるはずはない、何者かになれるのは、馬鹿者だけだ、とか、それこそ悪意のこもる、そんな愚にもつかない慰めでもって自分を嘲りながら生きている。そもそも、十九世紀の賢い人間が意気地なしなのは当然のことだし、道義的にも、意気地なしであるべき義務を負っている。逆に、強い性格をもった人間、つまり実践家というのは、だいたいのところが了見のせまい連中である。

これは、これまで四十年間生きてきたわたしの信念とでも言うべきものだ。わたしは今、四十歳だが、四十年というのは、人間の一生分にひとしい。なんといっても、これはもう、おそろしいぐらいの高齢である。四十を越えて生きるなどというのは、ぶしつけもはなはだしい。下劣だし、非道徳的と言ってもいいくらいだ！　四十歳を越えて生きている人間が、はたしてどんな連中か、さあ、まじめに、本気で答えてもらいたい。いや、それがどんな連中かは、このわたしが答えてやろう。そう、馬鹿者とろくでなし。すべての年寄り連中に面とむかってそう言ってやる、香水をぷんぷんさせた、銀髪の年寄り連中に！　全世界に面とむかって言ってやる！　わたしにこんなことが言えるのは、わたし自身、六十歳まで生きのびるつもりでいるからだ。いや、七十歳までだって生きのびてやる！　八十まででも、生きのびてみせる！　ちょっと待った！　ちょっとひと息つかせてくれ……。

ひょっとして、諸君は、このわたしがきみたちの笑いをとろうとしているとでもお考えだろうか？　いや、それは見こみちがいもはなはだしい。わたしは、きみたちが思っているような、あるいは思っているかもしれないような脳天気な人間ではまったくない。もっとも、きみたちが、わたしのおしゃべりに苛《いら》つきだして（きみたちが苛ついていることは、こちらもうすうす勘づいている）、「そうおっしゃるあなたって、いったいどこの何者ですか」とでも質問を投げかけてくる気になったなら、こう答えてやろう。「いや、何、一介の八等官[*1]にすぎませんよ」と。わたしはこれまで、なんとか食いつないでいこうと（しかし、もっぱらそのためだけに）役所づとめをしてきたが、昨年、遠縁にあたる親戚のひとりが、六千[*2]ルーブルの金を遺言にして残してくれたのをきっかけにさっさと職をしりぞき、ここと決めたこの片隅に住みついた。以前からこの部屋に住んではいたのだが、今度はそこに住みついたというわけだ。わたしの部屋は、おんぼろの、薄ぎたないやつで、場所はペテルブルクのはずれにある。手伝いの女は、田舎出の、年寄りばあさん。物わかりが悪いせいで怒りっぽく、そのうえ、いつもいやな臭いをぷんぷんさせている。人から、ペテルブルクの気候は体によくないとか、そんなはした金じゃペテルブルク暮らしもけっこうきついでしょう、とか言われるが、そんなことは百も承知である。経験も知恵もある世話好きの連中やら、そこらの知ったかぶりどもより、よくわかっている。けれど、わたしはこうしてペテルブルクに留まっている。ペテルブルクから出ていく気などさらさらない！　出ていかない、そのわけというのは……まったく！　わたしが出ていこうが、出ていくまいが、そんなこと、ほんとうにどうでもいい話ではないか。

　しかし、それはともかく、ひとりのまともな人間が、最高に満足しながら話せる話題とは何だろう？

　答え。自分の話。

　さて、そんなわけで、わたしも自分の話をしようと思う。

## 2

諸君、きみたちが聞きたかろうが、聞きたくなかろうが、いっこうにかまわない。わたしがこれから聞かせようとしているのは、このわたしが、なぜ、虫けらにもなりそこねたか、という話である。ここで堂々と言わせてもらうが、わたしは何度も虫けらになりたいと願ってきた。けれど、わたしはその虫けらにさえ値しなかった。諸君、わたしは誓って言う。意識しすぎるということ、これは病いである。まぎれもない、ほんものの病いである。人間の日頃の生活にとって、意識は、ごく並みの人間がもっている程度のものでも十分すぎるくらいなのだ。つまり、この不幸な十九世紀に生きる教養人、しかも、この、地球でもっとも抽象的かつフィクショナルな町ペテルブルクに暮らすという二重の不幸を背負った人間にあたえられた意識の分量の半分、ないし四分の一以下でも十分すぎるくらいである（町には、フィクショナルな町と、フィクショナルではない町がある）。たとえて言うなら、いわゆる直情径行型の人間や実践家が生きていくうえで必要な意識の程度でまったく十分である。なんなら賭けをしたっていい。きみたちは、こう考えておられるにちがいない。つまり、わたしがこんなふうな書き方をするのは、実践家の連中をやりこめてやろうと強がりを言っているだけのことで、それも、例の将校が、サーベルをがちゃつかせていたのと同じ悪趣味な空いばりにすぎない、と。しかし、諸君、いったいどこのだれが、自分の病気をひけらかしたり、それでもって恰好などつけたりするだろうか?

それにしても、わたしはいったい何をおしゃべりしている? 病気をひけらかすなんて、だれもがやっていることではないか。といっても、わたしは、その最たるものだろうが。しかしこれ以上、とやかく議論するのはやめにする。わたしの反論など、じつに馬鹿げているから。しかし、それでもわたしはこう固く信じている。つまり、ありすぎる意識ばかりか、どんな意識も病いである、ということ。この点はゆずらない。しかし、この話もしばらくの間、脇に置いておく。それより、ひとつわたしに教えてほしい。わたしが、そう、あの瞬間、わたしたちがかつてよく口にした『すべての美しくて崇高なもの』[*3]のニュアンスを隅々まで意識できたあの瞬間、どうしてわたしにはそれが意識できず、まるで図ったように、ああいった見苦しいふるまいにおよんだのか、ということだ。それもそう、要するに、おそらくはだれもがやっていることなのだろうが、しかし、まるでねらいすましたように、絶対にしてはいけないとことさら意識しているときに、ついやってしまうのだった。善とか、この、『美しくて崇高なもの』を意識すればするほど、ますます自分の汚濁にはまり、すっぽりそこに浸かったままいよいよ身動きがとれなくなってしまう。しかし、大事な特徴は、次の点にあった、すなわち、こうしたもろもろのことが、わたしのなかでは偶然に起こるというより、むしろそうなってあたりまえとでもいわんばかりに生じるということである。あたかもそれが、わたしのきわめてノーマルな状態であり、病いとか、憑きものといったものではまったくないかのように思えるので、わたし自身、ついには、この憑きものと戦う気力も萎《な》えてしまった。そしてとどのつまり、当のわたしが、これこそ自分のノーマルな状態なのだと信じかけるところだった（ひょっとして、ほんとうにそう信じていたかもしれない）。しかし初めのうち、わたしはこの戦いでどれほどの苦しみを味わったことだろう！　ほかの連中にもこういった事実があるなど、とても信じられなかったので、その後もずっとこれについては口を閉ざし、まるで秘密か何かのように胸の奥にしまいこんできた。わたしは恥ずかしかった（ことによると、今だって恥ずかしく思っているかもしれない）。なぜなら、わたしは、なにやら隠微で、アブノーマルで、いやらしい快楽まで感じるほどになっていたからである。どうかすると反吐《へど》が出そうなくらい忌まわしいペテルブルクの夜更け、わたしはこのいつもの寝ぐらに戻ってくる、今日もまた醜悪なことをしでかしてしまった、でも、やってしまったことはもう絶対に取りかえしがつかない、と意識し、心ひそかに自分に嚙みつき、わが身を切りきざんで、しゃぶりつくす。すると、その悔しさがいつしか、なにやら、卑劣な、のろわしい甘美さとなり、やがては、確固たる、まぎれもない快楽に変わっていくのだ！　たしかにそう、快楽、快楽そのものに変化するのだ！　この点はゆずらない。わたしがこんなことを言いだしたのは、これと同じような快楽を経験している人間がはたしてほかにもいるのかどうか、つねづねそのことをはっきり確かめたいと思っていたからである。説明しよう。

この場合、快楽というのは、ほかでもない、自分の屈辱をあまりにも鮮明に意識するところから生まれてくる。自分はもうどんづまりにまで来てしまった、こいつはどうにも忌まわしいことだが、かといって、ほかにどうしようもない、と感じるところから生まれてくる。もう出口もない、かといってけっして他人にもなり代わりようがない、いや、かりにまだ、ほかの何かになりおおせる時間と信念が残されているとしても、当のわたしがそれを望まないし、かりに望んだとしても、何もせずにいるにちがいない。なぜなら、じっさいに、ほかになり代われるものなど何もないかもしれないからだ。究極のところ、何が問題かといえば、これらはみな、意識過剰の、ノーマルかつ基本法則にしたがって、その法則からじかに派生する惰性から生まれるという点である。したがって、もはや何者かになり代わることはおろか、そもそもの話、手も足も出ない。たとえば、意識過剰におちいった結果、こんなふうなことになる。つまり、もしも卑怯者が、自分をほんとうに卑怯者だと感じているのなら、卑怯者であることは正しい、それが卑怯者にとっては気慰めになるのだから――。しかし、もううんざり……まったく、ろくでもない御託を並べたてたものだが、これでいったい何が説明できたというのか？……快楽の何が説明できるというのか？　でも、わたしは説明してみせる！　こうなったら行けるところまで行く！　そのためにこそこうしてペンを手にしたのだから……。

たとえば、わたしは、おそろしく自尊心が強い。せむしか、小人みたいに猜疑心《さいぎしん》が強く、怒りっぽいときている。しかし、そういうわたしにもたしかにこういう瞬間があった。つまり、このわたしが人に平手打ちを食わされることがあったとして、ひょっとすると、その平手打ちさえ喜んだかもしれない瞬間である。まじめな話、わたしはそのときですら、確実に、ある種の快楽を見いだすことができるだろう。それはむろん、絶望の快楽といったものなのだが、そうした絶望のなかにこそ、しばしば灼《や》けるような快楽がひそんでいるものなのだ。自分にはもう逃げ場がないといった状態をひじょうにつよく意識する場合がとくにそうである。で、この平手打ちを食らった場合などは、もう面目を丸つぶしにされたという意識に打ちのめされることになる。そこでもっとも重要なのは、どう理屈をこねたところで、結局のところ、わたしがいつもあらゆる点でいの一番に悪者にされる、しかも何より癪にさわるのは、べつにわたしが悪いわけでもないのに、言ってみれば、自然の法則でもって悪者にされてしまう点である。悪者にされるそもそもの理由は、わたしがまわりにいるだれよりも賢いという点にある（わたしは、絶えず、自分のまわりにいるだれよりも自分を賢いとみなしてきたし、時として、そのことを良心に恥じてもきた。少なくとも、わたしはこれまで、どういうわけかそっぽばかり見てきて、人の目をしっかり見すえるということがなかった）。それともうひとつ、わたしが悪者にされてきた理由は、かりにこのわたしに寛大な心があったとしても、そんな寛大さなど何の役にも立たないと意識しているので、よりいっそう苦労を抱えこまざるをえなくなった点である。寛大な心があるからといって、わたしは、きっと、それをどうすることもできなかっただろう。むろん、相手を許すこともままならない。というのも、ひょっとして相手がわたしをなぐりつけたのは、たんに自然の法則にしたがったまでのことかもしれないし、それが、自然の法則とあっては、許すも何もあったものではない。むろん、忘れることもおぼつかない。なぜなら、たとえ相手が自然の法則であっても、自分の腹立たしさに変わりはないからである。最後に、わたしが寛大になることをきっぱり諦め、逆に、無礼者に復讐しようと願ったところで、だれにも、何ひとつとして復讐できないにちがいない。なにしろ、かりにそのチャンスがあったにしても、わたしには何かをしでかす決心などどうていつくはずもないからだ。では、どうして決心ができないのか？　この点については、わたしとしても、とくにひと言述べておきたい。

## 3

自分の恨みをはらすことのできる人間、総じて、自分の立場を守ることのできる人間の場合、たとえば、このあたりの事情はどうなっているのか？　思うに、いったん復讐心にとりつかれたが最後、彼らの全存在から、少なくともその間、復讐という思い以外のすべての感情が姿を消してしまう。そういった人物は、いきり立った雄牛のように、角を低くかまえ、目標めがけてがむしゃらに突きすすんでいくので、制止できるものといえば、壁しかない

（ちなみに、こうした輩《やから》、つまり、直情径行型の人間や実践家というのは、そうやって壁に突きあたると、もろにお手上げということになってしまう。彼らにとって、壁は、たとえば、わたしたちのような思索する人間、したがって何もしていない人間と異なり、逃げ口上にはならない。途中で道をひき返す口実にもならない。わたしたちの同類なら、ふつうはろくに信じてもいないくせして、それをもっけの幸いとばかりに飛びつくところだが。いや、彼らは本気でお手上げということになる。彼らにとって、壁とは、一種の安定剤のようなもの、精神《こころ》の悩みを解いてくれる何かしら最終的なもの、おそらくは神秘的なものですらあるのだ……しかし、壁の話はあとに回すことにしよう）。しかしわたしは、ほかでもない、こういった直情径行型の人間こそ、正真正銘、ノーマルな人間とみなしている。それは、優しい母なる自然がこの地上にそっと産み落とす際にかくあれかしと願った人間。そんな人間が、わたしはもう、癪にさわるほど羨ましくてならない。彼はたしかに賢くはないし、その点でとやかく言いあらそうつもりもないが、ひょっとして、ノーマルな人間とは、そもそも賢くなくて当然なのかもしれない。そうではないとはたしてだれに言えるのか。ことによると、それはそれでじつにけっこうな話かもしれない。わたしはそこでますます底意地の悪い、言ってみれば、疑念にかられることになる。というのも、たとえば、ノーマルな人間のアンチテーゼ、すなわち過剰な意識をもち、むろん自然の懐ではなくて、[*4]レトルトから出てきたような人間（これは、諸君、もうほとんど神秘主義に近くなるが、わたしはそのことにもうすうす気づいている）を例にした場合、このレトルト人間は時として、自分のアンチテーゼの前ではもろにお手上げということになって、過剰な意識を抱えこんだまま、自分はネズミであって、人間ではないと本心から思いこんでしまうようなことがあるからである。たとえ、過剰な意識をもったネズミであっても、ネズミであることに変わりはない、ところがむこうは人間、とくれば……。しかも、ここが肝心な点だが、だれひとりそう頼んでいるわけでもないのに、彼は自分から勝手にネズミと思いこんでいる。まさにここが重要なポイントなのだ。そこでひとつ、このネズミが行動しているところを覗いてみよう。たとえば、このネズミもまた何かしら恨みをいだいており（このネズミはほとんどいつも腹を立てている）、復讐したいと願っているとする。このネズミのなかでは、ひょっとして、その恨みが、l'homme de la nature et de la vérité*5（自然と真理の人間）よりもはるかに鬱積しているかもしれない。自分を侮辱した相手に、同じ侮辱をぶつけて復讐してやりたいという、下劣で浅ましい憎しみが、ネズミの心をこの自然と真理の人間にもましてはるかに醜悪にさいなんでいるかもしれない。なぜなら、自然と真理の人間は、もって生まれた浅はかさゆえに、自分の復讐をきわめて単純に正義とみなしているが、ネズミのほうは、その過剰な意識のせいで、復讐の正当性といったものを否定しているからである。ネズミはついにその事業に、つまり、復讐という行為そのものに立ちいたる。不幸なネズミはすでに、本来の醜悪さのほかにも、疑問やら疑念といったかたちで、それと同じくらいたくさんの醜悪さを身のまわりに山と積みあげている。ひとつの問題に引きずられ、あまりに多くの未解決の問題が出てきてしまうため、ネズミのまわりには否応《いやおう》なく、何かしら宿命的なごった煮やら、悪臭ただよう泥水が溜まっていく。その泥水が何でできているかと言えば、ネズミ自身の疑念や動揺、はたまた、裁判官や独裁者といった姿で勝ちほこったように周囲に立ちふさがり、あらんかぎりの声で高笑いを浴びせかける直情径行タイプの実践家の口から吐きだされる唾である。むろん、ネズミとしては、もうけっこうです、と言わんばかりに前肢をふり、自信なげなうわべだけの軽蔑の笑みを浮かべながら、すごすごと自分の寝ぐらにすべりこむしかない。そこで、その、悪臭ただよう薄汚い地下室で、傷つき、打ちひしがれて、みなの笑いものとなったわれらがネズミ君は、冷たく毒々しい、しかも、果てもない憎悪にすみやかに身を沈めることになる。この四十年間に受けた屈辱を、もっとも恥ずべきディテールのすみずみまであらいざらい思い起こし、しかもそのたびに、それよりさらに恥ずべきディテールを勝手につけ足しては、自分が作りあげた妄想で意地悪く自分を嘲り、苛立たせるというわけである。自分がいだいた妄想にわれながら恥ずかしくなるが、それでも懲りずあれこれ思いだしては、ひとつひとつを吟味し、こんなことだって起こりえたかもしれないというのを口実に、およそありもしないでたらめを考えだし、そのくせそうした屈辱のどれひとつとして容赦はしない。復讐をはじめるといっても、おそらくそれは、妙に中途半端で、ちまちました匿名式のやり方であり、復讐する権利が自分にあるとも、復讐が成功に終わるとも、まともには信じていない。

しかも、こうしてあれこれ復讐のための手段を尽くしたところで、復讐する相手より自分のほうが百倍苦しむだけで、相手はおそらく痛くもかゆくもないことを前もって知っている。臨終の床にあっても、積もり積もった利子ともどもも改めてすべてを思い返すにちがいない、そして……だが、まさしくこの、冷たく、おぞましい、絶望と希望が相半ばした状態、悲しみのあまり意識的に自分を生き埋めにしてきた事実、四十年におよぶ地下室、こうしてやっきになって作りあげてはみたが、それでいてどこか胡散臭い、八方塞がりの自分の立場、あるいは、自分の内側にはいりこんだまま満たされることのない欲望という毒のなかに、熱に浮かされたような動揺に、すなわち、これが最後とばかり下された決心と、その一分後にふたたび訪れてくる後悔のなかに、わたしがこれまで話してきた奇妙な快楽のエキスがひそんでいるのである。それはあまりにデリケートで、どうかすると意識に屈しない快楽であるので、目先のきかない連中や、ずぶとい神経の持ち主には、まるで何もわからないということになる。「ひょっとすると、あの連中だってわかっちゃいないのかもしれませんよ」きみたちは、にやにやしながら思わずそうつけ加えるだろう。「そう、これまで一度だって平手打ちを食らったことのない連中ですがね」そうして、きみたちは、このわたしも一度ぐらいは平手打ちを食らったことがあるのだろう、だからそんな知ったような口のきき方をするのだ、と慇懃《いんぎん》にほのめかすかもしれない。なんなら、賭けてもいいが、きみたちは確実にそう考えておられる。しかし、諸君、ここはご安心いただこう。わたしはこれまで、平手打ちなど一度も食らったことはない。といって、きみたちがそれをどうとらえようが、わたしにはまったくどうでもいいことだ。もしかしたら、こっちこそ、これまでの人生に平手打ちを食わせた経験がほとんどないのを悔んでいるかもしれないのだから。しかしもううんざりだ。きみたちからすると、やけに面白いらしいこの話題については、これ以上ひと言だって口にしないことにする。

ある種のデリケートな快楽を理解しない、ずぶとい神経の持ち主たちについて、少し落ちついて話を続けよう。この種の連中は、たとえばあるケースには、雄牛みたいに大声で吼《ほ》えちらし、それが、彼らに大いなる名声をもたらすといったこともあるわけだが、すでに述べたとおり、この種の連中は、何かしら不可能性という壁に突きあたると、すぐにおとなしくなってしまう。では、不可能性というのは、石の壁を意味しているのだろうか？　かりにそうだとして、それは、いったいどんな石の壁だろうか？　いや、なに、当然の話、それが自然の法則というものなのだし、自然科学の結論だし、つまりは数学である。たとえば、自分[*6]がサルから進化したといったことが証明されたあかつきには、もはや眉をひそめたところでいたしかたのないことだし、それはそれとしてありがたく受け入れるほかない。また、自分の脂肪の一滴は、事実上、自分と同類の人間の十万滴よりも貴いものであるはずなので、いわゆる美徳なり、義務なり、その他もろもろのたわごとや偏見が、ことごとくその結論に落ちついてしまうということが証明されでもしたら、やはりそれはそれとして認めるしかないし、ほかにはどうにも手のくだしようがなくなる。なにしろ、二二が四は、数学だからである。できるものなら、反論したまえ。

「まさか」ときみたちはたちまちどやしつけられる。「口答えなんてできるもんですか。なにしろ、二かける二は四と決まっているんですからね！　自然がどうしてきみたちにおうかがいなんか立てるもんですか。自然からすれば、きみたちの欲望とか、その法則がきみたちの気にいる、気にいらない、なんて知ったこっちゃないんです。きみたちは、それをあるがまま受け入れるべきだし、したがってその結果もすべて受け入れる義務があるんです。つまり、壁はどこまでいっても壁ってことです……うんぬん」ああ、これは！　自然の法則や、算数などこのわたしに、いったい何の関係がある。そもそも、この法則とか、二二が四とやらが大きらいときているのに。もちろん、こんな壁を額でぶちぬく気などわたしにはさらさらないし、じっさい、ぶちぬけるだけの力もない。かと言って、相手が石の壁で、こちらにはそれをぶちぬく力がないというだけの理由で、この壁と和解するつもりもない。

たしかに、こういう石の壁が心の安らぎとなり、事実、そこには、何かしら平和を約束する呪文めいたものが含まれているかのように見える。しかし、そんなのはたんに、二二が四であるからにすぎない。ああ、ばかばかしいことこのうえない！　そんなことなら、すべてを理解し、すべてを意識する、つまり、すべての不可能事や石の壁を理解したほうがずっとましというものだ。和解するなどとてもがまんできない、というなら、こういう不可能事や石の壁のどれひとつとも和解しなければいい。どうしても避けがたいロジックの組み合わせをたどって、思いきり恥ずかしい結論にまで辿りついてやるのだ。つまり、自分にまるきり非などないのは火を見るより明らかだが、その石の壁にまで自分には責任があるのだ、という永遠のテーマをめぐる結論である。その結果、黙々と無力に歯ぎしりしながら、惰性にどっぷりと身をゆだね、こんなふうな空想にふけることになる。つまり、自分には、腹を立てようにもその相手がいない、対象も見つからない、ことによるとそんなものはけっして現れないかもしれない、そこにあるのは、すり替え、ごまかし、ペテンであり、たんなるたわごとにすぎないという――。しかし、それが何か、それがだれなのかもわからないながら、そうして何もかもわからず、何もかもがペテンなのにもかかわらず、やはり、きみたちには痛みが残る。わけがわからなくなればなるほど、痛みはひどくなるというわけだ!

# 4

「は、は、は! そこまでおっしゃるなら、歯痛《はいた》にだって快楽が見いだせますね!」ときみたちは笑って叫びだすかもしれない。

「だからどうしました? 歯痛にだってちゃんと快楽はありますよ」とわたしは答える。まるひと月も歯痛に苦しんだ経験があるので、わたしにはちゃんとわかっているのだ。その場合、むろん、だまったまま腹を立てているわけにもいかず、呻《うめ》き声をあげる。ところがこの呻き声というのがまた曲者で、何やら悪意のこもる呻き声なのだが、問題はまさにこの悪意にひそんでいる。この呻き声には、歯痛に苦しむ人間の快楽が表現されている。もしも歯痛に快楽を感じていなかったら、呻き声などあげるわけもない。諸君、この例はなかなか気がきいているので、これをひとつ敷えんしてみようと思う。この呻き声に表現されているのは、まず、きみたちが感じている痛みには目的がないという、わたしたちの意識からするときわめて屈辱的な事実である。それこそがまさに、自然の法則というやつで、当然のことながら、そんなものには唾でも吐きかけてやりたいと念じているが、きみたちはやはりそれに苦しみ、相手といえば、すずしい顔をしている。そこにはまた、敵がいるわけでもないのに、痛みは存在するといった意識も表現されている。ワーゲンハイム先生[*7]並みの医者をどれだけそろえたところで、自分は完全に歯痛の奴隷であるという意識、だれかがその気になれば、きみたちの歯痛にもストップがかかるが、もしその気にならなければ、それからさらに三カ月だって痛みが続くだろうという意識である。そしてとどめには、きみたちがそれでも同意せず、あいも変わらず抵抗し続けるとしても、きみたちはもう、自分の気慰みにわれとわが身を鞭うつか、目の前の壁に拳をこっぴどく叩きつけるかしかなく、それ以外にはもうどうにも打つ手がないという意識である。ところが、そう、まさしくそういった血まみれの屈辱や、だれから浴びせられたかもわからない嘲笑から、いずれ快楽がはじまるというわけなのだ。それも、時として最高の肉体的快感にまで達することがある。諸君、きみたちにひとつお願いしようと思う。いつか機会があったら、歯痛に苦しんでいる十九世紀の教養人の呻き声によく耳を傾けていただきたい。痛みだして二日目、ないしは三日目がいい。そのときはもう、一日目に呻いていたときとはまるで別の呻き方、つまり、たんに歯が痛むというのとはちがう呻き方になっている。どこかのあらくれ農夫のそれともちがって、発達とヨーロッパ文明に感化された人間、今ふうに言う「土壌と民衆的な原理を放棄した」*8人間が呻くような呻き方になっている。その呻き声と言ったら、なんだか、やけにいやらしく、下劣で悪意のある調子で、それが昼となく夜となくひっきりなしに続く。そしてじっさいにそんな呻き声を出してみたところで、自分にどんな利益ももたらさないことを当人からしてちゃんと弁《わきま》えている。自分ばかりか他人をもむなしく引き裂き、苛立たせることをだれよりもよく弁えている。それどころか、彼が必死に演技してみせている相手や、彼の家族全員までもが、すでにげんなりしながら耳を傾け、かけらほどもその呻き声を本気にしていないし、あんなふうな妙に気どった装飾音などやめてもっと素直に呻けばいいのに、あれじゃ、たんに悪意から意地になって悪ふざけをしているだけと考えていることもちゃんと弁えている。ところが、官能ってやつは、まさにそういった意識や屈辱のなかにこそひそんでいるのだ。《わたしはきみたちを悩ませ、心をかき乱し、家じゅうのものを眠らせようとしない。それならそれで、きみたちも眠るのを諦め、わたしは歯が痛いということを一分ごとに感じていればいいさ。わたしは、もう、以前自分がそう思われたいと願ったようなヒーローなんかじゃなく、たんに、汚らわしい、のらくらものにすぎない。なあに、それでいいじゃないか！　きみたちがこのわたしの腹のなかを読んでくれたのを、かえってありがたく思っているくらいだ。わたしのこの卑劣な呻き声が、不快で聞いちゃいられないって？　なあに、不快なら不快でけっこう。それなら、ひとつ、もっと不快な装飾音をつけてやろうか……》これでもご理解いただけないだろうか、諸君？　いや、この官能とやらのもろもろのニュアンスを理解するには、どうやら十分に成長をとげ、意識を掘り下げなくてはならないらしい！　笑ってらっしゃる？いや、大いにけっこう。諸君、わたしの冗談はむろん、悪趣味だし、調子っぱずれだし、辻褄があってないし、やけに頼りなげだ。しかし、それはもともと、自分で自分を尊敬していないからなのだ。はたして、意識する人間に、いくらかでも自分を尊敬できるものなのだろうか？

## 5

自分が受けた屈辱の感覚にまで快楽を探しもとめようとくわだてる人間が、はたして多少でも自分を尊敬などできるものだろうか？　わたしが今こんなことを口にしたのは、べつに何か甘ったるい後悔の念に苛まれているからではない。それに、わたしは総じて「ごめんなさい、パパ、これからはもうしません」といった口のきき方には耐えられない。それというのも、自分にはそういう甘えたセリフが言えないからではなく、むしろ逆で、ことによると、それぐらいのセリフならいくらでも吐けるかもしれないからだ。いや、じつに大したものである。自分が金輪際悪くないのに、まるで図ったように、ひどい目にあわされることがよくあった。これが何にもましていまいましかった。わたしはそういうときでもまたもや心から感動し、後悔し、涙にくれることで、むろん自分をだましてきたわけだが、といって、けっして演技していたわけではない。言ってみれば、心の垂れ流しといったようなものだった……こうなるともう、自然の法則ですら責めるわけにはいかなくなるが、それでもやはり、これまでずっと、ほかの何にもましてわたしをいじめつけてきたのが自然の法則なのだ。思いだすだけで吐き気を催しそうになるし、その当時だって吐き気がしていたものである。なにしろ、わたしは、それから一分かそこらすると、こんなものは何もかもでたらめだ、嘘っぱちだ、胸くそ悪い見せかけだけの嘘だ、つまり、こういった後悔も感動も再生の誓いもすべて嘘っぱちだとの思いに、はらわたも煮えくり返らんばかりだったからである。でも、訊いてみてほしい。何のためにわたしは、こんなふうに自分を責め、苛んできたのか？　答え。たんに腕組みしてすわっているのが、退屈このうえなかったから。こんな酔狂なふるまいにおよんだのも、じつはそういう理由なのである。たしかに、そう。諸君、もうすこしきちんと自分を観察してみるといい、そうすれば、事情はたしかにそのとおりだとわかる。わたし自身、あれこれと冒険を考えだしたり、人生をでっちあげてきたのは、とにもかくにも生きていくためだった。わざと腹を立ててみたりしたことが、何度あったろうか——たとえば、そう、べつにどうというわけでもなくわざと腹を立ててみせ、自分でもそれが演技だとわかっている。ところがそうして、自分をどんどん追いこんでいくうちに、ついには、本気で腹を立ててしまうということがよくあった。どういうわけか、わたしはこれまで、そんな悪ふざけをしでかすことに妙に憧れてきたので、とうとう自分でも抑えがきかなくなってしまった。あるときなど、むりやり恋をしてやろうとさえ思ったことがある、二度までも。いや、じっさいに恋に苦しんだこともあった。諸君、これはけっして嘘ではない。心の底では、自分が本気で苦しんでいるなどと思ってはいなかったし、せせら笑いすら聞こえていたが、それでもやはり苦しんでいたのだ。そう、本気で、一人前に。嫉妬のあまり、われを忘れることもあった……それもすべて、諸君、退屈のせいなのだ、すべては退屈のせい、惰性に押しつぶされてしまったせいだ。なにしろ、意識の直系であり、嫡出であり、直接の胎児こそ惰性、つまり、意識して、何もせずに腕組みしてすわっていることなのだから。これについてはすでに述べたとおり。くどいようだが、あえて言わせてもらおう。直情径行型の人間や実践家がおしなべて活動的なのは、彼らが鈍感であり、偏屈だからである。このことをどう説明したらよいだろう？　それはこういうことだ。彼らは、頭が偏屈なせいで、いちばん手っとり早い副次的な原因を根本原因と思いこむ。そこで、ほかのだれよりも早く、じつに安易に、自分の行動にたいするゆるぎない根拠が見つかったと信じこみ、そのままひと息つく。そう、ここが肝心なところだ。というのも、何かしら行動を起こすには、前もって完全に平静で、どんな疑念も残らないようにしておく必要がある。では、たとえばこのわたしなど、どうすれば自分を落ちつかせることができるのか？　頼りにできる根本原因が、わたしのどこにあるのか？　その基礎とやらはどこにあるのか？　どこからそれを手にいれるというのか？　わたしはわたしなりに考える訓練を積んでいる。だから、必然的に、どんな根本原因も、ただちに別の、より根本的な原因をたぐり寄せてくる、そしてそれが永遠に続く。ありとあらゆる意識と思考の本質とはまさにこのようなものではないか。したがって、これもまた自然の法則というわけである。では、結局のところ、最後はどういうことになるのか？そう、これまた同じことのくり返し。わたしがさっき、復讐について言った言葉を思いだしていただきたい（きっと諸君にはよく理解できなかったにちがいない）。人間が復讐するのは、そこに正義を見いだしているからだ、とわたしは言った。つまり、彼は、根本原因を見いだし、基礎を見いだした。ほかでもない、正義を。したがって、彼は、あらゆる面で安心しきっており、その結果、平然と、ものの見ごとに復讐を果たせる。彼には、清廉かつ正しいことをしているという信念があるからだ。しかし、わたしの場合、そんなところに正義など認めていないし、どんな善も見つけられないので、かりに復讐を考えるとすれば、ひたすら憎しみあまってという結果になる。この憎しみは、むろん、ありとあらゆるものを、わたしのどんな疑念をも打ちまかしてしまうほどのもので、それが原因でも何でもないので、かえって根本原因の代役をもののみごとに果たすことができる。しかしもし、その憎しみすらわたしになかったとするなら（さっきのわたしの話はそこからはじまった）、どうすればいいのか？　わたしの憎しみは、この呪わしい意識という法則のおかげで、化学分解を起こしてしまう。対象は、見る間に雲散し、理由は蒸発し、犯人は見つからず、屈辱は屈辱ではなく、もはや天命のようなもの、つまり、だれにも責任のない歯痛のようなものになる。したがって、あとに残るのは、またしても例の同じ逃げ道、つまり、できるだけこっぴどく壁をなぐりつけるよりほか手立てがなくなる。そう、根本原因が見つからないので、仕方なく手を振りまわすよりほかなくなる。ものはためし、自分の感情に盲目的に身をゆだねてみてはどうか、あまり理屈を考えず、根本原因も忘れて、せめてその間だけでも意識を追っぱらってみるのだ。憎むなり、愛するなりして、たんに腕組みしてすわっているだけというのを避けるのだ。そうすれば、どんなに遅くてもその二日後には、すべてを承知のうえ自分で自分をあざむいたことで、自分で自分を軽蔑することになるのが落ちである。その結果が、シャボン玉と惰性。ああ、諸君、わたしが自分を賢い人間とみなしているのは、これまで何ひとつはじめることをしなければ、何ひとつ終えることもできなかった、ただそのためだけなのかもしれない。たとえわたしが、きみたちと同じおしゃべりや、無害で、いまいましい、ただのおしゃべりやと言われても、一向にかまわない、それで大いにけっこう。でも、すべての賢い人間にとって唯一のまっとうな使命が、おしゃべり、つまり、空っぽの中身を空っぽの器《うつわ》へわざわざ移しかえることにあるとしたら、いったいどうすればいいのか。

## 6

ああ、たんに怠け癖で何もしなかったというのなら!! ああ、それなら、どんなに自分を尊敬できたことだろう。たとえ怠け癖でも、自分はそれをもつことができたという、それひとつで尊敬できたはずである。たとえひとつとはいえ、自分にも信じられる、何かしらポジティヴな特性が自分のなかにあったわけなのだから。質問、「やつっていったい何者?」。答え、「怠け者」。自分についてこんなふうに言われるのを耳にしたら、きっと痛快にちがいない。なにしろ、完璧な定義づけがなされた、つまり、わたしについて語るべき何かがあるということなのだから。「怠け者!」――これはもうれっきとした肩書であり、使命であり、キャリアでもある。冗談はなしということで、事実、そのとおりなのだから。そのとき、わたしは、超一流クラブの正規会員になり、自分を絶えず尊敬し続けることだけに専心する。わたしの知人で、[*9]シャトー・ラフィット通であることを死ぬまで誇りとしていた紳士がいるが、彼はそれを自分のポジティヴな価値とみなして、一度も疑ってみたことがなかった。そして心安らかに、いや、それどころか、誇らかな良心をいだいたままこの世を去った。それはそれで文句なしに正しかった。しかしわたしなら、そのときはまた別の道を選んだことだろう。同じ怠け者の大食漢でも、けっして単純な男ではなく、たとえば、あらゆる『美しくて崇高なもの』に共感できる人間になったろう。きみたちには、そんな人間がお気に召すだろうか？　わたしはこれをずっと夢に見てきた。なにしろ、この『美しくて崇高なもの』というのが、この四十年間、わたしの頭に重くのしかかっていたのだ。ただし、それはあくまで、それまでの四十年間であって、今はもう別のものになっている！　わたしはすぐさま、自分にふさわしい活動に乗りだすだろう。ほかでもない、すべての『美しくて崇高なもの』の健康を祝し、乾杯する。どんな機会も見のがさず、はじめは自分のグラスに涙をそそぎ、それから、すべての『美しくて崇高なもの』のために飲みほす。わたしはそのとき、この地上のすべてを『美しくて崇高なもの』に変えてしまう。世にも醜悪で、まぎれもないゴミためのなかにも、『美しくて崇高なもの』を見いだす。そしてたっぷり水を含んだスポンジみたいに、涙もろくなるのだ。たとえば、ある画家が[*10]ニコライ・ゲーまがいの絵を描いたとしよう。わたしはただちに、ゲーまがいの絵を描いたその画家の健康を祝し、飲みほそう。なぜならわたしは、すべての『美しくて崇高なもの』を愛しているからだ。ある作家が、[*11]『各自お気に召すまま』を書いたとしよう。わたしはただちに、「各自」の健康を祝して杯を飲みほそう。なぜなら、すべての『美しくて崇高なもの』を愛しているからである。ただしその代償として、わたしは自分にたいする尊敬を要求し、敬意をはらおうとしない連中を迫害する。穏やかに生き、誇らしく死ぬ。こいつはほんとうにすばらしい、すばらしいのひと言に尽きる！　そうなったら、わたしは、思いきり太鼓っ腹を押しだし、三重あごを見せびらかし、みごとな赤っ鼻をひくひくうごめかせてやる。すると会う人会う人がわたしを見て口々に言う。「これでこそプラスだ！　これこそ、ポジティヴの真骨頂だ！」と。これは人によりけりだが、われわれのこのネガティヴな時代にあって、こうした評判を耳にできるというのは、痛快きわまりないことではないか、諸君。

# 7

だが、今述べたようなことは、見果てぬ夢にすぎない。そう、どうか教えてほしい。人間が下劣なことをしでかすのは、自分のほんものの価値を知らないからだ、なんてことを、いったいだれが最初に明言し、最初に宣言したのか。「人間をきちんと啓蒙し、ほんもののノーマルな価値に目を見開かせてやれば、ただちに下劣なことをしでかすのをやめ、ただちに善良で、立派な存在になる、なぜなら、きちんと啓蒙され、自分のほんとうの利益を自覚すれば、ほかでもない善のなかに自分の利益を見つけることになるし、自分自身の利益に反するとわかって行動することなどはありえないので、いわば必要性にかられて善を行うことになるのは目に見えているからだ」ああ、子どもじみている！　ああ、無邪気な子どものロジックだ！　だいたい、この数千年のいつ、人間が自分自身の利益にのみしたがって行動したなどという実例があったろうか？　人間がすべてを承知のうえ、ということは、自分のほんものの利益を十分に理解しながらあえてそれを脇におき、一か八かの危険を覚悟しつつも、もうひとつの道を突きすすんできたことを裏づける数百万の事実をどう扱えばいいというのだ？　しかも彼らは、だれにも何にも強制されていたわけでもないのに、指示された道を歩いていくのがいやなあまり、ほとんど真っ暗闇のなか、頑固に、意固地に、もうひとつ別の、困難かつ不条理な道を、手探りしかき分けるようにしながら切りひらいてきたのだ。つまり、これは、連中にとって、じっさいの話、この頑固さ、意固地さのほうが、どんな利益よりも心地よかったということではないか……利益！　いったい利益とは何なのか？　そもそも、人間の利益がどこにあるかを、責任をもって完全かつ正確に定義づけるなどということが、はたしてきみたちにできるのだろうか？　そしてもし、人間の利益が、時として自分の利益になることではなく、むしろ不利益になることを願うといった点にあったり、むしろそうあるのが当然ということになったら、どうするのだ？　そしてもしそれが正しく、いや、そういうことでしかありえない、としたら、すべての法則はたちまち吹き飛んでしまうだろう。で、きみたちはどんなふうに考えておられるのか、そういう例は、よく起こりうるものなのか？　おや、笑ってらっしゃる。諸君、どうぞお笑いになるがいい。ただし、答えてほしい。人間の利益というのは、完全に正しく数えられるものなのか？　どんな分類にも収まらないばかりか、収まりようのない利益というのが、はたして存在しないものなのか？　だいたい、諸君、わたしの知る限り、きみたちの言う人間の利益の目録などというのは、統計的数字や科学的経済的公式の平均値をとってきたものではないか。きみたちの言う利益とやらは——平穏無事とか、富とか、自由とか、平安とか、まあ、そんなたぐいのものではないか。したがって、たとえば、そういったことを承知のうえであえてその目録全体に反旗をひるがえす人間とは、きみたちに言わせると、いや、これはむろん、わたしの考えでもあるが、非啓蒙主義者か、まぎれもない狂人ということになる、そうではないか？　しかし、ここにひとつ、驚くべきことがある。それは、こういった統計学者や、賢人や、人類愛に燃えた連中が、人間の利益を数えあげていく際、あるひとつの利益をつねに見落とすといったことが起こるのはなぜなのか、という点である。決算表にさえ、しかるべきかたちで取り入れていないが、じつは決算表全体がその利益に左右されているのである。たとえ、それを、その利益を取り入れたところでたいした騒ぎになるわけでもないのだから、さっさと表に書きこめばいい。ところが禍《わざわい》の種《たね》は、この不可解な利益がどんな分類にも収まらず、どの表にも書きこめないという点にある。たとえば、わたしの友人が好例である……おっと、諸君！　彼はきみたちの友人でもある。だいたい、彼が友人になれない相手などどこにもいない！　いざ、仕事にとりかかろうというとき、この友人はきみたちにたいしてただちに、理性と真理の掟にしたがっていかに行動すべきか、といったことを、明快かつ滔々《とうとう》と弁じたてる。それればかりか、興奮し、情熱をこめて、ほんもののノーマルな人間的利益についてまくしたてる。そして、薄ら笑いを浮かべ、自分の利益も、善のほんとうの意味も解しない近視眼の愚か者どもをなじるにちがいない。ところが——きっかり十五分後には、外的な急な動機などいっさいなしに、彼自身のどんな利益よりも強烈な、ある種の内的な衝動にかられて、自分がこれまで言ってきたこととはまったく別の、とんでもない行為に打って出るのだ。つまり、理性の法則や、自分の利益や、そう、要するに、これまでの彼の言い分とまっこうから反する行為に出る……あらかじめ注意しておくが、わたしの友人とは、言ってみれば、不特定多数の人間のことなので、彼だけをとくに責めるというのはなかなかむずかしい。じつはそこのところが問題なのだ。諸君、じっさいのところ、ほとんどすべての人間には、どれほど大きな利益よりもかけがえのない何かが存在しているのではないだろうか。あるいは（論理を混乱させないために言っておくが）、ほかのどんな利益にもまして大切な、最高の利益（ほかでもない、それこそがさっき言った、見落とされてきたものということだが）、もしも必要なら、人間が、あらゆる法則、つまり理性、名誉、平安、善に逆らってでもあえて立ちむかっていくような利益というものがあるのではなかろうか？　つまり、そういった美しく、有益なもののすべてに逆らってでも、自分にとって何より大切な、この根源的で、もっとも価値ある利益をひたすら手に入れようとするのではなかろうか。

「しかし、そうは言っても、やっぱり利益にはちがいないじゃないですか」そう言ってきみたちはわたしの話をさえぎろうとする。ちょっと待った。われわれは、まだ話し合いの途中だし、それに、問題はそんな揚げ足とりにあるわけじゃなく、まさにその利益の特徴が、われわれのすべての分類を破壊し、人類の幸福のために人類愛に燃えた連中が作りあげたすべてのシステムを絶えず打ち壊してしまうというところにあるのだ。要するに、すべての邪魔をするのである。しかし、この利益の名前を明かす前に、わたしは自分の恥をさらすことも覚悟のうえで、大胆にこう宣言しよう。すなわち、こういうすばらしいシステム、つまり人類にたいしてほんもののノーマルな利益を説明し、こういう利益を手に入れようとひたすら努力することで、人類はただちに善良で高潔な存在になれるといった理論は、わたしに言わせると、さしあたりはたんなる屁理屈にすぎない！　と。そう、たんなる屁理屈に！　なにしろ、人類全体を、人類自身の利益のシステムの助けによって一新するというこの理論を認めること、それは、わたしに言わせると、ほとんど、例の……そう、たとえば、ボックル[*12]の理論をうのみにして、人間は文明のおかげで柔和になり、したがって、血に飢えなくなって、戦争もできなくなると言うのとほとんど同じ理屈なのだから。たしかに、ロジックだけを追えば、どうやらそういうところに落ちつくらしい。ところが、人間というのは、システムや抽象的な結論というのが好きなあまり、自分のロジックを正当化するためなら、わざと真実をゆがめて、見て見ぬふりをしたり、聞いて聞かぬふりをするといったことも辞さないものなのだ。わたしがこうした例をあげるのは、それがあまりに明快な例だからである。そう、まわりを見まわしていただきたい。血は川のように流されているばかりか、シャンパンのように楽しげに泡立ち、グラスをつたっている。これこそが、ボックルも生きた、われわれの十九世紀である。ナポレオンを引き合いに出してもいい。[*13]あの大ナポレオンでも、現代のナポレオンでも。なんなら、[*14]北アメリカ、永遠の合衆国でもけっこう。さらにもうひとつ、例のマンガチックな[*15]シュレースヴィヒ・ホルスタイン戦争もそう……はたして文明が、わたしたちの何を柔和にしてくれるというのか？　文明が磨きあげているのは、わたしたち人間のもっている感覚の多面性だけではないのか……それ以上のことは断じて何もしていない。そして、この多面性の発展を通して、人間はおそらく、血のなかにすら快楽を見いだすところにまで行きつくかもしれないのだ。現にそれは、何度か起こってきたことではないか。きみたちはお気づきだろうか、もののみごとに洗練された殺人鬼たちというのは、ほぼ例外なく、もののみごとに文明化された紳士たちであって、[*16]アッティラとかステンカ・ラージンとかいった連中ですら、どうかすると彼らの足もとにもおよばず、かりにそういう紳士たちが、アッティラやステンカ・ラージンほど目立たないとすれば、それは、そういった彼らにいやというほど頻繁にお目にかかり、あまりに月並みなものとなって、完全に見あきてしまっているからなのだ。文明のおかげで、人間が昔ほど残忍ではなくなったとは少なくとも言えるだろうが、その残忍さが以前より悪質かつ醜悪になったことだけはたしかである。以前なら、人間は、流血のなかに正義を見いだし、良心の疾しさなど少しも感じることなく、しかるべき相手を抹殺してきた。しかし、わたしたちは今、流血を下劣な行為とみなしながら、そのくせこの下劣な行為にはげんでいる。しかも、これまで以上に。では、どちらが悪質か？そこはきみたちがご自身で判断なさるといい。聞いた話だが、かのクレオパトラは*17（ローマ史から例を引くのをお許しいただきたい）、自分の女奴隷たちの胸に好んで黄金のピンを突き刺しては、彼女たちが叫んだり悶《もだ》えたりするのを見て快感を覚えたという。きみたちはこうおっしゃるかもしれない。そんなのは、相対的に言って野蛮人の時代の話ではないか、と。それに今だって（これも相対的に見ればだが）、野蛮人の時代と何ら変わりはない、なにせ今もって人は好んでピンを突き刺しているのだから、と。しかも、人間は、たしかに野蛮人の時代よりもはっきりとものを見ることを学んだとはいえ、科学や理性が指示するとおり行動することを学んだなどとはとても言えない状態にある、と。しかし、それでもきみたちは信じて疑わない。すなわち、いくつかの悪い旧習が一掃され、常識と科学が人間の本質を再教育し、ノーマルな方向に差しむけるときがくれば、人間はかならずそれに慣れることができるはずだ、と。そしてこうも信じておられる。そのとき、人間は、自発的に過ちをおかすようなこともなくなり、いわば否応なく、自分の意志と自分のノーマルな利益を仲たがいさせようなどと思わなくなる、と。それればかりか、きみたちに言わせると、そのときには、科学それ自体が人間に教えるようになる（わたしに言わせると、それはもう虫のよすぎる話だが）。すなわち、人間にはもともと意志もきまぐれもなければ、かつてあったためしもなく、人間自体[18]がそもそも、ピアノの鍵盤かオルガンの音栓ぐらいなものでしかない、と。おまけに、この地上には、自然の法則というものが存在しているので、人間が何をするにしても、すべて人間の欲求にしたがってなされるわけではけっしてなくて、おのずから、自然の法則にのっとってそうなるだけのことだ。したがって、これらの自然の法則さえ発見できれば、人間は自分の行為に責任をもたずにすむようになり、生きていくこともいちじるしく楽になる。そのときには、人間のあらゆる行動は、おのずとこの法則によって数学的に分類され、対数表か何かのように、十万八千の部門にまでこまかく分けられて、カレンダーに書きこまれる。あるいは、それより首尾よく事がはこべば、今日の百科事典に類した懇切丁寧な出版物が何点か現れ、そこでは何もかもが正確無比に数えあげられ、説明されているので、この地上にはもはや行為とか冒険とかいったものもなくなってしまう。

そのときには——これもすべてきみたちが口にしていることだが——やはり数学的な正確さで準備され、計算されつくした新しい経済関係が生まれるので、およそ考えうる問題という問題が一瞬にして消滅してしまう。それというのも、もっぱら、考えられるすべての回答がそれによって得られるからである。そこでいよいよ、水晶宮[19]の建設という話になる。そこで……つまり、そう、ひと言で言ってしまえば、そのときにこそ、カガン鳥[20]が飛来してくるというわけなのだ。むろん、そうなったあかつきには(これはもう、わたしがそう言うだけのことだが)、たとえば、おそろしく退屈なものになってしまわない保証はけっしてないが（なにせ、すべてが一覧表にしたがって区分されてしまったら、することなど何もなくなるではないか）、その代わり、すべてがいちじるしく合理的なものになる。むろん、退屈しのぎに何かを考えださないともかぎらない！　例の黄金のピンにしたって、退屈だからこそ突き刺したりするわけだが、そんなのはべつにたいした話でもない。ただ、何とも忌まわしいのは（これはまたしても、わたしがそう言うだけのことだが）、ひょっとしてそのときは、黄金のピンに刺されることだって喜ぶようになるかもしれない、ということである。なにしろ、人間というのは愚か、それもきわめつきの愚かときていて、たとえ、まるきり愚かというわけではないにしろ、およそ類を見ないくらい恩知らずときている。たとえば、このわたしなどは、かりに、普遍的な未来の理性のどまんなかに、突如理由もなく、下品な、と言おうか、反動的で、いかにも人を小馬鹿にしたような顔の妙な紳士が現れ、腰に両手をあてて、こんなことをわたしたち一同にのたもうたとしても少しも驚かない。「で、諸君、どうでしょう、この合理性とかいったものを、ひと思いに足で蹴とばしてみては？　その目的と言えば、とにもかくにもこの一覧表を悪魔にくれてやり、もっぱらわれわれがまた自分たちの愚かな意志どおりに暮らしはじめるためです！」この程度であればべつにどうということもないが、いまいましいのは、その尻馬に乗っかるやつがかならず出てくることである。人間というのは、だいたいがそんなふうにできている。しかも、こういったことはすべて、一見、口にするにも値しない、ごくくだらない理由から生じてくる。ほかでもない。だれであれ、人間というのは、いつ、どこにあっても、自分の思いどおりに行動するのが好きで、理性や利益の命じるままに行動するのが好きなどということはけっしてなかったからである。つまり、自分の利益に反してでも欲求することはできるし、時として、それが完全にそうなるしかない場合だってある（これはもうわたしの信念である）。自分自身の自由意志による、自由な欲望、きわめて野蛮ながら、自分自身の気まぐれ、時として狂気の沙汰と思えるほど苛立たしい自分の幻想——これこそが、例の見逃されているもっとも有利な利益なのであり、どんな分類にもあてはまらず、こいつにかかるとどんなシステムや理論もたえず粉みじんに打ち壊されてしまうのだ。世の賢人たちは、いったいどういうわけで、人間には、何かしらノーマルかつ善良な欲求が必要であるなどといった考えを引き出してきたのか？　どうして彼らは、人間にぜひとも必要なのは分別にかなう有益な欲求だなどという、お定まりの想像しかできないのか？　人間に必要なのは、ひとえに独立した欲求ではないのか。たとえその独立性がどれほど高くつき、どんな結果を引き起こそうと。そもそもがこの欲求などというのが、およそ得体の知れないものなのだから……。

## 8

「は、は、は！　その欲求にしたって、言ってみりゃ、現実には存在しないわけでしょう！」高笑いしてきみたちは口をはさむだろう。「科学は、今日でさえ、人間をとことん解剖しつくしていますからね、今じゃ、知ってのとおり、欲求とか、いわゆる自由意志なんてものは、そう、たんなる……」

諸君、ちょっと待った、じつはわたしのほうもそんなふうに切りだしたいと思っていたところなのだ。だから、正直言って、こっちがびっくりしているくらいだ。わたしもこう叫びかけたところだった。つまり、欲求がどんなものに左右されているかなどだれにもわからないし、ひょっとして、それはそれでけっこうな代物なのかもしれない、とね。ところがそこで、急に科学のことなんか思いだして……言葉につまってしまった。するとそこで、きみたちがしゃべりだしたってわけ。じっさいのところ、もしも、そう、いつの日か、あるひとつの数式が発見されたとする、つまりわれわれが抱いているもろもろの欲求や気まぐれが何に左右され、どんな法則にのっとって生じ、どんなふうに広がっていくのか、これこれの場合はどこをめざしているのか、など、すなわち、ほんものの数学的な公式が発見されたとする——そんなことになったら、人間はおそらく、ただちに欲求することなどやめてしまうだろう、いや、確実にやめてしまうにちがいない。そもそも、だれが好きこのんで一覧表どおりに何かを欲求するというのか？　おまけに、そんな人間は、すぐにでも人間をやめて、オルガンの音栓かなんか、そんなたぐいのものに変わってしまうだろう。なぜかって、欲望も意志も欲求ももたない人間が、オルガンの音栓じゃなくていったい何だというのか？　きみたちはどうお考えだろう？　それじゃ、ひとつその可能性を数えあげてみるとしよう。そういうことが起こりうるのか、起こりえないのか？

「ふうん……」きみたちは首をひねる。「われわれの欲求というのは、多くの場合、自分たちの利益にたいして誤った見方をしているため、しばしばまちがいを起こすわけです。われわれが、時おり、馬鹿げた冗談をほしくなるのだって、われわれの愚かさから、こういう馬鹿げた冗談こそが、あらかじめ想定されたある種の利益を勝ちとるいちばんの近道だと思うからです。ところが、これがすべて紙の上で説明され、計算しつくされるとしたら（これは大いにありうることですがね、だって、人間がある種の自然の法則はけっして知り得ないなどとはなから信じてかかるなんて、じつにいまいましい、馬鹿げた話ですから）、そのときは、むろん、いわゆる欲望なんてものはなくなってしまいます。なにしろ、欲求がいつか完全に理性と手を打つときが来たら、われわれは物事の判断をくだすだけで、欲求するってことがなくなりますからね。というのも、たとえば、理性を保ちながら、意味もないことをもとめたり、理性に逆らってまで、みすみす自分の害になることを願ったりするなんて、ありえないことだからです……いずれは、すべての欲求や判断といったものが現実に計算しつくされ、われわれの、いわゆる自由意志の法則だって発見されるときが来るかもしれません。そうなると、一覧表に似たたぐいのものが冗談ぬきでできあがり、われわれは現実にこの一覧表にしたがって欲求するといったことになるわけです。たとえば、いつか、わたしが、妙な手つきでもって相手を侮辱したとします、それも、そうせざるをえなかったし、何がなんでもそうして相手を侮辱せざるをえなかった、といったことが、あらかじめ計算され、証明される日が来るとします、そうしたら、いったいどんな自由がわたしのなかに残されるというんです？　とくにそう、わたしがかりに学者で、どこかで学問のコースを終えていたとしたら。だって、そのときはもう、この先三十年の人生をまるごとカウントできるわけですから。要するに、かりにそんなふうな事態になったら、われわれはもうすることが何もなくなってしまう、つまり、どのみち何もかも受け入れざるをえなくなるわけです。われわれは、一般的に言って、倦《う》まず、くり返し、自分に言い聞かせなくてはなりません。自然は、これこれの瞬間、これこれの状況において、こちらの意向を訊いてくれるわけじゃありませんから、自然を、自分が勝手に空想しているようなかたちではなくて、あるがままのかたちで受け入れなくてはならない、とね。それでもし、われわれが現実に一覧表をめざし、カレンダーをもとめ、それから……例のレトルトといったようなものまでもとめるようなことになれば、もう仕方ない、レトルトも受け入れなければなりません！　さもないと、レトルトのほうから勝手に、あなたの気持ちなどお構いなしに……」

　なるほど、でも、わたしとしてはここでひと息いれたいところだ！　諸君、わたしがこんなふうにあれこれ理屈をこねまわしていることを、許してほしい。何といっても、四十年も地下室に暮らしてきた男だ！　少しばかりの空想はお許しいただこう。そう、理性というのは、諸君、なかなかけっこうな代物だし、文句なしにそうと言える。しかし、理性は理性にすぎず、人間の理性的な能力を満足させるだけのものでしかない。ところが、欲求というのは、生命全体の現われ、つまり理性や、かゆいところをがりがりやる行為までも含めた人間の生命全体の現われなのだ。そしてそうした現われにおけるわたしたちの生活というのは、往々にしてひどくくだらないものとなることがあるにせよ、やはり生命であって、たんに平方根をもとめるだけの行為とはわけがちがう。現にわたしなどは、ごく自然な生き方をしたいと思っているが、それは、自分の生活能力のすべてを満足させるためであって、その能力のたかだか二十分の一程度を占めるにすぎない理性的能力を満足させるためではない。では、理性が知っているものとは何か？　理性が知っているのは、たんに認識できたことだけで（おそらく、ある種のものはけっして知りえないかもしれない。これは少しもうれしい話ではないが、だからと言って口にして悪いということもない）、人間の本性というのは、そこに含まれる意識的な部分、無意識な部分すべてをひっくるめた全体として活動しているのであり、たとえ嘘をつこうと、生きていることに変わりはない。諸君、きみたちはこのわたしを哀れみの目で見ておられるのではないだろうか。きみたちはきっと、このわたしにしつこくこうくり返すにちがいない。つまり、啓蒙された教養ある人間、ひと言で言って、未来の人間が、自分にとって何かしら不利になることを承知のうえでこれを望むなどということはありえない、これは、数学である、と。それにはまったく同意するし、たしかにそれは数学である。しかしくどいようだが、わたしは百遍でもくり返し言いたい。人間がわざと、意識的に、自分にとって有害であり、愚かであり、愚劣きわまりないことを願う場合がひとつだけある、と。たったひとつ。それはほかでもない。自分にとって愚劣きわまりないことをも願い、賢いことしか自分に願ってはならないという義務に縛られずにすむ権利を確保する、そのためにである。なにしろ、この愚劣きわまりないもの、自分の気まぐれこそが、じつは、諸君、わたしたち兄弟にとってこの地上にあるすべてのもののなかで何よりも有利なものかもしれないのだから、とくにいくつかの場合においては。そしてとりわけ、われわれにあからさまな害をもたらし、利益についていだいているわたしたちの理性のごく健全な結論に矛盾をきたすような場合でさえ、ほかのどんな利益にもまして有利かもしれないのである。というのも、いずれにせよ、それは、わたしたちにとってもっとも重要で、もっとも大切なもの、つまりわたしたちの人格と個性を大事にしてくれるからだ。現に、ある人たちはこんなふうに主張しているくらいである。すなわち、それこそが人間にとって何よりも貴重なものである、と。欲求だって、むろん、その気になれば、理性と一致できるかもしれない。とくに、この欲求を濫《みだ》りに用いず、適度に利用するならば。それは有益であるし、時として称賛すべきことですらある、と。しかし、欲求というのは、きわめてしばしば、いや、たいていの場合、理性とは、完全に、頑固なくらい反りが合わない、……しかも、……そう……そこがまた有益で、時としてきわめて称賛すべきことでもあるのだ。諸君、ここでひとつ、人間は愚かではない、と仮定してみる（じっさいに、人間についてけっしてそんなもの言いができるわけがない、人間がもしも愚かだとすると、それじゃ、いったいだれが賢いのか、という話になる）。しかしたとえ人間は愚かではないにしろ、やはりグロテスクなまでに恩知らずである！　手がつけられないほど恩知らずときてる。わたしはこんなふうに考えている。人間の最良の定義とは、つまり、二本足で歩く恩知らずの動物だ、と。しかし、これでもまだすべてを言いつくしたことにはならない。これもまだいちばんの欠点というわけではない。人間の最大の欠点——それは、ノアの大洪水にはじまり、シュレースヴィヒ・ホルスタイン時代にいたる人間の運命につきものの、あいも変わらぬ行儀の悪さである。行儀の悪さ、そしてその結果としての無分別ということにつきる。無分別が、ほかでもない、行儀の悪さから来ていることはとうの昔から知られていることである。ものはためし、人間の歴史を少しでも覗いてみるといい。さて、きみたちはそこに何をごらんになるだろうか？　壮観とお感じになるだろうか？　たしかにそう、壮観にはちがいない。たとえば、[*21]ロードス島の巨像ひとつとっても、みごとのひと言に尽きる！　[*22]アナエフスキー氏が、このロードス島の巨像について、これは人類の手による作品であると言うものもいれば、自然そのものが作ったものだと言うものもある、と証言しているのもむりもない話である。では、あまりに雑然としすぎている、と映るだろうか？　たしかに雑然としすぎているかもしれない。しかし、ありとあらゆる時代、ありとあらゆる民族における武官、文官の正装をくわしく調べてみるだけでも、これはもうたいへんな労力だし、そこに略服まで加えるとなるともう何がなんだかわからなくなってしまい、どんな歴史家の手にも負えなくなる。では、単調と映るだろうか？　たしかに、ひょっとすると単調かもしれない。戦いにつぐ戦い、今も戦い、かつても戦い、これからも戦い――おっしゃるとおり、これはあまりにも単調すぎる。要するに、世界史については何とでも言える、どんなに乱れた頭に浮かぶ想像力もあてはまるということだ。ただし、ひとつだけ、絶対に口にできないことがある。つまり、分別にかなっている、とは、言えない。分別があるなどと言いだしたとたん、思いきりむせてしまうだろう。それに、わたしたちは現に、とんでもない出来事とひっきりなしに顔を合わせている。たしかに、人の世に絶えず姿を現わすのは、きわめて品行方正で、理性的な人々、賢い連中、人類愛に燃えた連中である。彼らは死ぬまで、できるだけ品行方正に、理性的にふるまうこと、言ってみれば、みずからの力で隣人たちを照らしだすことを人生の目的としている。それももっぱら、この地上にあって品行方正かつ思慮分別をもって生きていくことが現実に可能だということを証明してみせるためである。それが、どうだろう？　こういう人類愛に燃えた連中たちの多くは、ご承知のとおり、遅かれ早かれ、人生も終わりに近づくというと、自分で自分を裏切り、なにやら一口話のねたにもなりかねない、それも時として、失礼千万なふるまいにおよんできたのだった。そこでひとつ、きみたちにたずねたいのだが、こういった珍奇な資質をさずかった動物である人間から、はたして何が期待できるだろうか？　試しに、人間にありとあらゆる地上の幸運を浴びせかけ、幸運の海にそれこそ頭までつからせて、しかもその、幸運の表面には、水面と同じく、泡だけがぷつぷつ飛びはねているといった状態を考えてみる。その彼に、十分な経済的満足を与えて、眠ったり、ハニー・ケーキを食べたり、世界の歴史が中断しないよう、あれこれ心配するほか、何もすることがないといった状態に置いてみる――それでも彼は、つまり人間というのは、ただただ恩知らずと中傷癖から、それこそ下劣なまねをしでかすものなのだ。ハニー・ケーキを棒にふる危険をおかしてまで、おそろしく破滅的な冗談を、おそろしく非経済的なナンセンスをわざわざ求めるようになる。それも、もっぱら、こうした申し分ない分別に、破滅的かつ現実離れした要素を紛れこませたい一心からなのだ。ほかでもない、自分の現実離れした夢や、このうえなく俗悪な愚劣さを手もとに引きとめておきたいと願うのは、人間はなんといっても人間であり、ピアノの鍵盤ではないということを自分自身に納得させたい（まるでそれがきわめて不可欠なことででもあるかのように）、たんにそれだけのためなのである。で、このピアノの鍵盤というのは、自然の法則がみずからの手で叩いて演奏しているわけだが、これを下手にがんがんやりすぎるというと、人間はもう、カレンダーがないことには何ひとつ欲求することができなくなってしまう。いや、それどころではない。この場合ですら、つまり人間がほんとうにピアノの鍵盤であることがわかり、そのことが自然科学によって数学的に証明された場合でも、なかなか迷いから覚めることができず、ただただ恩知らずのせいで、何かしらわざと天《あま》の邪鬼《じゃく》をやらかすにちがいない。それこそ、自説を押し通すためにである。そしてもし、そのための適切な手段がない場合、彼は破壊とカオスを考えだし、さまざまな苦痛を考えだしてまでも、自説を押し通そうとするのだ！　そう、世界中に呪いの言葉を吐きかけることだってやりかねない。しかし、呪うというのはひとり、人間にのみできることだから（これこそがもう、人間とほかの動物をもっともはっきりしたかたちで区別してくれる人間だけの特権なのだ）、人間はおそらく、この呪いの言葉ひとつをもってしても自分の目的を勝ちとることができる。つまり、自分は人間であって、ピアノの鍵盤ではないということをほんとうに確認する！ことによるときみたちはこう言うかもしれない。つまり、カオスも、暗黒も、呪いも、すべて一覧表によって算出できるのだから、こうして、前もって算出できる可能性があるということだけですべてを停止させ、理性は勝ちをおさめる、と。しかしそうなったら、人間は、わざと狂人になりおおせてでも、理性を捨て、自説を押し通そうとするだろう！　わたしはそう信じているし、責任もとる。なぜなら、人間の行為というのは、自分が人間であってオルガンの音栓ではない！　ということを自分にたいしてひっきりなしに証明していく、たとえ自分から罪をかぶってでもそれを証明していく、野蛮人と言われようとそれを証明していく、まさにその一点に尽きるように思えるからだ。ここまできたら、もう、そんな一覧表など今のところはまだ存在していない、欲求がいったいどこに依存しているのかだってわからないと、誇らしげに語ってみせたところでべつに悪いことにもなるまい……。

きみたちは、わたしにむかってこんなふうに叫ぶだろう（どなりつけるだけの価値がこのわたしにあるとしての話だが）。べつにだれもあなたの自由意志をとりあげるなんてまねはしないさ、自分たちは今、あなたの意志が、あなた自身の意志によって、あなたのノーマルな利益と一致できるよう、自然の法則や算数と一致できるよう、あれこれ心配してやっているだけなのだ、と。

「いやはや、諸君、話が一覧表とか、算数とかいったところにまでおよんで、二二が四だけが幅をきかすようなことになったら、もう、自由意志もへったくれもないではないか？　二かける二は、わたしの自由意志がなくたって、四だ。自分の自由意志なんて、その程度のものなのか！」

## 9

諸君、わたしが言っているのは、むろん冗談だし、それができの悪い冗談だということもわかっている。しかし、だからといって、すべてを冗談ととってもらっては困る。ひょっとして、その冗談には、歯ぎしりがまじっているかもしれないのだから。諸君、わたしはいろんな問題に苦しんできた。だから、どうか、わたしのためと思ってそれを解決してほしいのだ。たとえば、きみたちは、人間を古い習慣から解き放ち、科学と常識がもとめるところに応じて人間の意志を矯正したいと望んでいる。それでは、どうしてきみたちは、人間をそんなふうに作り替えることができるばかりか、作り替えることが必要だ、ということをご存じなのか？　人間の欲求を矯正することがなんとしても必要だなどと、どうして結論できるのか？　要するに、そういった矯正が、ほんとうに人間に利益をもたらしてくれるということが、どうしてきみたちはわかるのか？　あらいざらい言ってしまえば、理性による結論と算数によって保証されたほんもののノーマルな利益に反しないことが、人間にとってはつねにほんとうに有益であり、全人類にとっての法則だ、などと、どうしてそうもはっきり確信できるのか。だって、そんなのは、まだ、たんにきみたちの仮説にすぎないではないか。これが、ロジックの法則だとしても、ひょっとして、人類の法則なんかではまったくないかもしれないではないか。もしかすると、諸君は、このわたしを狂人とでもお考えなのだろうか。それなら、ここでひとつ弁明させていただこう。わたしは次のような考えを認める。すなわち、人間は、まずもって意識的に目的をめざし、技師としての仕事に従事すべく定められた創造的な動物である。つまり、行き先がどこであれ、どこまでも、絶え間なく自分の道をひらいていく動物である、と。しかし、人間が時としてわき道に入りたくなるのは、ひょっとしてその道を切りひらくべく定められているからなのかもしれない。そのほかにも、おそらく、直情径行タイプの実践家が一般にどれほど愚かであろうと、そういう彼らが、やはり時として次のような考えを頭に浮かべるからなのかもしれない。つまり、その道というのが、ほとんどつねに、どこかにはむかって続いているということ、肝心なのは、その道がどこにむかっているかではなく、その道がたんに続いているということ、すなわち、品行方正な子どもたちが技師としての仕事をなおざりにし、破滅的な怠惰に身をゆだねないようにすればいい、という考えである。ご承知のとおり、この怠惰というのがありとあらゆる悪徳の母なのだから。人間は、ものを作ったり、道路を切りひらいたりすることが大好きときている。これは文句なしにそうである。しかし、どうして人間は、破壊やカオスといったものも、情熱的なまでに愛しているのか？　そこのところを教えてほしいのだ！　しかし、この点についてては、わたし自身もとくにひとこと言っておきたい。ひょっとして、人間がこれほどにも破壊とカオスを愛するのは（人間が時としてこれがやけに好きになるというのは、まったく異論のないことだし、ほんとうにそのとおりだ）、目的に到達し、自分たちが築きつつある建物が完成するのを本能的に怖れているからではないのか？　きみたちはご存じないかもしれない。しかし、ことによると人間というのは、たんに遠くからその建物を見ているのが好きなだけで、近くでそれを見ることはけっして好きではないのかもしれない。あるいは、人間が好きなのは、たんに建物を築くことだけでそこに住むことではなく、あとでその建物を、aux animaux domestiques（家畜たち）や、蟻や、羊などにくれてしまうことなのかもしれない。その点、蟻たちはまったく趣きを異にしている。蟻たちにも、同じたぐいの、永遠にゆるがない驚くべき建物がある――それが蟻塚だ。

尊敬すべき蟻たちは、この蟻塚ではじまり、おそらく蟻塚でもって終えることになるが、これは取りもなおさず、蟻たちの真摯さと実務的な能力に大きな名誉をもたらすものだ。だが、人間というのは、浅はかで、恥知らずな生きものであり、チェス・プレーヤーと同様、目的そのものではなく、目的を達成するプロセスだけを愛しているのかもしれない。それに、これはだれにもわからないことだが（保証などとてもできない）、人類がこの地上においてめざしている目的のすべては、もしかすると、この達成にいたる不断のプロセス、別の言い方をすれば、生命そのもののなかにあって、本来、目的そのもののなかにはないのかもしれない。むろん、その目的は、二二が四、すなわち公式にほかならないが、そもそも二二が四とは、諸君、もはや生命というより、死の始まりではないのか。少なくとも人間はこの、二二が四というのをなぜかつねに、怖れてきたし、わたしは今だってそれを怖れている。人間というのは、たしかに、この二二が四を探しもとめることを唯一の生業《なりわい》として、それを探しだすために大海原をわたり、生命を犠牲にしているが、それを探しあてるということ、いや、じっさいに発見するということを、なにやら確実に怖れているふうである。というのも、人間は、発見できたが最後、何ももう探しもとめるものがなくなることをうすうす感じているからである。仕事を終えた労働者は、多少とも金を受けとり、酒場に出かけていき、それから警察のご厄介になる。と、まあ、これで一週間がつぶせるわけだ。それなら、人間はどこへ行けばよいというのか？　少なくとも、同じような目的を達成するたびに、人間のなかには、なにかしら気まずいものが認められる。人間はたしかに目的の達成を愛しているが、そのくせ目的の達成そのものとなると、話は別である。これはむろんおそろしく滑稽な話にちがいない。要するに、人間というのは滑稽にできていて、その点にこそまぎれもなく洒落地口の種がひそんでいる。しかし、それにしても、二二が四というのは、相手として鼻もちならない。二二が四、これはわたしに言わせると、もう鉄面皮以外の何物でもない。二二が四は、両手を腰にあててきみたちの行く手に立ちふさがり、ぺっぺっと唾を吐いている伊達男そのものだ。二二が四が、きわめて立派な代物であることは認めてやっていい。だが、褒めるついでに言ってしまえば、二二が五だって、時には愛嬌があって相手として悪くない。

それにしてもきみたちは、ノーマルで肯定的なものだけが、ひと口で言って、幸せな暮らしだけが、人間にとって有益だなどと、どうしてそうも断固、勝ちほこったように主張できるのか？　理性が、利益の判断を誤ることはないというわけか？　もしかして人間が愛しているのは、幸せな暮らしだけではないかもしれないではないか？　そう、同じくらい苦痛を愛しているかもしれないではないか？　いや、苦痛もまた、人間にとって、幸せな暮らしと同じくらい有益かもしれないではないか？　いや、人間は、時としておそろしいほど熱烈に苦痛を愛するものだ――これは偽りのない事実である。これについてはもう、世界史を参照するまでもない。もしも、きみたちが人間で、多少とも人生の経験を積んでおられるなら、自分の胸に手をあてて聞いてみるといい。わたし個人の意見を言わせてもらうと、幸せな暮らしのみを愛するなどというのは、何かぶしつけな感じさえする。善し悪しはともかく、ときおり何かをとことんぶち壊してみる、というのも、なかなか痛快なことではないか。だからといって、わたしはなにも苦痛の肩をもつわけでもないし、むろん、幸せな暮らしの肩をもつわけでもない。わたしが肩をもつのは……自分の気まぐれ、その気まぐれが、必要なときにわたしに保証されている状態である。苦痛は、たとえば、ボードヴィルなどでは認められない。それは承知している。水晶宮では、苦痛など考えられもしないことだ。苦痛とは疑いであり、否定であるが、もしも、疑うことのできる水晶宮があるとしたら、その水晶宮とはいったいどんな代物だろう？　しかし、わたしは確信する。人間は、ほんものの苦痛、つまり、破壊とカオスを拒否することはけっしてない、と。苦痛は、それこそ、意識の唯一の原因である。わたしははじめのほうで、意識とは、わたしに言わせると、人間にとってもっとも大きな不幸であると説いてみせたが、わたしにはわかっているのだ。人間は苦痛を愛しており、どんな満足ともそれを引き替えるようなことはしない、と。意識は、たとえば、二二が四よりも限りなく高尚である。二二が四のあとでは、むろん、何も残らないし、することはおろか認識することすら何ひとつなくなってしまう。そのときにできることと言えば、せいぜい自分の五感に栓をし、瞑想にひたるぐらいのことである。ところが、意識のもとでは、たしかに結果は同じで、つまり、これまた何もすることがなくなっても、時にはせめて自分に鞭うつぐらいのことはできるし、それでもやはり気付け薬ぐらいの役目は果たしてくれる。何とも後ろむきな話で恐縮だが、それでも何もないよりはましというものだ。

## 10

きみたちは、永久に壊れることのない水晶宮を、つまり、こっそりとあかんべえしたり、ざまあみろのしぐさをすることもままならない、そんな建物を信じておられる。が、もしかしたら、わたしがこの水晶宮を怖れる理由とは、それが水晶でできていて永久に壊れることがなく、こっそりあかんべえできなくなるからこそなのかもしれない。

そう、ひとつお考えいただこう。かりに、宮殿の代わりに鶏小屋がそこにあって、たまたま雨が降りだしたとしたら、わたしは、おそらくその鶏小屋に駆けこむことになる。むろん、雨に濡れないためにである。だからと言って、雨から守ってくれたことに感激するあまり、この鶏小屋を宮殿とみなしたりすることはない。きみたちは笑っておられる。それどころか、この場合、鶏小屋だろうと、邸宅だろうと、べつに変わりはないでしょう、とおっしゃる。たしかにそう、とこちらは答える。わたしがもし、雨に濡れないためだけに生きていくのだとしたら、と。

しかし、もし、人々は何も雨に濡れないためだけに生きているわけじゃない、生きるなら、それこそ、邸宅に住みたい、といった思いにとりつかれたら、どうすべきか？　なにしろ、それが、わたしの欲求であり、欲望なのだ。きみたちがその欲求なり、欲望なりをわたしのなかから削りとってしまえるのは、きみたちがわたしの欲望を別のもので代えることができたときである。さあ、とり替えてみるがいい。別のものでわたしの気を惹いてくれ。ほかの理想をわたしにあてがってくれ。しかし、さしあたり、わたしはけっしてその鶏小屋を宮殿と勘ちがいしたりはしない。たとえ、水晶宮がただの蜃気楼で、自然の法則からするとありうるはずのないもので、わたし自身の愚かさの結果として、わたしたちの世代にありがちな、ある種の古臭い、不合理な習慣の結果でっちあげられたものだとしてもかまわない。水晶宮が、およそこの世にありうべくもないものだとしても、わたしには何の関係もない。水晶宮が、わたしの欲望のなかに存在しようと、というか、わたしの欲望が存在している間だけ存在しているということであっても、どのみち同じことではないか？　ひょっとして、きみたちはまた笑っておられる？　どうぞ、好きなだけお笑いになるといい。わたしはどんな嘲りの笑いだって受けいれる覚悟はあるし、それでも、わたしは腹が空いているのをむりして、満腹ですので、などと言ったりはしない。とにかく、わたしにはわかっている。わたしは、それが自然の法則からして存在しているはずだとか、じっさいに存在しているからというだけの理由で、無限に循環するゼロのうえに安住することがないことを。それにわたしは、一千年もの契約で貧乏な住人たちを住まわせるアパートが入った、しかも、万が一の用心にと歯科医ワーゲンハイムの看板まで掲げてあるすばらしく豪華な屋敷を見せられても、それをわたしの欲望の冠などとみなすようなことはしない。わたしの欲望を破壊し、理想を消しさって、何かしらもっとましなものをわたしに示してほしい。そうしてくれれば、わたしもきみたちのあとからおとなしくついていく。きみたちは、おそらく、こうおっしゃるだろう。そんなことにかかわりあっている価値などあるものか、と。しかし、そういうことなら、わたしのほうも同じ答えを返してやれるわけだ。われわれはこうして真剣に議論してきた。それでも、きみたちがこのわたしに注意を払うのもいやだとおっしゃるなら、こっちだってわざわざ頭を下げてまでお願いすることはない。こっちには、地下室があるのだから。

そうは言っても、さしあたり、わたしはまだこうして生きているし、欲望も感じているは――だから、たとえこの手が腐ろうが、そんな豪華な屋敷のためにレンガひとつ運ぶつもりはない！ わたしがさっき、あかんべえができないというだけの理由で、水晶宮などいらないと拒否した事実をあまり重く考えないでほしい。わたしがそんなことを口走ったのは、あかんべえが大好きというわけではまったくないのだから。わたしは、ひょっとして、あかんべえをせずにすむ建物が、今もってきみたちの建物のなかに見つからないということに腹を立てているだけかもしれないのだ。それどころか、わたしがあかんべえもしたくなくなるように事がうまく運んでいるというのなら、わたしはただ感謝の思いひとすじから、あかんべえするこの舌をすっかり切りとらせてもよいと思っている。しかし、そんなふうに事がうまく運ぶはずもなく、貧乏人のアパートで満足するのが関の山であったにしても、わたしには関係のないことだ。それにしても、わたしはなぜ、こんなふうな欲望をもつように創られているのか？　わたしという人間は、わたしのすべてのなりたちがたんなるごまかしでしかないという結論に達するためだけに創られているのか？　ほんとうにそこにすべての目的があるのか？　断じてそんなことはない。

もっともこんなふうなこともある。わたしはこう確信している。つまり、わたしたち地下室の住人は、しっかりとタガをはめて押さえつけておかなくてはならない、ということだ。彼らはたしかに、四十年間でも、地下室に黙って閉じこもっていられるが、いったん世間に飛び出してみろ、まるで堰が切れたようにしゃべりまくる、しゃべりまくる、しゃべりまくる……。

## 11

結局のところ、諸君、何もしないほうがいいのだ！　意識的な無気力というのがいちばん！　てなわけで、ここでひとつ、地下室万歳！　わたしはさっき、ノーマルな人間が癪にさわるほど羨ましい、などと言ってみせたが、現にこうして目にしているような状態なら、べつにノーマルな人間になり代わりたいとは少しも思わない（だからと言って、そういう連中に嫉妬するのをやめてしまうわけでもない。いや、いや、いずれにしたって、地下室のほうが有利だ!)。地下室なら、そう、少なくとも……ちぇっ! ここまできて、まだでたらめ言っている! でたらめ、でたらめ、なにしろ、地下室などぜんぜんよくはないし、わたしが渇望している、何か別の、ぜんぜん別もの、ただし、なんとしても見つからない何かのほうがはるかにいいことぐらい、二二が四のようにはっきりわかっているのだから。ちくしょう、地下室なんてクソ食らえだ!

それなら、まだこんなことのほうがまし、というものだ。つまり、もし、ここに書いたことのなかで、たとえひとつでも自分で信じていることがあれば、という話だ。諸君、誓ってもいい、ここにさんざん書きつらねてきたことのなかの一行、たった一行だってわたしは信じていない! いや、信じてはいるのかもしれないが、そのくせ、なぜかわからないが、自分がなんともぶざまなでたらめを口にしているような気がしてならない。

「それなら、どうして、こんなものを書いたのですか?」ときみたちはわたしに言う。

「それを言うなら、なに、きみたちにいっさい仕事を与えず、四十年間、地下室に閉じこめておき、四十年後に地下室のきみたちをたずね、いったいどういう結果になっているか、ひとつお見舞いさせていただきたい。仕事もなしに、四十年間、人をひとり放りだしておけるものか?」

「よくもまあ恥ずかしくもなく、そうぬけぬけと!」いかにも見下したような口ぶりで、首を横にふり、おっしゃるかもしれない。「あなたは、生活に飢えているくせして、生活上の問題を、わけのわからないロジックで解決しようとしている。それに、あなたの突飛な言動は、いかにもしつこくて、生意気だけど、なんだか妙にびくついてるじゃないですか！　あなたは愚にもつかないことを口にしては、それに満足しているし、あれこれ大胆なことを口にしては、絶えずそれを気にして、謝ってばかりいる。恐いものはないなどと言っておきながら、その舌の根のかわかぬ先から、われわれの意見に取りいろうとしている。あなたは、歯ぎしりしていると言いながら、そのくせ、われわれの笑いをとるために、きいたふうな洒落を飛ばしている。その洒落が、あまり気のきいたものではないのをちゃんとご存知のくせに、どうもその文学的価値とやらにご満悦のようすだ。ひょっとして、苦しい目にあわれたことがあるのだろうが、その苦しみをちっとも大事になさっておられない。あなたにも真実はあるのだろうが、純真なところが欠けている。あなたは、ご自分のつまらない虚栄心から、真実をこれ見よがしに市場に出しては、恥さらしをやっている……たしかに、何かおっしゃりたいことがあるのはわかる。ところが、恐くて最後のひと言を隠しておられる。なぜかと言えば、それをはっきりと口にして言うだけの勇気がなく、臆病者の厚かましさしか持ちあわせていないからだ。あなたは意識を鼻にかけておられるが、たんにぐらついているだけのことだ。なぜなら、あなたの頭は回転していても、心が好色に汚されているからね。純真な心がなければ、完全で正しい意識も生まれようがないんだ。それに、あなたのしつこさときたら、あなたって人は、ほんとうに強引で、もったいぶってばかりで！　そんなものは、ぜんぶ嘘っぱちだ、嘘だ、嘘だ！」

むろん、きみたちのこうした言葉は、わたし自身が今、頭のなかでこしらえたものである。つまり、これもまた、地下室の賜物《たまもの》というわけ。わたしはここで四十年間、壁の隙間に耳を押しあて、きみたちの言葉を盗み聞きしてきた。さっきの言葉は、わたしが勝手に考えだしたものだが、考えつけるものといったら、それぐらいしかなかった。だとしたら、それらを丸ごと暗記し、文学の形式にあてはめたからといって、べつにふしぎでも何でもない。

しかし、それにしても、きみたちは、わたしがこれまでした話をすべて活字にし、おまけにそれをきみたちに読ませる気でいるなどと想像するほど、お人好しというわけではあるまい。それにもうひとつ、わたしには疑問がある。じっさい、わたしは何のために、きみたちを「諸君」呼ばわりしているのか、何のために、きみたちにたいして、まるでほんものの読者にでもむかうみたいな態度をとっているのか？　わたしがこれからはじめようとしている告白は、活字にして人に読ませることができるような代物ではない。少なくともわたしには、それをするだけの覚悟もなければ、そんな覚悟をもつ必要もないと思っている。ところが、実のところ、わたしの頭にひとつの気まぐれが浮かんできた。そして、その気まぐれを何がなんでも実現したいと思っている。それは、要するに、こういうようなことである。

どんな人の思い出のなかにも、親しい友人以外にはけっして打ちあけられない話がある。いや、親しい友人にも打ちあけられず、ただひたすら自分にだけ、こっそりと打ちあけるしかない思い出がある。それどころか、自分自身にすら恐くて打ちあけられない思い出もある。どんなにまじめな人間にもそうしたたぐいの思い出はあるし、まともな人間であればあるほど、そういうたぐいの思い出が積もり積もっているものだ。わたしの例をとれば、つい最近、昔のちょっと変わった出来事を思いだしてみようという気になった。それまでは、ある種の不安もあって、つねに避けるようにしてきた思い出である。しかし、たんに思いだすだけではなく、ノートに書き残しておこうと心に決めた今となって、はたして自分自身にたいしてだけは、完全にはだかになり、どんな真実も怖れず打ちあけることができるかどうか、ぜひともそれを試したいと思っている。ついでながらひと言断っておきたい。詩人[*23]ハイネはこう書いている。正確な自伝などというのは、ほとんどありえない、人間は自分にたいして確実に嘘をついている、と。ハイネの意見によれば、たとえば、ルソーにしても、告白録のなかでは確実に自分に嘘をついている、虚栄心からわざと嘘をついているということだ。ハイネの言は正しいと思う。もっぱら虚栄心のせいで、他人の罪をひっかぶってそれを言いふらすといったことが往々にしてあるが、わたしにはそれがとてもよく理解できるし、そうした虚栄心が、はたしてどんなたぐいのものか、それさえもよく心得ている。もっとも、ハイネが裁こうとした相手は、人々の前でおおやけに懺悔した人間だった。わたしはどうか、と言えば、自分ひとりのためだけに書いている。ここではっきりと断っておくと、わたしはあたかも読者を相手にしているような書き方をしているが、それはもっぱら、見せかけで、わたしとしてはそのほうが書きやすいというだけの話である。ここには、たんに形式が、空っぽの形式があるだけで、わたしの場合、読者など絶対にありえない。そのことはすでにはっきりと宣言しておいた……。

この記録の体裁について、わたしは何にも縛られたくない。話の順序も、体系も、無視することにする。思いつくままに書いていくだけのことだ。

ところが、そうかんたんには問屋が卸さない。たとえば、きみたちはわたしの言葉尻をとらえ、こんなふうな質問を向けられるにちがいない。もしもほんとうに読者を想定していないというなら、いったいどうして、順序や体系を無視するとか、思いつくままに書いていくだけだとか、そんなわざとらしい断りを紙に書きつけるのか？　何のためにそんな説明をするのか？　何のために弁解するのか？

「いや、そのことだが」とわたしは答える。

もっとも、これにはまだいろいろと複雑な心理がからんでいるのだ。わたしはたんに臆病者ということでしかないのかもしれない。しかしひょっとすると、この記録をしたためるにあたって、できるだけ行儀よくふるまうため、わざと目の前に読者を想定しようとしているのかもしれない。理由なら、たぶん、何千とある。

しかし、ほかにもまだ問題がある。そもそもわたしは、何のために書きたいと思っているのか。一般読者のためではないというなら、わざわざ紙に書きうつしたりせず、頭のなかで反芻しているだけでよいではないか。

たしかにそのとおり。しかしながら、紙の上だと、何かしら厳粛な感じが出るということがある。そのほうが人の心にひびくような気がするし、より自分に公正になれ、文体もないがしろにできなくなる。そればかりか、事実、こうして紙に書きしるすことで、少しばかり気持ちが楽になる。たとえば、今日にしても、わたしは昔のことを思いだし、ひどく重い気分になった。つい最近の出来事のようにそれがはっきりと思いだされ、それからというもの、まるでいまいましい音楽のメロディのように耳にこびりついて離れない。そうは言っても、そのメロディをなんとか振りはらわなくてはならない。そういう思い出なら、何百とある。ところが、その何百という思い出のなかから、折りにふれて、あるひとつの思い出がひょっこり飛びだしてきては、胸に重くのしかかるのだ。わたしはなぜかこんなことを信じている。つまり、その思い出を紙に書きつければ、その重しから逃れられるのではないか、と。となると、もう試さずにはいられない。

最後にもうひと言。そもそもわたしは退屈なのだ。日頃からわたしは何もしていない。記録をしたためるとなると、いかにも仕事をしているような感じになれる。仕事をすれば、善良で、正直になれるというではないか。それならば、これはまたとないチャンスということになる。

今日は、雪が降っている。ぼたん雪に似た、黄色くて、にごった雪だ。昨日も雪だった。

二、三日前も雪が降った。わたしのなかからなかなか離れようとしないあのエピソードを思いだしたのは、このぼたん雪のせいらしい。そんなわけで、この物語を、ぼたん雪にちなんだ物語と名づけることにする。

# 第二部

# ぼたん雪にちなんで

迷いの深い闇より
信念に満ちる熱いことばで
堕ちた魂を引きあげたとき、
深い苦しみに満たされたおまえは
両手をもみしだいて、
おのれをからめとる悪を呪った。
もの忘れがちな良心を
追憶のかずかずで鞭うちながら、
わたしに出会うまでの身のうえを
おまえは語ってくれた。
と、ふいに両手で顔をおおうと
溢れる羞恥と恐怖におののきながら
おまえはどっと涙にくれた、
高ぶる怒りに身をふるわせて
……

N・A・ネクラーソフの詩から[*24]

# 1

当時、わたしはまだ二十四歳といった年頃だった。暮らしぶりと言えば、その当時からもう陰気くさく、だらしなく、凄まじいくらいに孤独だった。だれともつきあわず、おしゃべりも避け、自分の穴倉に閉じこもることがますます多くなっていった。役所の仕事場では、だれとも顔を合わせないように努めていた。職場の同僚たちは、そんなわたしを見ておかしなやつと思っているだけでなく、どうやら——ずっとそんな気がしていたものだが——嫌悪の目で見ているらしいということもよくわかっていた。当時、わたしの頭にときおりこんな考えが浮かんできたものだった。いったいなぜ、わたし以外のだれひとり、自分が嫌悪の目で見られているといったことを気にかけずにいられるのか？　役所の同僚のひとりなどは、目をそむけたくなるようなあばた面で、しかも追剝ぎみたいな顔つきをしていた。かりにこのわたしがあんな見苦しい顔をぶらさげていたら、たとえ相手がだれであれ、とてもそちらに顔をむける勇気などもてなかったろう。また、もうひとりの同僚は、いつも同じ制服を着ているものだから、そばによると、ぷんといやな臭いが鼻についた。ところが、彼らのどちらも何ひとつひけ目を感じているような様子がない。身につけている制服のことも、自分の顔のことも、精神面についても同じで、二人が二人とも、自分が嫌悪の目で見られていることなど想像もしていなかった。かりに想像していたとしても、上司に目をつけられさえしなければ、べつにどうでもよいことなのだ。今となってじつによくわかるのだが、わたし自身、途方もなく虚栄心がつよく、おまけに自分にたいする要求がきつすぎたため、かなりの頻度で、嫌悪を覚えるほどの狂おしい不満をいだきながら自分を見つめ、だれもが自分と同じような見方をしているものと思いこんでいた。たとえば、自分の顔がいやで、それを忌まわしいとまで思い、何か卑しい表情が顔に浮かんでやしないかとまで疑っていたので、毎日、職場に顔を出すたび、できるだけ人から離れて行動し、自分の下劣さを気取られないようにし、自分の高潔な素顔を見せてやろうと必死に努めていた。《たとえ顔が悪かろうが》とわたしは考えていた。《その代わりに上品で、個性的で、何よりも、ずばぬけて知的な顔を見せてやればいい》と。しかし、自分の顔で、そういったことを完璧にやりつくすことなどとてもできるはずがないことも、苦しいほどよくわかっていた。しかし何よりも悲惨だったのは、自分で自分の顔が完全な馬鹿っ面であることを悟っていたことだ。知的な顔立ちと人に見られているなら、それはそれでがまんもできたはずである。いや、それどころか、たとえ下劣な面つきと言われたところで納得したかもしれない。といっても、それはあくまで、わたしの顔がすばらしく知的であると見てもらえての話である。

わたしはむろん、だれかれの別なく、役所の同僚たちを片っ端から嫌い、軽蔑し、それでいて、どこか彼らを怖れているようなところもあった。どうかすると急に、連中が自分より一段上の人間に見えてくるときがあった。当時、わたしの場合、相手を軽蔑するにせよ、自分より格上と見るにせよ、なぜか、急にそんなふうな気持ちになるものである。教養もある、まともな人間なら、自分に限りなく厳しく接することなく、ある場合には、自分を憎悪するぐらい軽蔑することなく、虚栄心をいだくことなどできないはずなのだ。ところがこのわたしときたら、相手を軽蔑するにせよ、格上と見るにせよ、どんな相手と顔を合わせても、ほとんどの場合、こちらから先に目を伏せてしまうのである。こんな実験も試みたことがある。つまり、現にむかいあっている相手の視線に最後まで耐えきれるかどうか試してみたのだ。結果はいつもこちらが先に目を伏せることになった。これには、気が変になるくらい苦しめられた。また、他人の目に滑稽と映ることを病的なくらい怖れていたので、何ごとにつけ外見にかかわる限り、ルーティーンというべきものを盲拝していた。世間のしきたりに嬉々としてしたがい、突飛なふるまいに出ることを心底から怖れていたのだ。しかし、どうしてこのわたしにがまんしきれただろう？　現代の教養人の名にふさわしく、わたしは病的と言えるくらい知能が発達していた。ところが、あの連中ときたら、そろいもそろって鈍感で、しかも、羊の群れみたいにおたがい同士似通っていた。ことによると、自分を臆病者の奴隷だと感じていたのは、役所じゅうで、わたしひとりだけだったかもしれない。それは、何より、わたしが知的に成熟しているような気がしていたからである。しかし、それはたんにそんな気がしていただけでなく、事実、そうだったのだ。つまり、わたしは臆病者で、奴隷だった。こういうもの言いをしたところで、べつにとまどいなど覚えない。これは、現代に生きるまともな人間は、すべてが臆病者かつ奴隷であって当然なのだから。これは、現代のまともな人間の正常な状態なのである。わたしはそう信じている。そう、現代のまともな人間とは、そんなふうに作られ、そうなるようにできている。それも、現代において、何かしら偶然の事情が重なってそうなるわけではなく、総じて、いつの世も、まともな人間は臆病者でかつ奴隷と相場が決まっている。これは、この地上に生きるすべてのまともな人間に通じる自然の法則である。そういう人間のだれかが、ひょんなことから勇気を奮い起こすことがあっても、それで慰めを感じたり、感激したりしないことだ。そういう人間も、別のことになれば、どうせ弱音を吐くに決まっている。太古の昔から、そういう決まりである。勇気を奮い起こすのは、せいぜいロバとか、その混血種ぐらいのもので、それだって、例の壁までの話である。そんな連中は注意をむけるにも値しない。なにしろ、彼らはまるで何の意味もない存在なのだから。

当時、わたしはもう一つ、別の事情に苦しめられていた。それは、ほかでもない、だれひとりわたしに似るものがなく、わたし自身だれにも似ていないという思いである。《こっちはひとりきりだが、あっちは全員だ》そんなふうに考え、あれこれ悩んでいた。

このことからも明らかなように、わたしはまだまったく青二才だった。
いくつか、それとはまるで正反対のことも起こった。役所に出ていくことが、どうにもいやでたまらなくなることがときどきあって、それが高じるあまり、勤めからの帰りはもう半病人のようになっていることがしょっちゅうだった。ところが、これといって特別な理由もなく、ふいに、懐疑と無関心の時期が訪れてくるのである（わたしの場合、すべてが気分次第だった）。そうなると、わたしはもう自分のこらえ性のなさや気難しさを嗤《わら》い、自分で自分のロマンティックな嗜好をとがめだてるのだった。だれとも口などききたくないと思っていた矢先に、今度はもうおしゃべりに夢中になるどころか、その相手と仲良しになろうか、といった気にまでなった。例の気難しさは、これといった理由もなくどこかにすっ飛んでいった。ひょっとして、わたしには元来、気難しさなんてものはなく、たんに本から仕込んだ、見せかけの感情があるにすぎなかったのかもしれない。わたしは今になってもまだ、この問題が解決できずにいる。あるとき、そんな連中とすっかり仲良しになって、家を訪ねたり、カードでプレフェランスゲームをしたり、ウオッカを飲んだり、昇進話に花を咲かせたりしたことがあった……しかし、ここでひとつ道草をお許しいただこうと思う。

　わたしたちロシア人には、そもそも、ドイツ人、さらにはフランス人のように浮世離れした愚劣なロマンティストが存在したためしは一度もない。この連中は、足もとの地面にひびが入ろうが、全フランスがバリケード上で滅びようが、影響されるということがない——彼らは、あいも変わらず、たとえ義理にでも変化するということがない。根が馬鹿にできているものだから、棺桶の蓋が閉まるまで浮世離れした歌を歌い続ける。しかし、わがロシア、わたしたちの大地に、そういう馬鹿はいない。それは、周知の事実だし、まさにそこにこそ、わたしたちがドイツなどほかの土地と異なる点があるのである。したがって、わがロシアでは、純粋培養による浮世離れした性格などといったものは育たない。それらはみな、当時のロシアの「実証的な」評論家や批評家たちが、[*25]コスタンジョグロや[*26]ピョートル・イワーノヴィチ叔父さんといった連中をつけねらい、軽率にも彼らをわたしたちの理想ととりちがえ、その結果、ロシアのロマンティストも、ドイツやフランスと同じ浮世離れした連中であるという、とんだ濡れ衣を着せただけのことである。じっさいは逆で、わが国のロマンティストの特性とは、浮世離れしたヨーロッパのそれとはまるで正反対のものであり、ヨーロッパ流のちっぽけな物差しなどここではどれ一つとしてあてはまらない（「ロマンティスト」というこの言葉を使用するのをお許しいただこう。これは、由緒ある、立派な、名誉ある言葉で、みんなから親しまれている）。わが国のロマンティストの特性は、すべてを理解し、すべてを見る、それもしばしば、わが国のもっとも実証的な知性たちが見るよりもはるかに明晰に見る、という点にある。彼らは、だれとも、何ものとも妥協しないが、同時に、どんなものでも、これをはなから毛嫌いするといったことはせず、すべてを避け、すべてをゆずり、相手がだれでも如才なくふるまい、つねに、有効でかつプラクティカルな目的（官舎、年金、勲章といったもの）を見失わず、あらゆる熱狂のかげに、あらゆる抒情詩の本にその目的を見とどけ、同時に、人生の終わりの日まで『美しくて崇高なもの』をゆるぎなく保って、しかも、当人は、ついでながら、自分自身を宝石か何かのように綿毛にしっかりくるみ、たとえば、同じ『美しくて崇高なもの』に資するため、というのでもよい、そのまま完全に保存する。わが国のロマンティストは、きわめて鷹揚な人種なので、わが国のペテン師のなかでも第一級のペテン師ということになる。このことは、わたしの経験に照らしても……断言できる。と言っても、当然のことながら、そのロマンティストが聡明であると仮定しての話である。いや、わたしはとんでもないことを口にしている！　だってロマンティストはいつも聡明なはずだったではないか。わたしはただこう言いたかっただけのことだ。つまり、わが国に馬鹿なロマンティストもいるにはいたが、そんな連中は、相手にもならない。それはひとえに、連中がまだ人生の盛りに、すっかりドイツ人になり代わってしまい、自分の宝石をしまっておくのにうってつけという理由で、おおかたは、どこか、ワイマール[27]か、シュヴァルツヴァルト[28]のあたりに住みついてしまっているからである。たとえば、わたしにしても、自分の役所での仕事を心底軽蔑しながら、それでも唾を吐きかけるような真似をしなかったのは、もっぱらそれが必要だったからだし、そこのポストにおさまり、そのおかげで給料をいただけていたからである。いや、いずれにしても、結果的に、唾を吐くような真似はしなかった。わが国のロマンティストは、ほかに出世のあてが見つからなければ、たとえ気が変になることがあっても（と言ってめったにある話ではないが）、唾を吐くようなまねはしないし、逆に首を切られることもけっしてない。せいぜいが「スペイン王」[*29]という扱いで精神病院に送られるぐらいが関の山である。だが、それにしたって、その当人がよほど頭をやられている場合の話である。しかし、わがロシアで頭をやられる連中というのは、だいたいが、ひょろりとしたブロンドの男たちぐらいである。すさまじい数のロマンティストたちが、いずれかなりの地位に昇りつめていく。これはもうけたはずれな度量と言うしかない！　それに、よくもまあ、これほど矛盾した感覚に順応していけるものだ！　わたしは当時もこれには勇気づけられていたが、今もその考えに変わりはない。だからこそ、わがロシアには、どう身を持ちくずそうが、けっして自分の理想を失わない「度量のある人間」がこんなにも数多くいるのである。彼らは、自分の理想とやらのために指一本動かすわけではなく、彼らがたとえ札つきの泥棒や強盗であっても、それでもやはり、自分がいだいている本来の理想だけは、涙を流さんばかりに大事にしており、心のなかは異常とも言えるほど真正直である。そう、名うての卑怯者が、心のなかでは完全にと言おうか、むしろ崇高とも言えるほどに真正直ながら、それでもなおかつまぎれもない卑劣漢でいられるというのは、わたしたちロシア人の間にのみ見られる現象である。くどいようだが、わが国のロマンティストの間から次々と引きもきらず輩出しているのは、こういったプラクティカルな悪党たちであり（わたしはこの「悪党」という言葉が好きで用いている）、驚くばかりの現実感覚や実証的な知識をいきなり見せつけたりするものだから、お上の連中も、世間の人々もただ唖然として舌うちするしかない。

この「度量の大きさ」には、ほんとうに瞠目すべきものがある。今後生じるさまざまな状況のもとでそれがどう変化し、どのようにかたちをなしていくのか、それがわたしたちの将来に何を約束してくれるのか、だれにもわからない。しかし、材料はけっして悪くない！　なにやら滑稽な、というか、盲目的な愛国心にかられてこんなことを口走っているわけではない。もっとも、きみたちは、このわたしがまた茶化しているとお考えのようだ。いや、これはまだ何とも言えないが、きみたちは逆に、わたしが本気でそう考えているとお思いかもしれない。いずれにせよ、諸君、わたしは、きみたちのそれぞれの考え方を光栄に思うし、特別な喜びとみなすことにしよう。ともかく、どうかこの道草をお許しいただきたい。

同僚たちとのつきあいはむろん長続きせず、たちまちのうちに仲たがいし、当時はまだ若くて経験も浅かったせいか、ハサミで裁ち切るみたいに、挨拶を交わすことすらふっつりやめてしまった。と言ってこれは、これまでたった一度しかなかったことである。だいたいにおいて、わたしはつねにひとりぼっちだった。

第一、家ではたいがい本を読んでいた。わたしの内部でひっきりなしに沸きたっている何かを、外づけの印象でおおい隠してしまいたかったのだ。外づけの印象のうち、わたしが手にできるものはと言えば、ただ一つ読書しかなかった。読書は、むろん、いろんな助けになった。興奮し、慰められ、ともに苦しむことができた。それでも、時としてどうしようもなく退屈することがあった。何といっても、体を動かしたくなる。そこでいきなり、暗く、秘やかな、忌まわしい放蕩と言おうか、ちょっとした遊びにふけりはじめた。いつもの病的な苛立ちのせいで、わたしのいじけた性的欲求は、鋭く、焼けるようだった。涙や痙攣をともないながら、ヒステリックに突きあげてきた。けれど、本を読む以外、どこにも行くあてがなかった――つまり、当時わたしを取り巻いていたもののなかには、何ひとつ尊敬できるもの、心を惹くものがなかったということだ。そればかりか、物悲しい思いがふつふつと沸きたってきた。矛盾やコントラストをもとめるヒステリックな渇望が現れるようになって、わたしはついに夜の遊びにはまりだした。わたしがこんなふうにしゃべりちらしているのは、けっして自己弁護のためではない……そう、それはちがう！　いや嘘を言っている！　わたしは何と言っても自己弁護がしたかったのだ。諸君、わたしがこうしてメモをとっているのは、自分自身のためである。嘘はつきたくない。約束したとおり。

わたしは、夜ごと、ひとり闇にまぎれて、びくびくしながら、汚らわしい夜遊びにふけっていた。どんなにおぞましい瞬間も羞恥の念につきまとわれていたが、そういう瞬間には、羞恥の念がかえって呪詛の念にまで達するのだった。すでに当時、わたしは心のなかに地下室を抱えていた。何かの拍子で人に見られたり、だれかとばったり鉢合わせしたり、正体を知られたりはしないか、と呆れるくらいびくびくしていた。わたしは、あちらこちら、とくに暗い場所を探すようにほっつき歩いた。

ある夜、一軒の小さなレストランの前を通りかかったわたしは、煌々とあかりのともる窓越しにある光景を目撃した。男の客同士が、ビリヤード台のまわりでキューを手につかみあい、そのうちのひとりが窓から突き落とされる光景である。別の場合なら、たまらなくいやな気がしたと思うのだが、そのときは、なぜか急に、窓から突き落とされた男が羨ましくなった。羨ましさが高じて、そのレストランのビリヤード場にまで踏みこんでいったほどである。《おれもひとつ、つかみあいのケンカをしてみるか、そうすりゃ、窓から突き落としてもらえるかもしれない》

べつに酒に酔っていたわけではないが、しかしどうにも抑えがきかなかった。無聊が高じると、こんなふうなヒステリックな気分にまで達することがあるものだ！　しかし、結局は何ごともなく終わった。窓から飛び降りる勇気など自分にはないとわかって、とくにケンカもせずに、すごすごとそこを引きあげた。

ビリヤード場でわたしの出鼻をくじいたのが、とある将校である。

わたしは、ビリヤード台のそばに突っ立ち、それとは気づかないまま、その男の通り道をふさいでいた。男はいきなりわたしの肩をつかむと、何も言わず——なんの警告も、説明もぬきで——わたしが立っていた場所から別の場所へといきなり押しやり、自分は、まるで何ごともなかったかのように脇を通りすぎていった。かりに殴られでもすれば、許すこともできたろう。しかし、わたしを脇に押しのけながら、まるで眼中になしといった態度をとったことだけは、何としても許すわけにはいかなかった。

もっとましな、ほんもののケンカ、もっとまともで、いわば、より文学的なケンカができるのだったら、何を犠牲にしたってかまわない、という心境だった。なにしろ、わたしはハエ同然の扱いを受けたのだ。その将校は、上背が二メートル近くもあろうかという大男なのにたいし、こっちは、ちんちくりんの痩せっぽちときている。もっとも、ケンカをするかしないかは、こっちの出方次第だった。軽く文句をつけるだけでいい。そうすれば、まちがいなく、窓から放りだしてもらえるだろう。しかし、わたしは考えなおし……むしゃくしゃする気持ちをおさえて、静かに退散する道を選んだ。

どぎまぎし、興奮しながらレストランを出たわたしは、そのまままっすぐ家路につき、翌日は、前よりももっと臆病でいじけた、みじめな思いを抱えて、お定まりの夜遊びを続けた。涙が出そうなほど情けなかったが、それでも、続けた。ただし、わたしが臆病なために、あの将校に怖れをなしたなどとは思わないでほしい。わたしはこれまで、じっさいに事を起すとなると、いつもびくついていたものだが、心のなかが臆病であったためしは一度だってない。しかし——笑うのだけは、待ってほしい、これには、ちゃんとした理由があるのだ。わたしの場合、どんなことにも理由がついてまわる。嘘ではない。

そう、かりにあの将校が、決闘の申し込みを受けて立つような男だったら！　ところが、勝手がちがった。あの男は、ほかでもない（残念ながら、とうの昔に絶滅してしまったが）、キューをやたらとふりかざしてみせたり、でなければ、ゴーゴリに出てくるピロゴフ中尉[*30]のように、上司に告げ口をするほうを好むといった手合いのひとりだった。決闘になどけっして応じないし、いずれにせよわたしたち文官相手に決闘をするなど不作法きわまりないことと考えていた。そもそも、決闘そのものを、何かしら想像することもできない、自由思想かぶれの、フランス的なものとみなしていた。そのくせ、ご当人は、平気で人を侮辱しまくり、とくに身長が二メートル近い大男なら、それがあたりまえといった顔をする手合いだった。

わたしがそのとき怖れをなしたのは、臆病心からではなく、途方もない虚栄心のせいである。わたしが怖気《おじけ》づいたのは、相手の二メートル近い背丈でもなければ、こっぴどく殴られて窓から放りだされるということでもない。事実、身体面での勇気は、それこそ十分すぎるほどあったのだが、精神面での勇気が足りなかった。わたしが怖気づいたのは、次のような事情によるものだった。つまり、そこに居合わせている連中の全員、厚顔無恥の記録係をはじめ、脂ぎったカラーをつけてそのあたりにとぐろを巻いている、腐ったようなニキビ面の下っ端役人にいたるまで、わたしが因縁をつけ、文学的な言葉でもって話しはじめたところで、何ひとつ中身は通じず、たんに人を笑い草にするだけだろう、ということだった。というのも、「名誉の問題」というか、つまり名誉そのものではなく、point d'honneur（名誉にかかわる問題）について、わが国では、今日にいたるまで、文学的な言葉を用いずには話もできないからだ。日頃使っている言葉では、「名誉にかかわる問題」などとうてい話題にするわけにもいかない。わたしはこう信じきっていた（どれほどロマンティシズムに浸りきっていても、現実感覚というものがある！）。すなわち、まわりの連中はみんな腹を抱えて笑いだすにちがいない、肝心の将校などは、たんに、ということは、べつに悪気もなしにわたしを殴りつけ、それでも足りずにかならずや膝で突つきまわし、そんなぐあいでビリヤード台をひとまわりしてから、最後はお情けとばかり、窓から放りだすにちがいない、と。もちろん、このお粗末な一件は、これで終わりというわけにはいかなかった。その後も、通りでしばしばこの将校と出くわし、すぐに彼だと見分けがついた。もっとも、むこうがこちらに気づいていたかどうかはわからない。おそらく気づいていなかったのではないか。いくつかの兆候から、そう結論できた。しかしわたしのほうは――敵意と憎しみの念をいだいて相手の男を見ていた。そういう状態が……じつに数年間続いた！　わたしの敵意は、年とともにしっかりと根をはり、成長していった。まずわたしは、この将校についてこっそりと調査をはじめた。だれひとり伝手《つて》がなかったので、けっこう骨が折れる仕事だった。しかし、まるで金縛りにでもあったように彼のあとを遠くからつけていたとき、だれかが彼を呼ぶのを耳にし、図らずも男の姓を知ることができた。あるときはまた、彼のアパートのすぐ近くまでつけていき、庭番に十コペイカ玉を手渡して、男が何階の何号室に住んでいるのか、ひとり住まいか、同居人がいるか、など、要は、庭番から聞きだせる限りのことを聞きだすことができた。わたしは一度も文学者めいた仕事に手を出したことはないが、ある日の朝、とつぜん、この男の正体を、小説のかたちでカリカチュアふうに暴きたててやろうというアイデアが浮かんだ。ぞくぞくする思いでこの小説を書きあげた。暴露するばかりか、中傷までしてやった。最初は、この男がだれかすぐにも察知できるような姓に作りかえてみたが、その後、あれこれ考えた末、それをさらに大きく変えて、「祖国雑記」[*31]に送りつけた。しかし、当時はまだ、暴露文学というものがなかったので、その小説は活字にならなかった。それがほんとうにいまいましかった。どうかすると、憎しみで胸がつまりそうだった。わたしはついに覚悟し、この相手に決闘を申し込むことにした。すばらしく魅力的な手紙を書いて、謝罪するようにもとめた。それを拒むなら、あとは決闘しかないことを、かなりはっきりと匂わせる内容だった。手紙の書きぶりはなかなかのものだったので、将校が多少とも『美しくて崇高なもの』がわかる男なら、まちがいなくわたしのところに飛んできて、わたしの首をかきいだき、仲直りをもとめるにちがいなかった。もしもそういうことになれば、どんなにかすばらしかったろう！　わたしたちは新たな生活がはじめられる！　そう、はじめられる！　《彼は、その立派な押し出しでもってわたしの後ろ盾となってくれる。わたしは自分の教養と、そう、思想とによって彼を高めてやれる。いや、ほかにもいろんなことができる！》想像してみてほしい。そのときすでに、あの将校がわたしを侮辱してから二年の月日が経っており、わたしの果たし状が、どれほど巧みにその時間的なずれを説明し、なおかつそれを隠ぺいするものであったとしても、醜悪きわまりない時代錯誤《じだいさくご》であることにまちがいはなかった。しかし、ありがたいことに（今もって、涙を流さんばかりに神に感謝している）、この手紙は出さずにすんだ。もしも出していたら、どうなっていたか、思いだすたびに身の毛がよだつ。ところが、突然、……ほんとうに突然、わたしは、きわめて単純で、このうえなく天才的な方法でもって復讐を果たすことができたのだ！　わたしの頭に、思いがけずすばらしいアイデアが浮かんだ。休みの日など、午後の三時過ぎに、ときたまネフスキー大通りに出て、日の当たる歩道をぶらぶら歩きまわることがあった。と言っても、たんに歩きまわっていたわけではなく、数知れぬ苦しみと屈辱と、こみあげる苛立ちに耐えていたのだ。しかしわたしには、それこそがまちがいなく必要だったらしい。将軍やら、近衛将校やら、騎兵隊の将校やら、あるいは貴婦人やらに絶えず道をゆずりながら、まるでドジョウみたいに、じつに見苦しい恰好で通行人たちの間をすり抜けていった。その瞬間、自分のみじめな身なりや、身をかわしながらすり抜けていく姿を想像するだけで、胸のあたりに痙攣的な痛みを感じ、背中が熱くなるのを覚えた。それはまさに業苦に近い苦しみだった。それは、こういう社交界の連中を相手にしたら自分はたんに、汚らわしい、役立たずのハエにすぎないという思いからくる、絶え間ない、耐えがたい屈辱なのだが、それがいつしか、絶え間ない、直接的な身体感覚に変わっていく。たしかに自分はだれよりも頭がいいし、だれよりも知的に発達しているし、だれよりも高潔だ――それは、もうわかりきったことだ、それでもわたしは、つねにみんなに道をゆずり、みんなに虐げられ、辱《はずかし》められている一匹のハエにすぎない。何のために、こんな苦しみを引き寄せようとしているのか、何のためにネフスキー大通り通いなどしているのか、それはわからない。しかし、機会あるごとに、そこへそこへと引き寄せられていくのだった。

そのころからもう、第一部でも述べた例の快感の訪れを感じはじめていた。将校との一件が持ちあがったあとで、わたしはますますそこへ引き寄せられるようになった。ネフスキー大通りでは、あの男と顔を合わせる機会がもっとも多かったので、わたしはそこで彼の姿をつらつらと眺めることになった。男のほうも休みの日にはよくネフスキー大通りにやってきた。男もやはり、将軍たちや役所のお偉いさんたちの前では道をゆずり、彼らの間をドジョウのように身をくねらせながら歩いたが、相手がわたしたちと同類の仲間たちとなると、たとえいくらか身ぎれいな連中でも、もう踏みつぶさんばかりの勢いだった。目の前が、人ひとりいない空間ででもあるかのように、まっすぐ彼らにむかって歩いていき、頑として道をゆずろうとしない。わたしは、怒りに酔いしれながら、男の姿を眺めやっていたが、……彼と鉢合わせするたび、煮えくり返る思いで身をかわすのだった。何ともいまいましいのは、街頭にあってさえ、対等になれないことだった。《どうしておまえはかならず先に身をかわすのだ?》真夜中の二時過ぎに目を覚ましたときなど、凶暴なヒステリーにかられて、自分にしつこく問いかけたものである。《どうしておまえが先で、あいつが先じゃないのか?

そんな法令はどこにもないし、そんなことは、どの本にも書かれてないじゃないか？　礼儀をわきまえた人間同士が顔を合わせたときふつうやるように、五分五分ということにすればいいじゃないか、相手が半分道をよけたら、こっちも半分よける、そうして、たがいに敬意を払いながら、すれちがう》、ところがそうはならずに、やっぱりこっちが先に身をかわし、わたしが道をゆずったことなど、むこうは気づきもしない。そこでふと、驚くべきアイデアが頭に浮かんだ。《こうしてみてはどうか》わたしは考えた。《かりにやつと顔を合わせても、……脇に寄らないことにしたら、どうなる？　たとえやつと体をぶつけあうことになっても、わざとどかずにいるのだ、そしたら、いったいどんな事態になるか？》この大胆なアイデアが徐々にわたしの心をとらえていき、ついにじっとしていられなくなった。絶えずこのことを思い描き、やたらと、しかもわざと頻繁にネフスキー大通りに足を運ぶようになった。いざ実行となったとき、これをどんなふうにやってのけるか、より鮮明に思い描いてみるためだった。わたしはもう有頂天だった。時を経るにしたがって、この計画は、まんざら非現実的なものでもなく、実行可能なもののような気がしてきた。《むろん、体当たりするわけじゃない》、はやる気持ちをおさえながら、考えた。《身をかわさずに、軽く体をぶつけるだけだ、それもあまり大ごとにならないよう、ほんとうに軽く、礼儀上、許される範囲で、肩と肩を触れあわせるだけでいい。つまり、むこうがこっちに体をぶつけた分、こちらからもぶつけ返してやる》わたしはついにきっぱりと腹をかためた。ところが、その準備には、おそろしく手間がかかった。第一に、いざ、実行に移すとなれば、もうすこしましな身なりをしていなければならず、まず服装に気を配らなくてはならない。《いずれにしても、公衆の面前でひと騒動が起こった場合にそなえ（あそこを練り歩いている連中は、超一流で、伯爵夫人もいれば、D公爵もいる、文壇全体が練り歩いているという感じだからな）、ちゃんとした身なりをしていなくちゃならない。そうすれば、上流社会の目に、われわれ二人がある程度、対等な立場にあることをじかに印象づけられる》この目的のために、わたしは給料を前借りし、チュールキンの店で黒の手袋と、高級な帽子を買いこんだ。黒の手袋のほうが、はじめに目をつけたレモン色のものより貫禄もあれば、趣味も悪くないような気がしたのだ。《色があまりきつすぎると、いかにも目立ちたがっているように見える》そこでレモン色は諦めることにした。骨製の白いカフスボタンのついた高級ワイシャツは、すでに前々から用意しておいた。ところが、コートのほうにかなり問題があった。わたしのコートは、それ自体、けっして安いものではないし、あたたかくて着心地もよかった。だが、綿入りで、襟の部分がアライグマの毛皮でできていたため、なんというか、下男趣味もいいところだった。襟だけはなんとしても、将校たちがつけているのと同じビーバー製につけ替えなくてはならなかった。そのため、百貨店《ゴスチーヌイ・ドウヴオール》通いし、あれこれ試したあげく、ドイツ製の安いビーバーにねらいをつけた。ドイツ製のビーバーは、ごく短期間で擦りきれてしまい、惨憺たる見てくれになるが、それでも最初のおろしたてはけっこう見栄《みば》えがする。しかも、わたしにとってこれが必要なのは、一回こっきりだ。で、値段を訊いてみた。やはり高かった。熟慮の末、自分のアライグマの襟を売る決心をした。わたしからするとかなりの額にのぼる不足分は、同じ課の課長アントン・アントーノヴィチ・セートチキンから借金することにした。温厚な人柄で、まじめで手堅く、人に金を貸したりするような男ではないのだが、かつてわたしが役所に入る際に世話をしてくれたさる有力者が、とくにこの人物に紹介の労をとってくれた経緯があった。わたしは悩みに悩んだ。セートチキン氏に金を借りるなどというのは、とてつもなく恥ずかしいことのように思えたからだ。二晩か三晩、ほとんど寝つかれないほどだった。と言っても、当時は、だいたい、まるで熱に浮かされたようになって、まともに睡眠もとらなかった。心臓の鼓動がなにやらすっと消えてしまいそうな感じになるかと思うと、いきなり、どきん、どきん、どきんとはげしく脈うちはじめる！……セートチキン氏は、はじめ呆気にとられた様子だったが、やがて軽く顔をしかめ、それからやや思案して、ともかくにも金を貸してくれた。二週間後には、相当分の額を給料から天引きする権利がある、という一札をわたしからとったわけだ。こういうしだいで、ようやく準備が整った。胸くそ悪いアライグマの襟がついていた場所に美しいビーバーの襟がでんと輝き、わたしはぼつぼつ工作にかかった。やみくもにいきなり実行に踏みだすわけにはいかない。この工作は手際よく、つまりゆっくりと仕あげていく必要があった。しかし、正直言うと、何度もテストを重ねたあげく、わたしは早くも絶望しかけていた。なんとしてもうまくぶつかれない。何度試しても同じなのだ！　準備が足りない、気がまえが足りないというのならともかく、今にも体がぶつかりそうな気がして、ふと気づくと、またしてもわたしが道をゆずり、男は、わたしのことなど気づきもしないで通り過ぎている。男にむかって歩いていきながら、どうか、勇気をさずけてくださいと、神さまに祈りを唱えたこともあった。あるときは、もう、完全に成功しかけていたのに、終わってみれば、たんに相手に足を踏まれただけだった。というのも、最後の土壇場、ほんの一歩というところで、勇気が欠けてしまったのだ。男は、平然たる様子でわたしのブーツを踏んでいき、わたしはボールのように脇に飛びのいていた。その夜、わたしはまた熱に浮かされたようになり、うわごとを口走っていた。ところが突然思いもかけず、すべては、これ以上望みようがないくらいうまくけりがついた。その前の晩、わたしはついに、自分のこの破滅的な計画をもう実行しない、すべて徒労のまま終わらせると心に決め、その決意を胸に秘めて、これが見おさめとばかりにネフスキー大通りに出かけていった。すべてを徒労のまま終わらせるということが、はたしてどんなものか、この目で確かめたかったのだ。ところが、憎き相手から数歩というところで、思いもかけず、腹が決まった。目を閉じたとたん、二人の肩と肩が、どん、とばかりにぶつかった！　わたしは一センチたりとも道をゆずらず、完全に五分五分のかたちですれちがった！　男は、ふりかえろうともせず、何も気づかないふりをしていた。だが、たんにふりをしていただけだと、わたしは確信している。今もってそう信じている！　むろん、わたしのほうが高くついた。なにしろ、彼のほうがこちらよりも力が優っていたのだから。しかし、そんなことはもうどうでもよかった。肝心なのは、わたしが目的をとげ、威厳をたもち、一歩たりとも道をゆずらず、おおやけの場で、彼と社会的に五分五分の立場に立てたということなのだ。わたしはもう、すべてに対して完全に復讐を果たしたような気分でアパートに引き上げてきた。有頂天だった。意気揚々と、イタリアオペラのアリアなんか口ずさんでいた。わたしはむろん、それから三日後、わたしの身に起こったことをここで書きたてることはしない。すでに「地下室」第一部をお読みになったきみたちなら、おおよそ見当はつくだろう。将校はその後どこかへ転任となった。かれこれ十四年間も彼と顔を合わせていない。愛すべき将校先生、彼は今、何をしているのだろう？　だれの足を踏みつけていることやら？

## 2

だが、夜遊びにあけくれた一時期が終わると、わたしはおそろしく胸がむかついてきた。後悔の念が襲ってきて、それを必死で追いはらおうとしていた。それほどにもむかつきが強かったのだ。しかし、これにも少しずつ慣れていった。わたしは何にでも慣れることができた、いや、慣れるというよりもむしろ、なにやら自発的に耐えようという気になってしまうのだ。しかし、わたしにはすべてを和ませてくれるひとつの逃げ道があった。要するに、

『美しくて崇高なもの』のなかに逃げ込むのだ。むろん、これは空想のなかでの話である。わたしは、ひたすら空想にふけり続けた。三カ月間、自分の穴倉に閉じこもり、ひたすら空想に空想をかさねた。信じていただけないかもしれない。しかしそのときのわたしは、雌鶏同然の臆病風に吹かれ、自分のコートの襟にドイツ製のビーバーを綴《と》じつけた紳士とはもはや似ても似つかなかった。わたしは、にわかにヒーローとなった。そのときのわたしなら、二メートルもある例の中尉がたとえこちらをたずねてこようと、敷居だってまたがせなかったにちがいない。いや、そのときのわたしには、あの男のことなど、想い起こすこともできないほどだった。わたしの空想というのが、どんなもので、どうしてそんな空想に満足できたのか、今、ここでそれを説明するのはむずかしいが、当時はともかくも満足していた。もっとも、わたしは今だって部分的にはそういう状態に満足している。それらの空想がとりわけ甘美で強烈なものとなるのは、みじめな夜遊びを終えたあとのことで、後悔と涙、呪いと歓喜とともにそれは訪れてきた。どうかすると、まぎれもない陶酔と幸福の瞬間が訪れてきて、内心にひとかけらの嘲りすら感じられないこともあった。けっして嘘ではない。信念や、希望や、愛があったのだ。つまりそこ、そこが問題だった。わたしは当時、何かの奇跡で、何かしら外的な事情で、こうしたもろもろのことが、突然ひらけ、広がっていくにちがいない、と盲目的に信じこんでいた。やりがいある、立派な活動、しかも、ここが肝心な点だが、すっかり用意がととのった活動の地平（と言っても、それがはたしてどのようなものであるのか、わたしにはまったくわからなかった。しかしそれでも、大切なのは、この、すっかり用意がととのっている、ということだった）がふいにひらけ、わたしはそこで白い馬にまたがり、月桂樹の冠をいただかんばかりの勢いで敢然とその世界に乗りだしていく。脇役を演じるなど、考えられもしなかったし、逆にそれだからこそ、現実の世界にあっては、ごく平然と世の末席を占めていられたのである。ヒーローにあらずんば、泥まみれ、中間はなし。わが身の破滅は、まさにこれに起因していた。というのも、泥まみれの境遇に甘んじながら、時代が変われればヒーローになれる、ヒーローになれれば、泥もぬぐえるといった考えで自分を慰めていたからだ。並の人間にとって、泥にまみれるのは恥ずかしいことだが、ヒーローは、泥まみれになるにはあまりに気高すぎる存在であり、したがって多少とも泥にまみれたからといって、べつにどうということもない。注意すべき点は、こうした『すべての美しくて崇高なもの』が、夜遊びの最中にも押し寄せてくることだった。つまり、わたしがすでにどん底に落ちていくときに、ぱっぱっと閃光のように煌《きら》めきながら、自分の存在を忘れさせまいとするかのごとく押し寄せてくるのだ。がしかし、それが現れたからといって、夜遊びそのものが台なしになるといったことはなかった。いや、それどころか、そのコントラストの力でもって、わたしの夜遊びに、上質なソースとしてきっかり必要な分の味わいを添えてくれた。この場合のソースは、矛盾とか、苦しみとか、あるいは苦しい内面分析とかを調合したもので、こうした大小さまざまな苦みが、わたしの夜遊びの意味にまでスパイスのきいたある種の味わいを添えてくれたのである。ひと言で言うと、上質なソースとしての役目を立派に果たしてくれたということだ。と言っても、これには、ある種の深刻味がないわけではなかった。そもそも、このわたしが、単純かつ俗悪で、直接的で、下っぱ役人ふうの夜遊びに満足し、こんなどろ沼暮らしに耐えられるはずもなかった！　では当時、そんなどろ沼暮らしのいったい何に魅了され、誘われるようにして夜の町にくりだしていったのか？　いやいや、このわたしには、何ごとにつけても、じつに上品な抜け道が用意されていた……。

しかし、こうした空想のなかで、この『すべての美しくて崇高なもの』に救いをもとめるなかで、どれほどの、ああ、どれほどの愛を経験したことだろう。たとえ、現実離れした愛であり、それがじっさい、人間的なものにけっして当てはまらない愛であっても、その愛があふれかえるほどあるため、その後、現実にそれを適用しようという欲求すら感じられなくなったほどだ。それはもう余分な贅沢とでも言うべきものだった。もっとも、それらはすべて、ごく平穏のうちに、けだるい夢心地のまま芸術へと移り変わっていくのが落ちであった。芸術というのは、つまり、詩人や小説家から臆面もなく盗用し、考えうるすべての注文や要求に応えようとする、万事出来あいの、美しい存在形式である。たとえば、わたしには、万人にたいして勝ち誇ったような気分でいる。むろん、人々は粉微塵にされ、わたしに備わったすぐれた資質を、進んで認めざるをえなくなり、わたしはわたしで彼らを全員許すことになる。わたしは、有名な詩人なり、侍従武官となって恋をする。巨万の富が手に入れば、すぐにでもそれらを人類のために寄付し、全民衆の前でただちに自分の恥辱を告白する。その恥辱は、当然のことだが、たんなる恥辱ではなく、『美しくて崇高なもの』、何かしらマンフレッド的なもの[32]をありあまるほど含みこんだ恥辱である。みんなが涙を流さんばかりにわたしに口づけをし（そうしないなら、彼らは、とんでもない間抜けどもだ）、わたしは、裸足《はだし》で、飢えを忍びながら、新しい思想を広め、アウステルリッツ[33]の戦場で保守反動の輩を粉砕してやる。やがて、マーチが演奏され、恩赦が下されて、法王[34]はローマからブラジルに移ることに同意する。それから、コモ湖畔[35]に立つボルゲーゼ家の離宮で、全イタリアのための舞踏会がひらかれる。というのも、コモ湖が、この催し物のためにわざわざローマに移されているからである。それから、戸外の林間での一幕などがあったりするのだが、それはもうご存じのとおり。きみたちは、こうおっしゃるかもしれない。さっき、あれほどの陶酔と感激の涙を告白したあとで、今さらこんな話をさらけだすのは、いかにも俗悪だし、下劣だと。では、いったいどこが下劣なのか。きみたちは、このわたしがこうしたことを恥じているとでもお考えなのだろうか。こうしたことが、そう、きみたちの生活の何に比しても、馬鹿げているとお考えなのだろうか？　しかも、そう、わたしが書いたことのなかには、けっこう気のきいたところもあったはずだ……何もかもがコモ湖での出来事というわけではない。もっとも、きみたちにも一理ある。たしかに、俗悪だし、下劣でもある。なにより俗悪なのは、わたしが今きみたちに弁解しはじめたことだ。さらに俗悪なのは、わたしが今こうして断り書きをしていることだ。しかし、もうけっこう。こんなことを書きつらねていたら、いつまでたっても終わらない。次から次へ、ますます俗悪になるばかりだ……。

わたしも、さすがに三カ月以上ぶっ続けで空想に浸りきることはできず、社会の懐に飛びこんでいきたいという、やみがたい欲求を感じはじめていた。社会の懐に飛びこむということ、それは、とりもなおさず、課の上司であるアントン・セートチキン氏の家にお客として行くことを意味していた。セートチキン氏は、わたしの人生を通して、ただひとり、変わることのなかった知人であり、その事実を、わたし自身、今もって不思議に感じているほどである。だが、わたしが彼の家に足を運ぶのは、ある種の気分が訪れてきて、わたしの空想が、人々、いや人類全体と、是が非でもすぐに抱きあわずにはいられないほどの幸福の頂点に達したときだった。そしてそのためには、たとえひとりでも、現に存在する、なまの人間をもっていなければならなかった。もっとも、セートチキン氏の家に顔を出せるのは、毎週火曜日（彼の面会日）と限られていたので、人類全体と抱きあいたいという欲求も、いつも火曜日に合わせなくてはならなかった。このセートチキン氏が住んでいたのは、ピャチ・ウグロフに近い建物の四階で、天井が低く、ごくごく簡素で、黄色みがかった感じのする、いずれおとらずちっぽけな四部屋からなっていた。娘が二人と、お茶注ぎが仕事のような伯母がいた。娘は、ひとりが十三歳、もうひとりが十四歳、二人ともにシシ鼻だった。この二人がいつもひそひそ話をしたり、くすくす笑ったりするのでわたしはひどくばつが悪い思いをさせられた。主人はだいたい書斎で、町の役人か、でなければ、ほかの省庁に勤める役人らしい白髪頭をした客人ともども、テーブルをはさんだ革ばりのソファに腰をおろしていた。だいたい二、三人の客人、それもいつも決まった面子《メンツ》、それ以外に、わたしはだれとも顔を合わせたことがなかった。話されていたのは、間接税、元老院での競売、給与、昇進、長官閣下の近況、上役から気にいられるための手段等々。そうした連中のかたわらに四時間ほども馬鹿っ面をしたままかしこまり、彼らと話しはじめる勇気も才覚もないまま、じっと話に耳を傾けているだけの忍耐力は持ちあわせていた。そのうち、頭がぼうっとしてきて、何度も冷や汗をかきそうになったり、一種のマヒ状態が襲ってきたりするが、それがまたなかなか快適でもあり、有益でもあった。家に帰ると、しばらくのあいだはもう、人類全体と抱きあいたいといった願望を先送りにするならわしとなっていた。

もっとも、わたしにはもうひとり、昔の学校仲間でシーモノフという名前の、まあ、知人と言ってもよい男がいた。学校仲間なら、ペテルブルクにたくさんいたはずだが、わたし自身、そういう連中とはつきあいがなかったし、通りで顔を合わせても挨拶することさえやめてしまっていたほどだ。ひょっとして、わたしが別の役所に職場を移したのも、そうした学校仲間といっしょにいるのがいやで、憎々しい少年時代との縁をひと思いに切ってしまいたかったからかもしれない。あんな学校、あんなひどい囚人みたいな年月など、呪われるがいいのだ！　要するに、わたしは、社会に出るとただちにあの学校仲間たちと縁を切った。とは言っても、顔を合わせれば挨拶ぐらいはかわす仲間がまだ二、三人はいた。そのなかのひとりがシーモノフだったわけで、学校時代の彼は、わたしたちの仲間ではまったく目立たない、おっとりした感じの、いたってもの静かな男だったが、わたしはその彼に、一種の独立独歩の精神と、誠実さといったものがあることを認めていた。それほど視野の狭い男でもないなとさえ思っていた。かつて彼とのあいだに、けっこう晴れやかな交流の時期もあったが、それも長続きせず、あるとき急に霧に覆われたような感じになってしまった。どうやら、彼のほうも、この思い出を負担に感じているらしく、わたしが以前のような調子にもどりはしまいか、と絶えず怖れているようなふしが見てとれた。わたしはわたしで、相手にひどく嫌われているのではないか、と疑心暗鬼でいたが、たしかにそうという確信もなかったので、あい変わらず彼のもとを訪れていた。

そんなある日、木曜日のこと、ついにひとりでいることに耐えきれなくなったわたしは、木曜日はセートチキン家の扉も閉ざされているとわかっていたので、シーモノフのことを頭に浮かべた。四階にある彼のアパートを訪ねようと階段をのぼっている途中、ふっと、この男がわたしのことをうっとうしがっていることを思いだし、わざわざ出かけてくることもなかったな、と後悔しはじめていた。しかし、こうしてあれこれ考えだすと、まるで仕組んだように、どっちつかずの立場に追いこまれるのが落ちだったので、わたしは思いきってなかに入っていった。前回、最後にシーモノフと会ってから、ほぼ一年が過ぎていた。

# 3

彼のアパートには、わたしと同じ学校仲間が二人来ていた。彼らはどうも、ある重要な案件について話しあっていたらしい。彼らのだれひとり、わたしが来たことにろくすっぽ注意を払わなかったので、わたしは妙な気がした。というのも、わたしはもう何年間も彼らと顔を合わせていなかったからである。わたしが、どこにでもいるハエ同然の男とみなされたことは明らかだった。みんなから嫌われていたとは言え、学校時代でさえこんなふうな感じで疎んじられたことはなかった。わたしには、むろんわかっていた。彼らがわたしを軽蔑するのも当然だったかもしれない。なにしろ、役所でのキャリアはぱっとしないばかりか、ここまで風采が落ち、薄汚い恰好で出歩いていたのだから。彼らの目からすると、わたしは、能力に欠け、とるにたらない男だという看板をぶら下げて歩きまわっているに等しかった。しかし、それにしても、これほどひどい軽蔑に晒されるとは予想しなかった。シーモノフは、わたしの訪問にいささか面食らった様子さえ見せた。もっとも、彼は以前にもわたしが顔を出すたびに同じような表情を浮かべてみせたものだ。そんなわけで、わたしはすっかり当惑してしまった。わたしはいくぶん憂鬱な気分で腰をおろし、連中が何を話しているのか、聞き耳を立てはじめた。

彼らが真剣にと言おうか、むしろ熱っぽく話しあっていたのは、将校として勤務する友人のズヴェルコフが、今度遠い地方の県に転任するというので、明日いっしょに催そうとしている歓送会のことだった。ムッシュー・ズヴェルコフは、学校時代を通してわたしの同級だった。高学年になってから、わたしは彼をことのほか嫌うようになった。低学年のときの彼は、だれからも愛される、気のいい、腕白少年だった。もっとも、わたしは、低学年のときから彼が嫌いだった。それは、ほかでもない、彼が、気のいい、腕白少年だったからである。成績は、どんなときでもつねに悪く、上に行けば行くほど悪くなった。しかし、有力な後ろ盾もあって首尾よく卒業することができた。最終学年には、じつに農奴二百人つきの領地が遺産として彼の手に入った。ところが、わたしたちのほとんど全員が貧しい生徒だったため、彼はわたしたちの前でむやみとほらを吹くようになった。彼は、根っからの俗物だったが、そうして大風呂敷を広げているときでさえ、どこか憎めないところがあった。それに、わたしたちの学校では、名誉とか廉恥心について、現実離れした、派手な美辞麗句をならべて議論ばかりしていたくせに、ごく少数の例外をのぞいて、だれもかれもがズヴェルコフのご機嫌とりに走ったので、彼はますますつけあがり、大口を叩くようになった。と言って、みんな何か下心があってご機嫌とりに走り回ったわけではなく、ズヴェルコフが天の恵みを授かった幸運児だというので、そうしていたまでのことだ。おまけに、わたしたちの仲間内では、どういうわけか、社交術や洗練されたマナーといった方面にかけて、彼を一種スペシャリストのようにみなす習慣が定着していた。わたしが怒りにかられたのは、まさにこの点である。自分を疑うということを知らない、彼のきんきん声がわたしは嫌いだった。自分の飛ばした洒落に得々としているのが嫌いだった。その洒落にしても、思いきりがいいわりには、おそろしいくらい馬鹿げていた。彼の、なかなかハンサムながら、どこか間のぬけた感じのする顔立ちや（そうは言っても、その顔となら、よろこんで自分のこの賢そうな顔を交換する気ではいたが）、四〇年代にはやった妙になれなれしい、いかにも将校然とした物腰が嫌いだった。ほかにも、彼が将来、女を口説きおとす際の手練手管を語ったり（将校の肩章がまだなかったので、女に手を出すのははばかられ、じりじりする思いでその肩章が手に入る日を待ちわびていた）、決闘ならいつでも受けて立ってやるなどと得意げに話したりするのが嫌いだった。忘れもしない。いつもは無口なわたしが、いきなりズヴェルコフに食ってかかったことがある。彼が休み時間に友人たちと、将来の女遊びについてあれこれおしゃべりするうち、まるで日向《ひなた》にいる子犬みたいに急にはしゃぎだして、自分の領地の娘に片っ端から手をつけてやる、これは、droit de seigneur*36（初夜権）というもので、この権利にあえて刃向から百姓どもがいれば、そいつら全員に鞭打ちの刑を食らわし、もじゃもじゃひげの悪党どもには、全員、年貢を二倍にしてやる、といきなり宣言したのだ。仲間の下司《げす》どもはやんやの喝采を送ったが、わたしは彼にかみついた。それも、けっして、農奴の娘たちやその父親たちがかわいそうだったからではない。箸にも棒にもかからぬこんな男が喝采を浴びているという事実に腹が立ったのだ。そのときはなんとか勝ちを制したが、ズヴェルコフは、頭が空っぽなくせして、陽気で神経もずぶとかったので、うまく笑いでごまかされてしまった。そんなわけで、じつのところわたしは必ずしも完全に勝ちを制したわけではなかった。つまり、最後に笑ったのは、彼のほうだったのだ。その後、ズヴェルコフには何度かぎゃふんという目にあわせられたが、とりたてて彼に悪気があったわけではなく、ただなんとなく、冗談のついでに、笑いながらなされたことだった。わたしも、意地悪く、見下したい思いもあって、とくに彼に仕返しをするようなこともなかった。卒業後、彼はわたしに一歩歩み寄りかけたことがある。わたしとしても悪い気がしなかったので、あえてそれに逆らうことはしなかった。しかし、わたしたちはまもなく、ごく自然なかたちで袂《たもと》を分かつことになった。その後、彼が陸軍中尉として羽振りをきかせていることや、派手に遊びまわっているといった噂を耳にした。それとはまた別の噂も耳に入ってきた。彼が仕事の面でも成功を収めているという噂である。通りでわたしと顔を合わせても、もはや挨拶さえ交わそうとしなかった。わたしみたいなろくでもない人間と挨拶を交わすのは、それこそ自分の沽券にかかわるとでも感じていたのではないか。一度だけ、劇場の三階桟敷席で彼のすがたを見かけたことがあった。そのときはすでに参謀肩章をつけていた。さる老将軍の娘たちにさかんに取りいり、ぺこぺこ愛嬌を振りまいていた。三年ほどのあいだに、彼は、何かしらひどく風采が落ちたような印象を受けた。あいも変わらずかなりの美男子で、社交マナーも堂に入っていたが、何やら妙にむくんだ感じがし、ぶくぶくと肥りだしていた。三十までには、皮膚がすっかりたるんでしまうことは明らかだった。わたしの学校仲間は、ほかでもない、出発を間近に控えた、このズヴェルコフのために歓送会をひらこうとしていたのである。彼らはこの三年間ずっと、ズヴェルコフとのつきあいを絶やさなかった。しかし内心、彼らは、自分たちを彼と対等の人間とみなしていたわけではなかった。わたしはそう信じている。

シーモノフの家にいた二人の客のうち、ひとりは、フェルフィーチキンといって、ドイツ系のロシア人だった。背が低く、サルのような顔をしているくせに、見境いなく人を虚仮《こけ》にしては得意がっている馬鹿者で、すでに低学年のころからわたしの天敵だった。卑劣で、あつかましく、大口を叩いては、妙に野心家ぶってみせるのだが、内心は、当然のことながら、口ほどにない臆病者だった。いろんな下心があってズヴェルコフに取り入り、しょっちゅう金を借りだしている取り巻きのひとりだった。シーモノフの家にいたもうひとりの客は、トルドリューボフといって、あまりぱっとしない男だ。冷たい顔立ちをした、上背のある若い軍人で、なかなかの正直者だったが、世間的な成功ばかりを追いもとめ、頭のなかにあるものと言えば、もう昇進のことばかりだった。ズヴェルコフとは遠い親戚筋にあたるとかいうことで、これも馬鹿げた話だが、わたしたち仲間内では、それが彼に一種の箔をつけていた。何があろうと、わたしのことなど屁とも思っていないらしく、応対ぶりはお世辞にも丁重とは言いがたかったが、それでもがまんできる程度のものではあった。

「それじゃ、七ルーブルってことにしてはどうだい」トルドリューボフが切りだした。「われわれ三人で、二十一ルーブル。これならけっこう豪勢に食事ができるぜ。ズヴェルコフにはむろん払わせない」

「そりゃそうさ、こっちがやつを招待するんだからな」シーモノフが断定口調で言った。

「ちょっと、きみたち」主人の将軍の勲章を自慢する厚かましい下男よろしく、いかにも偉そうな、勝ち気な口調で横からフェルフィーチキンが割って入った。「ズヴェルコフのやつ、われわれにだけ金を払わせて、そのままだまってると思うのかい？　そりゃ、礼儀としちゃ受け入れるだろうけどさ、そのかわり、自分でも半ダース分ぐらいは出すぜ」

「われわれ四人に半ダースと言ってもね」半ダースという点だけが気を引いたのか、トルドリューボフがそれに応えた。

「それじゃ、こっちは三人、ズヴェルコフを入れて四人、予算は二十一ルーブル、場所は、Hôtel de Paris《オテル・ド・パリ》、時間は明日の五時ってことで」幹事役をまかされたシーモノフが最後にそう締めくくった。

「どうして、二十一ルーブルなんです？」どうやらかなり頭にきていたらしく、いくぶん興奮気味に、わたしが口をはさんだ。「ぼくを入れれば、二十一ルーブルじゃなく、二十八ルーブルになるでしょう」

わたしは、こんなふうに思ったのだ。つまり、こういう唐突なやり方で提案するのはかなりスマートな感じがするし、連中もあっけにとられ、このわたしを尊敬の目で見るだろう、と。

「本気で加わる気ですか？」なぜかこちらを見るのを避けるようにしながら、シーモノフが不愉快げに言った。わたしという男を隅々まで知りぬいていたのだ。

相手がわたしのことを隅々まで知りぬいていると思うと、急に怒りがこみ上げてきた。

「どうして？　ぼくだって学校仲間でしょう、こうして仲間外れにされたんじゃ、正直、腹も立ちますよ」わたしはまたざわざわと血が騒ぎだすのを感じた。

「でも、どうやってあなたの居場所を探せって言うんです？」ぞんざいな調子でフェルフィーチキンが口をはさんだ。

「ズヴェルコフとは、だいたい仲が悪かったでしょう」顔をしかめ、トルドリューボフが言い添える。しかし、わたしとしても、もはや引っこみがつかなかった。

「その件についちゃ、人からとやかく言われる筋合いのものでもありませんよ」大事件が起きたとでも言わんばかりに、わたしは声をふるわせて反論した。「むかし仲が悪かったからこそ、逆に今はその気になっているのかもしれないでしょう」

「われわれの知ったことじゃありませんよ……そういう高尚な感情なんか……」トルドリューボフが苦笑した。

「それじゃ、あなたもメンバーに加えましょう」こちらをふりむきながら、シーモノフが決断した。

「明日の五時、場所は、Hôtel de Paris《オテル・ド・パリ》。まちがえないでください」

「でも、会費は！」わたしのほうを顎でしゃくりながら、フェルフィーチキンが小声で言いかけ、そのまま口をつぐんだ。シーモノフまでがどぎまぎした様子だったのだ。

「それでいい」トルドリューボフが、立ちあがりながら言った。「そんなに来たいんなら、来させればいい」

「だけど、どうだろう、今回の集まりは、友人同士の内輪の集まりなんだから」フェルフィーチキンもまた、帽子を手にとりながら苛立たしげに言った。「べつに改まった会じゃありませんから。ひょっとして、あなたに来てもらう筋合いでもないかもしれないが……」

彼らは出ていった。帰りぎわ、フェルフィーチキンは、わたしに挨拶もしなかったし、トルドリューボフは、こちらの顔も見ず、ごく軽くうなずいただけだった。シーモノフは、わたしと差し向かいになると、なにやらいまいましげなとまどいを浮かべ、理解しかねるという目でこちらを見た。腰をおろそうともせず、どうぞ、とも言わない。

「ふうん……そう……それじゃ、明日……で、会費は今出してくれますよね？　本気かどうか確かめておきたいので」彼はとまどいの色もあらわに、つぶやいた。

わたしは一瞬カッとなった。しかし、カッとなりながら、もうだいぶ前のことになるが、このシーモノフに、十五ルーブルの借金があることを思いだした。もちろん、その借金のことは忘れたことはけっしてないが、そのくせ一度も返そうとはしなかった。

「だって、そうでしょう、シーモノフ、ここに来るまで、まさかこんな展開になるなんて予想もしてなかったし……情けないことに、家に財布を忘れてきちゃって……」

「わかりました、わかりました、いや、どっちでもかまわないんです。明日、食事のときに払ってくれればいいことです。ぼくはたんに、あなたがほんとうにその気かどうか……それじゃ、どうぞ……」

彼はそのままだまりこむと、ますますいまいましげに部屋のなかをぐるぐる歩きはじめた。歩きまわるうちに、彼は徐々に踵に力をこめ、こつこつと大きな足音を立てはじめた。

「お邪魔じゃありませんか？」二分ほどの沈黙のあとで、わたしはたずねた。

「いや、とんでもない！」彼は急にぎくりと体を震わせた。「つまり、その、じつを言うと、そのとおりでしてね。そう、これからまだ行くところがあるんです……すぐそこですが……」なにやら申しわけなさそうな声で、少しばかり恥ずかしそうにそう言い添えた。

「なあんだ、そうでしたか！　それならそうと先に言ってくだされればいいのに！」帽子をつかんで、わたしは叫んだ。もっともその態度には、どこからどうひねりだしたものか、自分でも驚くほど打ちとけた感じがあった。

「いや、そう遠くないんです……歩いて数分のところです……」シーモノフは玄関までわたしを見送りながらくり返した。およそ彼らしくもない、妙に慌ただしい態度だった。「それじゃ、明日の五時きっかり！」階段口で彼はわたしに叫んだ。わたしが帰っていくのが、よほどうれしかったにちがいない。わたしのほうはもう頭に血がのぼってカッカしていた。《ったく、よくもまあ、ああまで出しゃばる気になったもんだ！》通りを歩きながら、ぎりぎりと歯嚙みしていた。《それも、あんなズヴェルコフみたいな卑劣な豚野郎のために！むろん、出かけてなんかいくものか、そう、唾を吐きかけてやる。べつに義理だてする理由もない。明日にも、市内郵便で断りを入れてやる……》

しかし、カッカしていた理由は、結局のところ自分がホテルにのこのこと出かけていくということが確実にわかっていたからだ。そう、無理をしてでも出かけていくにちがいない。そうやって、出かけていくことが、無神経で、不作法なものに感じられれば感じられるほど、出かけていくにちがいなかった。

ところが、行くに行けない決定的な障害があった。要するに、金がなかったのだ。わたしの手もとには、わずかに九ルーブルしか残っていなかった。しかも、そのうちの七ルーブルは、従僕のアポロンの月給として明日にも手渡さなくてはならない。この従僕は、食事代は自分もち、月七ルーブルという条件でここに住みこんでいたのである。

アポロンの気性を考えると、明日支払わないわけにはいかなかった。もっとも、わたしにとりついた、このダニみたいな悪党については、いずれ改めて話すことにする。

とはいえ、わたしはその金を支払わず、何がなんでもその会に出かけていくことがわかっていた。

その夜、わたしはじつにおぞましい夢を見た。むりもないことだ。その夜、眠りにつくまで、囚人暮らしと何ひとつ変わらない学校時代の思い出に押しつぶされ、何としてもそれから逃れることができなかった。わたしをこの学校に送り込んだのは、遠縁にあたる親戚筋で、わたしはその人たちの世話になっていたわけだが、彼らがどういう人たちだったのかは、何ひとつわからない。当時のわたしは、ほんとうにひとりぼっちだったし、親戚の連中からも怒られてばかりいてすっかりいじけきり、あれこれ物思いにふけっては、ろくに口もきかず、まわりのすべてを白々とした目でうかがってばかりいた。友だちは、おまえってほんとうに変わっているよ、とばかり、底意地の悪い残酷な嘲りでもってわたしを迎えた。しかし、わたしという人間は、そういう嘲りががまんできない性質《たち》だったし、連中ががたがいに仲良くするみたいに、安っぽく調子を合わせることもできなかった。わたしはたちまち彼らが嫌になって、みんなから離れ、臆病で、傷だらけの、途方もない自尊心の殻に閉じこもってしまった。彼らの無礼な態度に、わたしは憤慨した。連中は、わたしの顔や不恰好な容姿を見てシニカルな笑いを浴びせた。逆に彼らこそ、とんでもない馬鹿っ面だった！　わたしたちの学校の生徒たちは、顔の表情までなぜか妙に間がぬけ、醜く変質していった。どんなに数多くの美少年たちが入学してきたことだろう。それが数年もすると、見るもおぞましい顔つきに変わりはてる。まだ十六歳だというのに、わたしは気難しげに彼らの顔を見やっては、ふしぎな驚きにかられていたものだ。当時からわたしはもう、連中のちまちました考え方や、勉強にしろ、遊びにしろ、会話にしろ、その馬鹿らしさに呆れかえっていた。彼らは、必要不可欠なことへの理解がなく、心から感動したり、ショックを感じてしかるべきと思えるものにたいしても興味をしめさないので、当然のごとくわたしは自分より下の人間とみなすようになった。わたしをそんな気にさせたのは、何も傷つけられた自尊心のせいというわけではない。お願いだから、「あなたはたんに空想していただけだが、あの連中は、その当時からもう、現実の生活ってものを理解していたんです」などと、吐き気がするほど聞きあきた紋切り型の反論を持ちださないでいただきたい。連中は、現実の生活など何も理解していなかったし、これは誓って言えることだが、まさにその点こそがもっとも癇にさわったところでもあるのだから。それどころか、彼らは、どう見ても明白かつ、目に突き刺さるような現実さえも、およそ考えられもしないほど愚かに受けとめ、成功だけをひたすら追いもとめる習慣が身についていた。たとえ正しくても、虐げられ、踏みにじられたものすべてを、彼らは冷酷かつ恥知らずにあざわらっていた。官等を知性と勘ちがいし、十六歳にしてすでに彼らが話すことと言えば、ぬくぬくとしたポストを得ることばかりだった。当然、そこには愚かさや、幼年時代や少年時代をつうじてつねに彼らを取り巻いていた悪い見本からの影響もいろいろとあったろう。彼らは、目をそむけたくなるほど堕落していた。そこに多く見られたのは、むろん、外見だけのもの、借りもののシニシズムである。当然のことだが、そうした堕落の陰からも、若さや、ある種のはつらつとした部分がちらちらと見え隠れはしていた。だが、そうした彼らのはつらつとした部分もけっして魅力的とは言えず、なにやらいやな感じの現れ方をするのだ。わたしは彼らを毛嫌いしていた。もっとも、ひょっとしたら、わたしのほうが彼らよりも悪かったかもしれないが。彼らも、わたしにたいして同じような態度で仕返しをし、嫌悪の念を隠そうとさえしなかった。けれど、わたしはもう、連中に好きになってもらおうと望んではいなかった。それどころか、彼らから屈辱を受けることを絶えず渇望していた。連中の嘲りから自分を守るため、わたしはわざと全力で勉強をはじめ、トップクラスにはい上がった。彼らとしてもさすがにこれには思うところがあったらしい。そして、わたしが彼らの手の届かない本にまで手をつけ、彼らが耳にしたこともない（つまり、わたしたちの専門コースの科目にも入っていない）事柄まで理解していることに少しずつ気づきはじめた。彼らは、これを、嘲りの色を浮かべながら気味悪そうに眺めていたが、精神面では屈服していた。ましてや、先生たちまでがこのことで、わたしに注目しはじめたからなおさらだった。嘲りはやんだが、敵意は残った。つめたい緊張関係が残った。しまいには、わたし自身こらえきれなくなった。年を経るごとに、人恋しさや友だちほしさがつのっていった。何人かの人間に近づこうと試みたこともある。けれど、その接近はつねに、不自然なものとなり、そのまま自然消滅をとげた。かつて一度だけ、わたしにも友人ができたことがある。しかし、わたしはもう心のなかで暴君になっていた。彼の心を際限なく支配し、彼を取り巻いている環境への軽蔑の念を吹き込んでやろうとした。わたしは、そうしたまわりの環境を、傲然としてきっぱり断ちきることを彼に、要求した。わたしの熱い友情に彼は怖気づき、ついには涙にくれ、ひきつけまで起こしていたほどだ。彼は素朴で、献身的な心の持ち主だった。ところが、彼がわたしにすべてを委ねると、わたしはたちまち彼に憎しみをいだくようになり、彼をはねつけ——ただ勝利をおさめ、たんに屈服させるためだけに彼を必要としていたかのようだった。しかし、彼のすべてを屈服させられたわけではない。このわたしの友だちもまた、だれとも似つかず、きわめてまれな例外的人物だったからだ。学校を終えるにあたって、まずやるべきことは、事前に決まっていた専門の職務を捨てることだった。すべてのつながりを断ち、過去を呪って、きっぱりと蹴散らしてやるために……それなのに、どうしてまた、あんなシーモノフのところへ、のこのこ顔を出したりしたのか！

……。

　朝早く、わたしは、ベッドからつかみだされるように、わくわくする思いで飛び起きた。すべてが今すぐにでも成就しようとしているかのようだった。わたしは、わたしの人生に、何かしら革命的ともいうべき転機が、今すぐ確実に訪れてくるものと信じていた。おそらくは不慣れなせいもあったのだろう。一生を通し、わたしはいつも、ほんのちょっとした、外的な事件が起こるたびに、人生にたちまち何かしらラジカルな転機が訪れる気がするのだった。と言っても、わたしはいつもどおり職場に出かけていき、例の準備にかかるために、こっそり二時間早く家に引きあげてきた。要は、とわたしは思った。まっさきにホテルに乗りつけるようなことがあってはならない。そんなことをしたら、今回の件をひどくよろこんでいると受けとられかねない。とは言え、そういう留意すべき事柄が山のようにあって、それらのひとつひとつに動揺し、くたくたになっていた。わたしは、自分の手で改めてブーツを磨きなおした。アポロンは、秩序に反するとみなし、たとえ何ががあっても、一日に二度ブーツを磨いてくれるなんてことはない。アポロンに気《け》どられ、あとで見下されるはめに陥らないために、玄関のブラシをこっそり盗みだし、ブーツを磨いた。それから、自分の服をじっくりチェックしてみた。すると、どれもこれも古くなってすり切れ、よれよれになっていることに気づいた。あまりに身なりにかまわなくなっていたからだ。制服は、それなりにきちんとしていたが、制服を着たまま、食事会というわけにはいかない。問題は、ズボンの膝の部分に黄色い大きなシミができていることだ。このシミひとつだけで、わたしの威厳など、十中八九、消し飛んでしまう、そんな予感がした。そのように考えること自体、ひどく浅ましいことであることもわかっていた。《でも、今はそんなことを考えている場合じゃない、現実がすぐそこに迫っている》そう考えて、気落ちしてしまった。わたしがこうしたもろもろの状況を、グロテスクなまでに誇張して考えていることもよくわかっていた。だからといって、どうしろというのか。わたしはもう自制できず、熱病にでもかかったみたいにがたがたとふるえていた。絶望にかきくれながら、必死で想像していた。あの「卑劣漢」のズヴェルコフは、いかにも偉そうな、ひややかな態度でわたしを迎えるにちがいない。あのトルドリューボフの間抜けは、鈍そうな、どうにも撥ねつけようのない軽蔑の色を浮かべてこちらを見やるだろう。フェルフィーチキンの下司めは、ズヴェルコフの機嫌を取り結ぶために、わたしをやり玉にあげ、いやらしい、厚顔な笑いを浮かべるだろう。シーモノフのやつは、そういったことをすべて心得たうえで、わたしのくだらない虚栄心や小心をどれほど軽蔑することか。——何もかもが、みじめで、非文学的で、月並みだ。むろん、いちばんいいのは、金輪際、出かけていかないことだ。ところが、それこそがもっともありえないことだった。わたしという人間は、何につけ、いったん引きこまれるというと、とことんそれにつきあってしまうところがある。わたしは一生、自分をからかい続けるだろう。《なに、怖気づいたってわけか、現実に怖気づいたんだな、そう、怖気づいた!》といったぐあいに。それどころか、わたしはなんとしても、自分が思っているほど臆病者ではけっしてないということを、《ろくでなしども》全員に見せつけてやりたかった。それればかりか、臆病から来る熱病めいた発作がもっとも熾烈をきわめるなかで、しきりに空想していたのは、彼ら全員を征服して夢中にさせ、せめて《わたしのいだいている高遠な思想と、もはや疑いようのない機知》ゆえに、好きにならせることだった。そうなれば、あの連中は、ズヴェルコフを見捨ててしまう。彼は脇のほうにすわったきり、何もしゃべらず、ただ恥じ入っている。そうしてわたしは彼を粉砕する。それから、きっと、彼と和解し、「君《くん》」づけで乾杯するのだ。しかし、わたしがなによりも不快で腹立たしかったのは、わたしがそのとき、すでに完全に、そして確実に、わたしがそんなことを必要とはしていないということ、そして本質的に、わたしが彼らを粉砕したり、征服したり、魅了したりなどとはまるきり望んでいないということがわかっていたことだ。いや、たとえそうした成果を得ることができたにしても、わたし自身、そんな成果になど、びた一文価値を認める気はなかったということだ。そう、この一日が一刻も早く過ぎてくれることを、どんなに神に祈ったことか！　なんとも言葉にしがたい苦しみをいだきながら、わたしは窓辺に近づき、通風口をひらき、ぼたん雪がふりしきる、白くにごった薄闇に目を凝らした……。

やがて、わたしの部屋にかかっている安物の柱時計が、がらごろと五時を打った。わたしは、帽子を手にとると、アポロンのほうを見ないように努めながら――彼はもう朝から、給料の支払いを待ちわびていたが、もちまえのプライドもあって、自分から先にそれを言いだせずにいた――知らん顔でドアをすり抜けると、なけなしの五十コペイカをはたいてわざわざ雇った辻馬車を走らせ、いかにも旦那然と Hôtel de Paris《オテル・ド・パリ》に乗りつけた。

## 4

前日からすでにわかっていた。ホテルには、このわたしがいの一番に乗りつけるにちがいないということ。ところが、もう、だれが一番に乗りつけるか、などといったことは問題にもならなかった。

部屋には連中のだれひとり姿が見あたらなかったばかりか、予約の部屋を探しだすのさえやっとだった。テーブルの準備も、まだ完全には整っていなかった。いったい、どういうことなのか？　あれこれ聞きまわったあげく、ボーイの口から、食事は五時でなく六時に予約されていることを知った。ブッフェでもこのことが確認できた。あちこち聞いてまわったのが恥ずかしくなった。まだ、五時二十五分なのだ。いずれにせよ、時間が変更になったならったで、事前に通知してくれてもよさそうなものではないか。市内郵便だってあるのだし、わたしにこんな「恥」をかかせなくてもよかったはずだ、せめて……せめてボーイたちの前では。わたしは腰をおろした。ボーイたちはテーブルの準備をはじめた。ボーイたちがそばにいるのが、ますます癪にさわりだした。六時近くになって、それまでともっていたランプのほかに、部屋にはあらたに蠟燭《ろうそく》が運びこまれてきた。それにしても、ボーイめ、わたしが部屋に着くなりすぐにでも蠟燭を持ってくることを思いつかなかったとはどういうことか。隣りの部屋では、妙に陰気な感じのする客が二人、別々のテーブルにむかい、怒ったような表情で黙々と食事をしている。どこか遠く離れた一室が、馬鹿にやかましかった。叫び声まで聞こえてきた。大勢の人間がどっと高笑いする声も聞こえてきた。なにやら、品のないフランス語でわめき立てている声も聞こえてきた。どこかの婦人たちの食事会らしかった。要するに、気分がひどくむかむかしていた。これぐらい不快な時間を過ごしたことはめったにない。そんなわけで、六時きっかりに彼らがそろって姿を現したときは、一瞬、彼らがまるで解放者でもあるかのようにうれしくなって、腹を立てて見せなければならないことすら忘れかけるところだった。

ズヴェルコフは、一同の先頭に立って入ってきた。いかにも指揮官然とした態度だった。彼も、ほかの連中も笑い顔だった。しかしわたしの姿を見ると、軽く勿体をつけ、悠然とした態度でそばに近づいてきた。しなでもつくるような感じに軽く腰をかがめ、愛想よく、と言ってもそこそこに、まるで将軍気どりの、どことなく用心深そうな慇懃さでこちらに手を差しのべてきた。そうして手を差しだすことで、逆に自分を何かから守ろうとしているかに見えた。じつのところわたしは、部屋に入って来るやズヴェルコフが、いかにも彼らしい、金切り声の混じる高笑いをたて、開口いちばん、例の愚にもつかない冗談や洒落を口ばしるものとばかり想像していた。そういう調子なら、すでに昨晩から心の準備もできていた。ところが、この高慢ちきな、どこぞの高官ふうの愛想よさは、それこそ思いもよらぬことだった。ということは、今の彼は、このわたしよりもすべての点で計り知れないほど上にいるとでも思っているのか？　たんに将軍を気どり、このわたしを侮辱する気でいるだけならまだしも、と、わたしは思った。それなら、そのうち折りをみて唾でも吐きかけてやれば、すむことだ。しかし現実に、わたしを侮辱してやろうなどという気はさらさらなく、自分はわたしより計り知れず上にいるのだから、保護者然とした態度以外、とりようがないといった思いが、あの馬鹿な頭に本気で浮かんでいたのだとしたら？　想像するだけで、わたしはもう息がつまりそうだった。

「あなたが会に加わりたいとかおっしゃったと聞いて、驚きましたよ」ズヴェルコフは、妙に甘ったるい舌たらずな口調で、一語一語を引きのばしながら切りだした。以前にはなかった話しぶりである。

「あなたとはどういうわけかずっとお会いする機会がなくて。われわれを避けるようにしておられたものだから。馬鹿げたことです。われわれ、あなたが思っているほど、おそろしい人間じゃありませんから。しかし、いずれにしても、うれしいですね、こうして改めて……」

そう言うと、無造作にくるりと背をむけ、窓のうえに帽子を置いた。

「長いこと待ちましたか？」トルドリューボフがたずねた。

「きっかり五時に来ました、昨日指定されたとおりです」爆発しそうな苛立ちを覚えながら、わたしは大声で答えた。

「まさか、時間が変更になったことを知らせなかったわけじゃないよね？」トルドリューボフがシーモノフにたずねる。

「いや、知らせてない。つい忘れてしまって」シーモノフは答えたが、後悔のそぶりはいっさい見せず、わたしに謝ろうともしないでオードブルを注文しに部屋を出ていった。

「それじゃ、一時間もここで待ってらっしゃったんですか、それはお気の毒に！」ズヴェルコフはからかい半分に叫んだ。彼の常識からすれば、これはたしかに、おそろしく滑稽なことにちがいなかったろう。ズヴェルコフに続いて、フェルフィーチキンの下司が、犬が吼えるみたいに卑しい甲高い声をあげて笑いだした。わたしの置かれた立場は、彼からするといかにも滑稽で、笑止千万なものに思われたからだろう。

「何がおかしいんです！」わたしはますます苛立ちながら、フェルフィーチキンにむかって叫んだ。「悪いのは、ほかのだれかで、けっしてぼくじゃない。ぼくに、知らせを怠ったんですから。そ、そ、それって……ほんとうに馬鹿げてますよ」

「馬鹿げてますですむ話じゃない、ほかにも何かあるさ」トルドリューボフが無邪気にわたしの肩をもって、ぶつくさつぶやく。「あなたね、もう少し言ってやったほうがいいですよ。失礼もいいところじゃないですか。むろん、故意じゃないとは信じてますけどね。それにしても、どうしてシーモノフが……ほんとうに！」

「ぼくがそんな目にあわされたら」とフェルフィーチキンが言った。「それこそ、ただじゃすま……」

「それならそれで、何か注文して持ってこさせればよかったのに」ズヴェルコフがさえぎるように口をはさむ。「それか、ぼくらなんか待たず、先に食事を注文してればよかった」

「いいですか、べつにだれに指図されなくたって、それぐらいのことはやれましたよ」わたしは断ちきるように言った。「ぼくが待っていたのは……」

「みなさん、それじゃ、着席しましょう」入ってきたシーモノフがひと声はり上げた。「準備が整いました。シャンパンは、このぼくが保証します。最高に冷えてますから……ともかくあなたのアパートを知らないんですから、探そうったって探しようがないでしょう？」彼はいきなりわたしのほうをふりむいたが、今度もなぜかこちらの顔を見ようとはしなかった。何かしら含むところがあるらしい。おそらく、昨夜、あの一件があってから、あれこれ考えたにちがいない。

一同が着席した。わたしも腰をおろした。円卓だった。左手にトルドリューボフ、右手には、シーモノフがすわった。ズヴェルコフはむかいの席だ。フェルフィーチキンは、ズヴェルコフの隣り、トルドリューボフと並んですわった。

「で、今も……役所づとめはなさっているわけですよね？」ズヴェルコフはあい変わらずわたしに関心があるらしかった。わたしがどぎまぎしているのを見て、慰める、と言うよりは、励ましてやらなくてはならないと真剣に考えたにちがいない。《こいつは、なに、このおれにウオッカのびんでも投げつけてもらいたいのか？》わたしは頭にきていた。こういう場に不慣れなせいか、不自然なくらい早く苛立ちがつのってきた。

「**の局です」皿をにらんだまま、わたしはぶっきらぼうに答えた。

「で……あ、あなたには、そちらのほうが、ゆ、有利だったぁわけですね。で、どうなぁんです。前の仕事はどういうきっかけでやめられたぁんです？」

「きっかけといってぇも、たぁんにやめたくなっただぁけのことですよ」もはや自制もきかなくなり、わたしは三倍も言葉を引きのばして答えを返した。フェルフィーチキンが、思わずぷっと噴きだした。シーモノフが皮肉っぽい目で見た。トルドリューボフが食事の手をやすめ、好奇心もあらわにこちらを見すえている。

ズヴェルコフは気分を害したらしかったが、気づかないそぶりを見せた。

「でぇー、中身はどうなぁんです？」

「中身って？」

「つまり、その、給料のことでぇすよ」

「これじゃ、まるで口述試験ですよね！」

それでも、わたしは自分がどれくらい給与をもらっているかを教えた。たちまち顔が真っ赤になった。

「それじゃあ、リッチってわけにはいきませんねえ」ズヴェルコフが勿体をつけて言う。

「たしかにそう、カフェ・レストランで食事ってわけにはいかないな！」フェルフィーチキンが厚かましくもそう言い足した。

「ぼくなんかに言わせたら、もう、貧乏暮らしもいいところだがね」トルドリューボフがまじめな調子で言った。

「それにしても、ずいぶんお痩せになりましたね、まるで別人みたいだ……あれ以来……」

ズヴェルコフは、もう皮肉までまじえ、露骨に憐れみの色を浮かべながら言い添えると、わたしとわたしの服をじっくりと見定めた。

「もう、いいでしょう、これじゃ彼もまごつく一方ですよ」フェルフィーチキンが、卑しい笑いをもらしながら声をあげた。

「いえいえ、べつにまごついてなんかいませんよ」とうとうわたしは怒りを爆発させた。「よろしいですか！　わたしはここで食事をしています。〈カフェ・レストラン〉でね。自腹を切ってですよ、けっして人の金ってわけじゃない、それだけは忘れないでくださいよ、ムッシュー・フェルフィーチキン」

「何をおっしゃる！　ここには、人の金で食事をしてる人間なんてひとりもいませんよ！あなたはまるで……」度を失ってザリガニのように顔を真っ赤にさせ、こちらをにらみつけながら、フェルフィーチキンが食ってかかった。

「それじゃあ」言葉がすぎたと感じ、わたしは答えた。「それより、もっと気のきいた話をしたほうがよくないですか？」

「ひょっとして、ご自分の頭の良さをひけらかすおつもりかな？」

「いや、そのご心配にはおよびません。ここでそんなまねをしたところでまるでむだなことですよ」

「あなた、どうして、そうごねてばかりいるんです、え？　まさか、そのおやくちょづとめとかで頭が変になったわけじゃないでしょう？」

「もういいでしょう、みなさん、もうけっこう！」ズヴェルコフが諭《さと》すように、堂々たる声をあげた。

「なんて馬鹿げてるんだ！」シーモノフがつぶやくように言った。

「ほんとに馬鹿げてる、親友の門出を祝おうっていうんで、気の合う友だち同士集まった、なのに、あなたときたら、昔の借りを返すつもりか知らんが」険しい顔をこちらにむけて、トルドリューボフが、言いだした。「昨日、われわれに合流させてほしいと頼みこんできたのはあなたのほうでしょう、だったら、雰囲気を壊すようなまねはやめてくれませんか」

「もういい、もういいったら」ズヴェルコフが叫んだ。「やめてください、みなさん、この場にふさわしくない。それより、ぼくからひとつみなさんに面白い話を披露します。じつは一昨日、あやうく結婚しかけましてね……」

そこで、この男が一昨日、あやうく結婚しかけたとかいう、怪しげな話がはじまった。と言っても、肝心の結婚にかんする話はひと言もなく、将軍だとか、大佐だとか、侍従武官だとかいった連中が次々と登場し、ズヴェルコフ本人はそういうなかで、彼らを糸であやつっているとでもいわんばかりの話だった。それを盛り立てるような笑い声が起こり、フェルフィーチキンなどはきゃっきゃと金切り声まで立てた。
　わたしは見向きもされず、打ちのめされたような気分で、しょんぼり腰を下ろしていた。《ああ、これがおれの仲間か！》わたしは考えた。《しかも、こんなやつらの前で馬鹿っ面さらしている！　それにしても、フェルフィーチキンのやつ、少し甘やかせすぎたな。この間抜けども、このおれを同席させたことで、名誉でも授けた気でいるが、そのくせわかっちゃいないんだ。名誉を授けてやってるのは、むしろこっちのほうで、やつらじゃないってことが！『痩せましたね！』『服装が！』だと。ったく、くそいまいましいズボンめ！　ズヴェルコフのやつ、さっきからこの膝の黄色いシミに気づいてやがる……ああ、いつまで、こんなところでぐずぐずしている！　すぐにも、今すぐ、このテーブルを蹴って、帽子をとり、何も言わず、さっさと帰っちまえばいいんだ……やつを見下している証拠に！　で、明日は、決闘だろうが何だろうが、出るべきところに出てやれ。低俗なやつら。七ルーブルなど惜しくあるもんか。きっと、金惜しさで、とでも思ってるんだ……畜生！　七ルーブルなんて惜しくあるもんか！　さあ、今すぐ出ていけ！……》
　もちろん、わたしはその場に留まっていた。
やけになって、ラフィットの赤ワインやシェリー酒をコップでがぶ飲みしていた。飲み慣れないせいか、たちどころに酔いがまわってきて、酔えば酔うほどに怒りがこみあげてきた。わたしはふと、思いきり厚かましいやりかたで一同を侮辱し、そのまま、ぷいと出ていってしまいたくなった。うまくタイミングをはかって、自分の本音を見せつけてやるのだ。《何言われようが、かまうもんか。滑稽なやつだが、頭はいいとでも言わせておけ、……で……で……要するに、こんなやつら、どうとでもなりやがれ！》

わたしはとろんとした目でずうずうしく一同を眺めまわした。ところが、彼らのほうは、わたしのことなどすっかり忘れさっているようだった。彼らは、騒々しく、やかましく、陽気にはしゃいでいた。その間、ずっとしゃべりつづけていたのが、ズヴェルコフだった。わたしは聞き耳を立てた。ズヴェルコフが話題にしていたのは、とあるふくよかな貴婦人で、その貴婦人の口から、愛の告白まで引き出したというのだが（むろん、彼は、大ぼらをふいていたにすぎない）、この一件では、彼の大の親友で、三千の農奴を抱えるコーリャという軽騎兵の公爵が一肌ぬいでくれたらしかった。

「それにしても、その、三千の農奴をおもちとかいうコーリャさん、あなたの歓送会だっていうのに、いっこうに姿を見せる気配がないですね」わたしはいきなり話に割って入った。

彼らは、一瞬、沈黙した。

「もう、酔ってるんですか」ようやくわたしの存在を思いだしたらしく、トルドリューボフがさも馬鹿にしたような目でこちらを横からにらんだ。ズヴェルコフはだまったまま、虫けらでも見るようにわたしをにらみつけていた。わたしは目を伏せた。シーモノフがあわててシャンパンを注ぎにまわる。

トルドリューボフがグラスを掲げると、わたしをのぞく全員がそれにならった。「きみの健康と旅の無事を祈って！」ズヴェルコフにむかって彼は声を張りあげた。「諸君、過ぎ去った日々のために、われわれの未来のために、乾杯！」

そうしてグラスを飲みほすと、一同はズヴェルコフのまわりに集まってキスした。わたしは立ちあがらなかった。なみなみと注がれたシャンパングラスは、手つかずのまま、目の前に置いてあった。

「あなた、ほんとうに飲まない気？」ついに堪忍袋の緒を切らしたトルドリューボフが、脅すような目でわたしを見やり、どなり立てた。

「別途スピーチしたいと思ってるんですよ……そのあとで飲みます、トルドリューボフ君」

「いけすかない野郎め！」シーモノフがつぶやいた。

わたしは椅子にすわったまますっと背筋をのばし、熱にでも浮かされたようにグラスを手にした。何か常軌を逸したことを口走りそうな気がしていたが、いったい何を言うつもりでいるのか、自分にもまだわからなかった。

「Silence!（静粛に！）」フェルフィーチキンが叫んだ。「賢いひと言を拝聴！」ズヴェルコフは、何が起こるかわかっていたらしく、おそろしくまじめな態度で控えていた。

「ズヴェルコフ中尉殿」わたしは切りだした。「まずご承知おき願いたいのですが、美辞麗句、お追従、くびれのあるウエストっていうのが、ぼくは大嫌いです……これがまず、第一点、続いて第二点」

座が一気にざわめく。

「第二点は、いわゆる猥談、猥談好きっていうのも嫌いです。とくに猥談好き、は！」

「第三点、真実、誠実、廉潔を愛しています」わたしはほとんど無意識のうちに言葉を続けた。というのも、自分自身、どうしてこんな話をしているのかわからず、恐怖のあまり体が凍りつきはじめていたからだ……「ぼくは思想を愛しています、ムッシュー・ズヴェルコフ。ぼくは真の友情を愛しています。それは、対等な関係に立った友情です。でも……そう……ぼくが愛しているのは……と言って、どうして？　それでは、あなたの健康を祈って乾杯します。ムッシュー・ズヴェルコフ。せいぜいチェルケス女をたぶらかし、祖国の敵どもを撃ち殺してください、そして……ええと……あなたのご健康を祈念して、ムッシュー・ズヴェルコフ！」

ズヴェルコフは椅子から立ちあがり、わたしに一礼して言った。

「あなたに心から礼を言います」

彼はおそろしく腹を立てており、顔まで真っ青だった。

「畜生め！」トルドリューボフがテーブルをどんと拳で叩き、唸るように吼えた。

「ちがうぜ、そこじゃなく、こいつの面《つら》をぶんなぐれ」フェルフィーチキンが甲高い声をあげる。

「叩きだすしかないな！」シーモノフが呻くように言った。

「何も言うな、諸君、一歩も動いちゃだめだ！」一同の怒りを鎮めようと、ズヴェルコフが重々しい調子で叫んだ。「諸君には感謝している。でも、自分で立派に証明してやるさ。どれくらい彼の言葉を尊重しているかね」

「フェルフィーチキン君、きみがさっき言った言葉にたいし、明日にもさっそく、納得のいく措置をとらせていただきますから！」わたしは、勿体をつけ、フェルフィーチキンのほうをふりむき、高い声をあげた。

「それって、決闘のことですか？　そいつはけっこう」相手は応じたが、おそらくは決闘を申しこんだわたしがあまりに滑稽で、その風采にあまりに不釣り合いだったからだろう、一同が、続いて、フェルフィーチキン当人までが腹を抱えて笑いだした。

「そうさ、こんなやつ、ほっときゃいいんだ！　もう完全に酔っぱらってるんだし！」トルドリューボフが、吐き捨てるように言った。

「こんなやつ、仲間に加えちまって、ほんとうに面目ないぜ！」シーモノフがまた呻くように言う。

《さてと、このへんでこいつら全員にこのボトルの酒をぶっかけてやるか》わたしはボトルを手にとり、自分のコップになみなみと注いだ。

《……いや、いっそこのまま終わりまでねばってやれ！》わたしはさらに考え続けた。《この連中、おれがこのままおとなしく帰ったら、きっと胸がすっきりするんだろうが、そうは問屋がおろさん。意地でもここに居残って、最後まで飲んでやる。きさまらなんか、これっぽちの価値も認めてないぞってしるしにだ。このまま居残って、飲んでやる。だいたい、ここは酒場なんだし、チャージ料だってちゃんと払ってる。腰をすえて、飲んでやるんだ。きさまらを何の値打ちもない雑魚《ざこ》、カスみたいな雑魚とみなしている証拠にだ。このまま最後まで居残って、飲んでやる……そして好きなだけ歌ってやる、そうだとも、歌ってやるんだ、そうする権利があるんだ……歌う権利が……そうさ！》

だが、わたしは歌わなかった。わたしはただひたすらだれの顔も見ないように努めていた。どこまでも独立独歩のポーズを守り、彼らのほうから先に話しかけてくるのを、じりじりする思いで待っていた。しかし、悲しいかな、彼らは話しかけてこなかった。そしてこの瞬間、わたしはどんなに、どんなに仲直りしたいと願っていたことか！　時計は八時をさし、やがて九時を打った。彼らはテーブルからソファに場所を移した。ズヴェルコフが小さな丸テーブルに片足をのせ、クッションを背に長々と寝そべった。ワインもそっちに運ばれていった。彼はたしかに、ボトルを三本、自腹を切って仲間たちにおごった。当然のことながら、わたしはそちらに呼ばれなかった。一同はぐるりと彼を囲むようにしてソファに腰をおろした。彼らはみな、ほとんど畏敬の念にでも打たれたような神妙な顔でズヴェルコフの話を聞いている。彼がみんなから好かれていることは明らかだった。《いったいどうして？　どうしてなんだ？》わたしは心のなかでつぶやいていた。酔いの勢いもあり、彼らは感きわまってはときどきキスしあっている。彼らは、コーカサスの話、ほんものの情熱とは何かとか、「ガリビーク」[*37]とかいうカード賭博の話とか、実入りのいいポストはどこか、といった話をしていた。たとえば、ポドハルジェフスキーという軽騎兵の収入はどれぐらいかといった話題も出たが、個人的にはだれひとり彼を知らないくせして、その収入が多いらしいということをわがことのようにうれしがっている様子なのだ。これまた彼らのだれひとり会ったことのないＤ公爵令嬢のずばぬけた美貌としとやかさが話題となった。そして、最後に、シェークスピアは不滅だ、といった話に行きついた。

わたしはせせら笑いを浮かべながら、ソファとは真むかいにあたる部屋の反対側を、テーブルから暖炉のあたりまで、壁に沿って行きつ戻りつしていた。べつに彼らにかまわれなくてもいっこうにかまわないというところを懸命になって見せつけてやろうとしていた。そのくせ、ブーツの踵に力をこめ、わざと靴音を響かせていた。しかし何をやっても効き目はない。やつらはいっこうに注意を向けようとしない。わたしはがまんにがまんをかさねながら、そうやってテーブルから暖炉まで、今度は逆に暖炉からテーブルまでと、彼らの鼻っ先を、八時から十一時まで歩き通したのだった。《こうして勝手に歩きまわっているだけだ、だれにも禁止できないはずだ》部屋に入ってきたボーイが何度か立ちどまってこちらを見やった。ひんぱんにむきを変えていたせいで目がまわってきた。ときおり、夢でも見ているような気がした。この三時間のあいだに、三度、汗が吹きだしては、三度、その汗が干上がった。時に、おそろしく深く、毒々しい痛みとともに、ある考えがわたしの胸を刺しつらぬいた。これから十年、いや二十年、そして四十年が経過したあとも、わたしは依然として、四十年前のこのできごとを、嫌悪と屈辱の思いとともに、わたしの全人生のなかでもっともみじめな、滑稽きわまる、おそろしいこの瞬間を思いだすのだろう、との考えである。破廉恥にも、自分自身をこれ以上、みずから進んで卑しめることは不可能だったし、そのことを完全に、それこそ完璧に理解していながら、わたしはそれでも、テーブルから暖炉まで、暖炉からテーブルまでを行きつ戻りつしていた。《ああ、このおれに、どんな感情と思想をもつ力があるか、そしてどんなにか発達した頭をもっているか、きみたちに思い知らせてやれたら！》ときどき頭のなかで、わたしの敵どもが腰かけているソファに話しかけながら、考えていた。しかし、敵は、わたしなどこの部屋にはまるでいないかのようにふるまい続けた。一度、一度限りではあったが、一瞬こちらをふりむいたことがある。それは、ズヴェルコフがシェークスピアの話をはじめたときだった。わたしはすかさずせせら笑ってやった、それも大声で。それがいかにも、とってつけたようないやらしい笑い方だったので、彼らはぴたりと会話をやめ、二分ほど、真剣に、笑いもせず、わたしが壁に沿ってテーブルと暖炉のあいだを行きつ戻りつし、そのわたしが彼らにいっさい注意をむけないでいるさまをだまったまま観察していた。しかし、それもべつにどうということはなかった。彼らはまた話しはじめ、二分後にはまたわたしのことなど忘れてしまった。時計が十一時を打った。

「みんな」ソファから体を起こしながら、ズヴェルコフが叫んだ。「そろそろあちらにくりだすとしようか」

「もちろんさ、そうしよう」ほかの連中もそれに応じた。

わたしはズヴェルコフのほうにくるりと顔をむけた。あまりに疲れはて、憔悴しきっていたので、もう殺されようが何をされようがかまわない、片をつけたい一心だった！　さっきから悪寒までしている。汗でぬれた髪の毛が額とこめかみにひっついていた。

「ズヴェルコフ！　あなたに謝ります」意を決してわたしは切りだした。「フェルフィーチキン、あなたにも、いや、みんなに、みんなに謝ります。ぼくはみなさんを侮辱しました！」

「ははあ！　決闘は苦手ってわけね！」毒々しい口調でフェルフィーチキンがつぶやいた。

ナイフでぐさりと胸をえぐられた気がした。

「そうじゃありません、決闘なんて恐くありません、フェルフィーチキン！　たとえここで仲直りしても、明日、あなたと闘ってもいい。こっちとしてはそれを要請したいくらいです。あなたにもそれを断る理由はない。ぼくが決闘など恐がっていないことを証明したいんです。あなたがまず最初に撃ち、あとからぼくが宙に向けてぶっ放す」

「いい気なもんだ」シーモノフが水をさす。

「気が狂ったんじゃないの」トルドリューボフがそれに続く。

「さあ、そこを通してくれませんか、道をふさがないでください！……で、あなた、あなたの言い分っていったい何です？」蔑《さげす》むようにズヴェルコフが応じた。どの顔も赤く、目がぎらついている。かなり飲んでいる証《あか》しだ。

「あなたの友情をもとめます、ズヴェルコフ、ぼくはあなたを侮辱しました、でも……」

「侮辱した？　あなたが！　ぼくを！　いいですか、たとえどんな事情があるにせよ、この、ぼくがあなたごときに侮辱されてたまるもんですか！」

「もうけっこう、さあ、どいた、どいた！」トルドリューボフが締めくくった。「さあ、行こう」

「オリンピアはぼくのものだからね、みんな、約束だよ！」ズヴェルコフが叫んだ。

「当然！　当然！」一同が笑いながら受ける。わたしは唾でも吐きかけられた気分でそこに立ちつくしていた。酔っぱらいの一行は、どやどやと部屋をあとにしていった。トルドリューボフが、なにやら間のぬけた歌を口ずさみはじめた。シーモノフは、ボーイたちにチップを手渡すため、ほんの少しの間、そこに残っていた。わたしはいきなり彼に近づいていった。

「シーモノフ！　ぼくに六ルーブル貸してください！」半ばやけっぱちに、わたしは言い放った。

彼は、虚を衝かれたように、なにやらとろんとした目つきでこちらを見やった。彼も酔っていた。

ぱらっていた。

「まさか、あそこまでついてくる気じゃないですよね？」

「いや、その気です！」

「お金なんてありませんよ！」断ちきるように彼は言い、蔑み笑いを浮かべると部屋から出ていこうとした。

わたしは彼のコートをつかんだ。悪夢だった。

「シーモノフ！　あなたがお金をもっているところを見ました。なのにどうして断るんです？　ぼくが卑怯者だとでも言うんですか？　どうかくれぐれも、断るようなことはしないでください。どうして頼んでいるか、わかってもらえたら、ほんとうにわかってもらえたら！　すべてがそれにかかっているんですから、ぼくの未来のすべて、ぼくの計画のすべてが、です」

シーモノフは金を取りだすと、投げつけんばかりに荒々しく手渡した。

「さあ、取って、あなたがそこまで恥知らずとは！」情け容赦もなくそう言うと、仲間のあとを追って走りだした。

しばらくの間、わたしはひとりそこに留まっていた。あたりはもう乱雑そのものだった。食べ残し、床の上の割れたグラス、こぼれたワイン、タバコの吸い殻、酔い、朦朧とした頭、胸の奥は、苦しいほどの寂しさ。やがてボーイが入ってくる。一部始終を目の当たりにし、好奇心たっぷりにこちらの目を覗きこむ。

「あそこへ行くんだ！」わたしは叫んだ。《やつら全員をひざまずかせ、おれの両足にすがりつかせ、おれの友情をもとめさせてやる。でなけりゃ……でなけりゃ、このおれがズヴェルコフの頬に平手を食らわせてやる！》

## 5

「いよいよ、来た、いよいよ、来たぞ、ついに現実との衝突ってやつのおでましだ」――階段をまっしぐらに駆けおりながら、わたしはつぶやいていた。「こうなったらもう、ローマを見捨て、ブラジルに逃げていく法王どころの話じゃない。こいつはもう、コモ湖畔の舞踏会なんてもんじゃない！」

《この、卑怯者めが》――そんな思いがちらりと頭をかすめた。《今ごろ、こんな話をお笑いの種にするなんて》

《かまわん！》自問自答しながら、わたしは叫んだ。「こうなったらもう何もかもがおしまいなんだ！」

　連中はもう影もかたちもなかった。しかしそれはどうでもよかった。連中がどこへくりだしていったかなど、わかりきった話だった。

車寄せには、ひとりぽつんと夜間専門の御者が立っていた。農夫外套にくるまり、ふりしきるどこか生温かいぼたん雪をすっぽりかぶっている。むしむしし、息苦しかった。毛むくじゃらの斑《まだら》の子馬が同じように全身に雪をかぶり、小さく咳をしていた。そのことをなぜかやけにはっきりと記憶している。わたしは、靭皮《じんぴ》を渡した安橇に飛びのった。ところが、いざ着席しようと足をかけたとたん、さっきシーモノフに六ルーブルを借りたときの光景がまざまざと思い出された。わたしは、ふいに気力が萎え、まるでずだ袋のようにどすんと橇のなかに転がりこんだ。

「だめだ、こいつをぜんぶ取りかえすには、いろんなことをやらなくちゃならない！」大声でわたしは叫んだ。「でも、取りかえしてやる、それができなきゃ、今晩じゅうにその場で死んでやる。さあ、行け！」

橇が動きだした。頭のなかを嵐が吹き荒れていた。

《ひざまずいておれに友情をもとめるなんて——やつらが、そんな態度に出るはずはない。そんなのは、蜃気楼だ、月並みな妄想だ、唾棄すべきロマンティック、現実離れした妄想だ。コモ湖畔の舞踏会と同じ。だからおれは、ぜひともズヴェルコフの野郎に平手打ちを食らわせてやる！　そうする義務がある。さあ、これで話は決まった。これからやつに平手打ちを食らわせるために、すっ飛んでいく》

「急げ！」

御者は手綱をぐいと引いた。

《店に入るなり、すぐに一発食らわせてやれ。殴るときにひと言前置きなんぞ言ってやる必要があるかな？　ない！　入っていって、いきなり殴りつけてやれ。連中は、きっと広間に陣どり、ズヴェルコフのやつは、ソファにオリンピアと仲良く腰かけている。あの、くそいまいましいオリンピア！　あの女、一度この顔をからかいやがって、客にとるのを拒否しやがった。オリンピアの髪をつかんで、引き倒してやるんだ、ズヴェルコフは、両方の耳だ！　いや、片方の耳のほうがいい、片方の耳をつかんで、部屋のなかを引きまわしてやるんだ。やつら、ひょっとして、総がかりでおれを袋だたきにし、外に放りだすかもしれん。いや、確実にそうする。かまわん！　とにもかくにも、こっちが先に平手打ちを食らわしてやるんだ。なんと言っても、こっちに優先権があるんだ。名誉の掟ってことで言うと——それがすべてだ。やつはもう烙印を押されてたも同然だ、だから、どんなに殴りあったって、決闘による以外、もう平手打ちの不名誉はぬぐえない。やつには、決闘に応じる義務があるんだ。だから、今は、好きなだけおれを殴らせておく。かまうもんか、あんな下劣なやつら！　とくにトルドリューボフの野郎が、殴ってくるな。おそろしく屈強だぞ。フェルフィーチキンは横からしがみついて、きっとおれの髪をひっぱるんだ、絶対にそう。でも、好きにしやがれ、かまうもんか！　おれはそのために出かけていくんだ。いくらヤギみたいに鈍い頭だって、事態がどんなに悲劇的か、いやでも悟らざるをえなくなる！　やつらがおれをドアロまで引きずっていこうとしたら、大声で叫んでやる。きさまらなんか、ほんとうはもう、このおれの小指一本の値打ちだってない、とな》「おい、御者、早くしろ、急げ！」――御者にむかって叫んだ。御者はぎくりと身ぶるいし、鞭を振りあげた。わたしの叫び声があまりに荒々しかったからだ。

《決闘は、明日の夜明け、それで決まりだ。役所の仕事ともこれでおさらば。フェルフィーチキンのやつ、さっき、『やくしょ』のことを、『やくちょ』とか言ってたぞ。でも、どこでピストルを手に入れる？　馬鹿くさい！　給料を前借りして買えばすむ話じゃないか。じゃあ、火薬は、弾は？　そんなのは、介添え人の仕事だ。でも、どうやってこのぜんぶを夜明けまでに間に合わせる？　どこで、その介添え人を見つける？　知人なんて、きさまにいるのか……》

「馬鹿くさい！」――わたしは、ますますいきり立って叫んだ。「馬鹿くさい！」

《通りで最初にでくわした通行人が、おれの介添え人になる義務がある、溺れかけた人間を水から引きあげてやるのと同じ理屈さ。どんなエキセントリックな状況だって許されていいはずだ。おれがもし、明日にも役所の長官に介添え人を頼みこんだとする、そしたらその長官だって、もっぱら騎士道的な感情てなやつから、むろん、それに同意し、秘密を守らなくちゃならない！　セートチキン氏なら……》

じつを言うと、まさにその瞬間、わたしの脳裏は、わたしのこの仮説のおぞましいばかりのばかばかしさと、メダルの裏面を、この世のだれよりもはっきりと、かつ鮮明に浮かびあがらせていた、しかし……

「急げ、御者、急ぐんだ、この悪党、もっと飛ばしやがれ！」

「へえい、旦那！」百姓然とした風体の御者が答えた。

ふいに寒気が襲ってきた。

《今すぐ引き返したほうがいいんじゃないか……このまままっすぐ……家に帰ったほうが？ ああ、神よ！ どうして、どうして、おれは昨日、あんなパーティに出たいだなどと自分から言いだした！ でも、もう、だめだ、引き返せない！ テーブルと暖炉の間を行きつ戻りつしたあの三時間はどうなる？ いや、あいつらこそ、あいつらこそ、あそこでの行きつ戻りつの借りを清算すべきなんだ！ あいつらには、この不名誉を洗い落とす義務があるんだ！》「急げ！」

《でも、やつらが、もし、このおれを警察に突き出すようなことをしたら？ 何、やつらにそんな勇気があるもんか！ やつらがいちばん怖れているのは、スキャンダルだ。でも、もし、ズヴェルコフのやつが決闘を断りでもしたら？ こっちは大いにありそうだぞ。でも、そうなったら、ひとつぎゃふんと言わせるまでのことだ……そうなったらもう、やつが明日出発する駅に駆けつけ、馬車に乗りこもうってところで足をふんづかみ、外套を引きはがしてやる。それからやつの手に食らいついて、がぶりと歯で嚙んでやる。みんな、見てくれ、窮鼠、猫を嚙むってのはこのことだ！　で、やつには、好きなだけおれの頭を殴らせる、残りの連中は後ろからおれに襲いかかるだろうな。そこでおれは、まわりの野次馬どもにむかってこう叫んでやるんだ。『よく見るがいい、この若造はな、おれの唾を顔に引っつけたまま、今からチェルケス女をひっかけに行くってさ！』
断るまでもない、こんなことになったら、一巻の終わり！　役所も、この世から消し飛んでしまう。おれはとっつかまって裁判にかけられ、職場から追いだされる、そればかりか、監獄に放りこまれ、あげくのはては、シベリア送りだ。でも、そうなったって屁でもない！　十五年後、監獄から出されたおれは、ぼろぼろの服をまとって、物乞い姿でやつの後をつけまわしてやる。どこかの県庁所在地でやつを探しだしてやる。きっと結婚もし、幸せに暮らしてるだろう。成人した娘がいるかもしれない……おれは、言ってやる。いいか、この人でなし、この落ちくぼんだほっぺたと、ぼろぼろの服を見ろ！　おれはな、何もかも失ったんだ。出世も、幸せも、芸術も、学問も、愛する女も、だ、きさまのせいでぜんぶ失ったんだ。ほら、ここにピストルがある。おれがここに来たのは、この中の弾を抜きとるためだ……きさまを許してやるのよ、そこでおれは、空中にむけてピストルを発射し、杳《よう》として姿をくらますってわけ……》
ほとんど泣きださんばかりだった。と言っても、まさにその瞬間、わたしは完全に正確に理解していた。これらすべては、プーシキンの[*38]シルヴィオやレールモントフの『仮面舞踏会』の借り物にすぎない、ということを。ふいに、身も世もなく恥ずかしくなった。恥ずかしさのあまり、思わず馬をとめて橇から飛びだし、降りしきる雪のなか、通りのまんなかで仁王立ちになった。御者は呆気にとられ、ため息をつきながらこちらを見つめていた。

どうすればよかったのか？　あそこに行くことはもうできなかった。――おそろしく馬鹿げた事態になることは目に見えている。かと言って、このまま泣き寝入りってわけにはいかない。そんなことをすれば、それこそ……《ああ！　どうしてこのまま泣き寝入りできる！あれほどの屈辱を受けたっていうのに！》

「だめだ！」――わたしはひと声叫んで、ふたたび橇に飛びのった。「これはもう決まったことなんだ、これは宿命なんだ！　急げ、さあ、急ぐんだ、あそこへ！」

ついにこらえきれず、御者の首を拳骨で殴りつけた。

「おまえさん、何なさるだ、どうしてそんな乱暴なことをしなさる？」御者は叫んだ。しかしそれでも鞭を入れたので、痩せ馬は後脚で橇を蹴りはじめた。

ぼたん雪が綿毛のように降りしきっていた。わたしは外套の胸をひろげた。雪などもういっこうにおかまいなしだった。ほかのことは何もかも忘れはてていた。というのも、平手打ちを最終的に決断し、それが今すぐかならず起こるのだ、どんな力をもってしても阻止できない、、、、、、ということを恐怖とともに感じていたからだった。葬列の松明《たいまつ》のように、雪けむりのなかで街灯がわびしげに瞬いていた。ぼたん雪は、外套や、フロックコートや、ネクタイの下にまで入り込んできて、溶けていった。それでも、外套の前をかき合わせようとはしなかった。もはやどっちにしたとしても、すべてが失われている！

やがて橇は到着する。わたしはほとんどわれを忘れて飛びおり、階段を駆けあがり、手と足でドアをどんどん叩きはじめた。両足の膝のあたりがとくに弱りきっているのに気づいた。やがて、妙な気がするほど早くドアが開いた。まるでわたしの到着がわかっていたみたいだった（事実、シーモノフが、ひょっとすると後からもうひとり来るかもしれないと予告しておいてくれたのだ。ここは、事前に予約を入れておくなどして、万事に十分な警戒が必要なところだった。この店は、当時の、いわゆる『モードショップ』のひとつだった。今はもう警察によってとっくに閉鎖に追いこまれているが。昼間はたしかにモードショップなのだが、夜になると、紹介状をもった客だけがなかに入れるしくみだった）。わたしはつかつかと暗い店内を通りぬけ、蠟燭が一本灯るだけの、見覚えのあるホールに入っていったが、狐につままれたような気分になり立ちどまった。ホールにはだれの姿もなかった。

「連中はどこです？」出迎えに出ただれかにたずねた。

しかしたずねるまでもなく、連中はすでにそれぞれの部屋に散っていた……

目の前にひとりの女が、間のぬけた笑みを浮かべながら立っていた。この店の女将《おかみ》で、わたしのことも多少は知っている。しばらくしてドアが開き、別の女が入ってきた。

しかしそちらには何の注意もはらわず、わたしは部屋のなかをぐるぐると歩きまわった。

どうやら、ぶつぶつつぶやいていたらしい。わたしはまるで九死に一生を得た気分で、全身に喜びを感じていた。もしもそこに連中がいたら、すぐさま平手打ちを食らわせていただろう、絶対にそうしたにちがいない！　ところが今、肝心の連中がいない……何もかもが消滅してしまい、状況ががらりと変わってしまった！……わたしはふり返った。まだ、状況がのみこめずにいた。入ってきた娘を、無意識にちらりと見やった。まだ、みずみずしい若さに満ち、いくぶん青ざめた顔が目に入った。黒くまっすぐに眉をひき、目つきはいかにもまじめそうで、なんだか少し驚いているみたいな表情をしている。わたしは、すぐにその顔が気に入った。もし彼女が微笑んでいたりしたら、きっと憎みだしただろう。わたしはどうにか注意を集中させ、じっとその顔に見入った。考えがまだまとまらなかったのだ。そこには、素朴で、人のよさそうなものが見えたが、なにやら奇妙なほどまじめくさった印象があった。思うに、そのせいで客を取りそこね、あの馬鹿どもだれひとり彼女には目をつけなかったらしい。もっとも彼女は、たしかに背がすらりと高く、体格もけっこうしっかりしていたが、とびきり美人というわけではなかった。身に着けている服も、ごくあっさりしていた。何か汚らわしい虫にちくりと刺されたような気がした。わたしはまっすぐ彼女のほうに歩み寄っていった……。

そこでたまたま鏡に映った自分の顔を見た。興奮しきったその顔が、どうしようもなくいやらしいものに見えた。青白く、底意地の悪い、卑劣な顔つきで、髪の毛もくしゃくしゃだった。《なに、かまうもんか、おれにはむしろこっちのほうが似合ってるんだ》と思った。《相手にいやらしい男と思われたほうが、ずっと気が楽だし、おれにしたってそっちのほうが面白い……》

## 6

……どこか間仕切りのむこうのほうで、だれかに強い力で圧しつけられ、首でもしめられているような感じから、時計がごろごろとかすれ声を立てはじめた。かすれ声が不自然なほど長く続いてから、甲高くていやらしい鐘の音が、唐突にと言おうか、慌ただしく鳴りわたった――だれかが急に目の前に飛びだしてきたかのようだった。二時を打った。わたしはふっとわれに返った。と言って眠りこんでいたわけではなく、ただ半醒半睡の状態で横たわっていただけだった。

天井が低く、狭苦しい、窮屈な部屋は、大きな洋服ダンスがでんと場所をふさいでいて、ボール箱やら、ぼろきれやら、その他ありとあらゆるがらくた類が散らばっていた――ほぼ真っ暗と言ってよかった。部屋の隅のテーブルの上でちろちろと燃えていた蠟燭は、ときおり赤く燃えあがりはしたが、ほとんど消えかかっていた。数分もすれば、真っ暗闇が訪れることはまちがいなかった。

わたしはやがて正気に戻った。すると、すべてが一気に、何ら苦もなく、ただちに思いだされてきた。わたしにもう一度襲いかかってやろうと、待ちかまえていたかのように。いや、半醒半睡の状態にあってもどうしても忘れられない、ある点のようなものが、記憶のなかにずうっと留まっていて、その点のまわりを、夢ともうつつともしれない幻がぐるぐると重苦しく回転していた。しかし、奇妙なのは、その日、わたしの身に起こったすべてが、今、こうして目が覚めてみると、はるかに遠い過去の出来事のように思われ、そんなものはもう、とうの昔にやり過ごしたことのような気がしたことだった。

頭のなかはまだカッカしていた。何かが頭上をぐるぐる飛びまわり、わたしをちくちく刺激し、苛立たせ、不安をかきたてる。悩ましさと苦しさがまたもやふつふつと湧き起こってきて、はけ口をもとめている。わたしの視界をふと、物珍しげにじっとこちらを見つめる二つの見開かれた目が過《よぎ》った。まるで他人のような、ひややかで無関心な、陰気くさい目つきだった。見ているだけでやりきれなくなった。

頭のなかに陰鬱な考えが生まれては、何かいやらしい感覚となって体全体に広がっていった。じめじめして、カビ臭い地下室に降りていくときの感覚に似ていた。この二つの目が今になってどうしてこちらをしげしげと観察する気になったのか、そこには妙に不自然な感じがあった。二時間の間、この女とひと言も口をきかず、口をきくこと自体、まるきり無用と考えていたことも思いだされた。さっきまでは、なぜかそうして黙っていることが気に入っていたのだ。ところが今になって、急に、女を買うという、あの愚かしい、蜘蛛のように汚らわしい現実がまざまざと目に浮かんできた。それは、愛情もなしに、荒々しく、恥知らずに、ほんものの愛情があってはじめて成就される行為からいきなりはじまる。二人はこうして、たがいの顔を見つめていたが、彼女は、わたしにむかって目を伏せようともしなければ、見つめる方向を変えようともしなかったので、わたしはそのうち何やら薄気味悪くなってきた。

「何ていう名前？」一刻も早くけりをつけようと、わたしはぶっきら棒な調子でたずねた。

「リーザよ」相手はほとんど蚊の鳴くような声で、どこか無愛想に答えると、すぐに目を逸らした。

わたしもそのまましばらく口をつぐんだ。

「今日の天気ときたら……雪で……ほんとうにいやになるよ！」悩ましげに後頭部に手をあてがい、天井を仰ぎながら、ほとんどひとり言のように言った。彼女は答えなかった。何もかもが醜悪きわまりなかった。

「きみはここの出身？」ややあってから、彼女のほうに顔を軽くむけ、苛立ちまぎれにたずねた。

「いいえ」

「どこの出身？」

「リガ[*39]よ」面倒くさそうに彼女は答えた。

「ドイツ人？」

「ロシア人よ」

「ここは長いの？」

「ここって？」

「この家さ」

「二週間ぐらい」ますますぶっきら棒な答え方になった。蠟燭は完全に燃えつきていた。彼女の顔はもう見分けがつかなかった。

「両親はいるの？」

「ええ……いや……いるわ」

「どこに？」

「田舎よ……リガに」

「何をしてるの？」

「べつに……」

「べつにって？　仕事は何、身分は？」

「町人ってとこ」

「両親とずっと住んでたの？」

「そうよ」

「きみの歳は？」

「二十歳《はたち》」

「どうして親もとを離れたんだい？」

「べつに」

この「べつに」が意味していたのは、ほっといてよ、むかつくわ、ということだ。わたしたちはまた黙りこんだ。

それにしても、どうしてそのまま帰ろうとしなかったのか。わたし自身、ますます胸がむかつき、気がふさぐ一方だったというのに。昨日まる一日のいろんな光景が、なぜか勝手に、自分の意志とはかかわりなく、ばらばらになって記憶のなかに浮かびあがってきた。そして、ふいにある光景を思いだした。今朝がた、そぞろな気分で職場へむかう途中、通りで見かけた光景である。

「今日さ、お棺を運びだすところを見たんだけど、あやうく落としかけてね」わたしは急に大声を出していた。話しかける気などまるでなかったのだが、つい口から言葉が出た。

「お棺？」

「そう、セ*40ンナヤ広場でね、地下の穴倉から運びだすところでさ」

「穴倉から？」

「穴倉じゃなくて、地階にある穴倉みたいな部屋からだよ……ほら、知ってるよね、地階の……売春宿さ……まわりはひどいぬかるみでさ……タマゴの殻だの、ゴミだの……いやな匂いがしてて……気持ち悪かったな」

沈黙。

「今日みたいな日の葬式ってたまらないな！」黙ったままでいるのがいやなばかりに、わたしはまた話しだした。

「何がたまらないの？」

「この雪だし、じめじめしてて……」（わたしはあくびをした）

「そんなの、どうだっていいでしょう」しばらくの沈黙のあとで、彼女はふいに口をひらいた。

「いや、ほんとうにぞっとするよ……（わたしはまたあくびをした）墓掘りの連中、きっと悪態ついてたろうし……雪でぐしょ濡れだって。墓ンなかだって、きっと水が溜まってたろうしね」

「どうしてお墓に水が溜まるの？」微妙に好奇心をかき立てられたらしく、彼女がたずねてくる。と言っても、その口調はさっきよりもさらに乱暴でぶっきら棒だった。

「どうしてって、墓穴に三十センチも水が溜まるんだぜ。ここのヴォルコヴォの墓地じゃ、乾いた墓なんかひとつだって掘れやしないんだ」

「どうして？」

「どうしてって。ひどい水びたしなんだよ。このへんはどこも沼地でさ。だから、水ンなかで埋葬するんだ。この目で見てるんだ……何度もね……」

（そうした光景をわたしは一度として見たことはなかったし、それにヴォルコヴォ墓地には一度も行ったことがなかった、ただ、人がそんな話をしているのを聞いたことがあるだけだった）

「ほんとうにどうだっていいのかい、たとえ死んでもさ？」

「でも、どうしてそこでわたしが死ぬことになるわけ？」自分をかばうような口ぶりで彼女は答えた。

「きみだっていつかは死ぬんだ、さっき言った穴倉の女とまるきり同じような死に方をする。その女も……きみと同じぐらいの若い娘でさ……結核で死んだんだ」

「商売女なら病院で死ねそうなものだけど……」（こういう話も彼女はわかってる、とわたしは思った。だから、若い娘とは言わず、「商売女」という言葉を使ったのだ）

「その女、女将さんに借金があったらしくてね」このかけあいにますます刺激され、わたしは反論した。「だから、ほとんど死ぬ直前まで稼がされていたんだよ、結核病みの体してさ。まわりにいた御者の連中が兵隊たちとそんな話してたよ。連中、きっと、馴染みの客だったんだろうな。笑ってたっけ。そのあと、死んだ女の供養ってわけで、居酒屋に集まって飲ん

でたけど」(わたしはここでも嘘八百を並べた)

沈黙が続いた。深い沈黙だった。彼女は身動きすらしなかった。

「やっぱり病院がいいのかな、死ぬときは？」

「どっちでも同じことじゃない？……でも、どうしてわたしが死ぬことになるわけ？」苛立たしげに彼女は言葉を継いだ。

「今ってわけじゃなく、これから先の話さ」

「先の話って言われたって……」

「いや、そうはいかない！　今のきみは、そのとおり若くて、きれいだし、ぴちぴちしている――だから、少しぐらい高くたって客はつく。でも、この生活を一年も続けてごらんよ、きみはもう今のきみじゃなくなっている、生気を失くしてさ」

「一年後に、もう？」

「いずれにしたって、一年後には、きみの値段も下がってるはずさ」わたしは意地悪く言いつのった。「ここからどこかもっと格下の店に移ることになるのさ。それからまた一年すれば、また別の店に、ってなぐあいでどんどん落ちていく、で、七年もすれば、センナヤ広場の穴倉にたどり着くってわけ。でも、それだってまだましなほうでさ。ひどい話になると、そのうえ何か悪い病気が出てくるとか、そう、たとえば、胸の病気とか……でなきゃ、自分から風邪をこじらせるとか、ほかにもなんだかんだと出てきたら、もう目もあてられないよ。

こういう生活をしてると、病気だって治らないし。いったん病気につきまとわれたら、ふり払おうったって、そうかんたんにはふり払えない。そうやって最後は死んでしまうんだ」

「そうなったら、死ぬまでね」彼女はさも憎々しげに答え、ぴくりと身じろぎした。

「それじゃ、かわいそうだよ」

「だれが」

「命がさ」

沈黙。

「約束した人でもいたの？　え？」

「それってあなたに関係ある？」

「いや、べつに尋問してるわけじゃない。べつに関係あるわけじゃないからね。でも、何をそうぷりぷりしているんだい？　きみにだって、そりゃいろいろいやなことはあるだろうけど。でも、ぼくには関係ない。ただ、なんとなくかわいそうなだけ」

「だれが？」

「きみがだよ」

「よけいなお世話よ……」辛うじて聞きとれるくらいの声でそう囁くと、彼女はまたぴくりと身じろぎした。

その言い草に、わたしもさすがにカッとなった。なんてことだ！　こっちはこうまで親身になって言葉をかけてやっているのに、この女ときたら……。

「いったい、どう思ってるの？　これがまともな生き方だとでも言うわけ、え？」

「べつに何も考えてない」

「それがまずいんだ、何も考えてないっていうのが。手おくれにならないうちに、考えなおすんだね。まだ遅くないから。きみはまだ若いし、けっこう美人だし。恋もできるし、お嫁に行って、幸せにもなれる……」

「お嫁に行ったからって、みんな幸せになれるわけじゃないでしょ」あい変わらず荒っぽい早口で彼女はぶすっと答えた。

「むろん、みんながみんなってわけにはいかないさ――でも、ここよりはやっぱりずっとましだと思うけどね。比較にならないくらい。それと、愛情さえあれば、べつに幸せがなくたって生きていけるさ。苦しくたって、生きてるっていうのは、すばらしいことだし、どんな暮らしだって、この世で生きていくっていうのは、いいもんでさ。ところが、ここはどう……そう、悪臭以外に何があるって言うんだ。ったく！」

わたしはいかにも嫌悪するように顔をそむけてみせた。わたしはたんに冷静に御託《ごたく》を並べていたわけではなかった。わたし自身、こうしてしゃべっているうちに、徐々に熱くなっていくのを感じはじめていた。わたしはもう、例の地下室で経験した大事な考えを述べたくてたまらなくなった。わたしのなかで何かがふいに燃えあがり、ある目的が《顕現》した。

「ここにいるぼくのことは無視していいよ、べつにきみの手本てわけじゃないんだから。いや、ひょっとしたらきみより悪い人間かもしれないし。と言っても、ここに来たのは、酔った勢いだったけど」わたしはとりあえず、一応の弁解を試みた。「おまけに、男っていうのは、まったく女の手本にはならないもんなのさ。人種がちがうというか。ぼくなんか、こうやって自分の面汚しをやってるけど、だからって、べつにだれかの奴隷ってわけじゃない。たとえここに来て、そのまま帰ってしまえば、もうそれっきりのことでさ。汚れを払い落としちゃえば、それでまた別の人間になれる。ところが、たとえばきみは、はじめっから奴隷ってことだろう。そう、奴隷だよ！　きみは、何もかも、そう、自分の自由意志だって人にくれてしまうんだ。あとからこの鎖を断ちきりたいと思ったって、そうは問屋がおろさない。ますますきつく君にからみついてくるだけさ。それぐらい呪わしい鎖なんだよ。ぼくにはわかっているんだ。ほかの話はもうしない、しても、きっとわからないだろうしね、でも、ちょっと教えてくれないか。きみは、きっと、ここの女将さんに借金があるんだよね？　ほら、やっぱりそうなんだ！」わたしは言葉を重ねた。と言って、彼女が、そう答えたわけではなく、ただ黙りこくったまま、全身で話に耳を傾けていただけだった。「鎖って、それのことなんだよ！　そうなったら、もう、絶対に自由になれない。そういう仕組みなんだ。悪魔に魂を売るのとまったく同じでね……。

……おまけに、このぼくだって……もしかしたら、きみと同じように不幸な男でさ、なぜかはわからないけど、それで、わざと泥に足を突っ込みにくる、それも鬱陶しさのせいさ。やけ酒ってあるじゃないか、ぼくがここに来たのも、うさ晴らしのためなんだよ。で、どうなの、ここにいて何かいいことでもあるの？　だって、ぼくたち……さっき……ここでひとつになったくせして、その間ずっと、おたがいひと言も口きかなかったわけだし、きみはきみで、そのあと、このぼくを、まるで獣みたいな目つきでじろじろ見まわしはじめた、いや、こっちも同じことでさ。こんな愛し方ってあるのかね？　人間と人間って、ほんとうにこんなふうにして交わらなくちゃいけないのかね？　これこそ、醜悪のきわみってやつじゃないか！」

「そうよ！」彼女は、せきこんだふうに、きっぱりと相づちを打った。「そうよ」の口調の慌ただしさにわたしは驚かされた。もしかしたら、彼女がさっきわたしをじろじろ見まわしていたとき、その頭には同じような思いが浮かんでいたのかもしれない。ということは、彼女にも、ほどほどには考える力があるということか？……《クソッ、こいつは面白い、似た者同士ってやつだ》わたしは揉み手せんばかりだった。《だいたい、こんな若い女の気持ちひとつ、きちんと扱えなくてどうする？……》

何よりもわたしを夢中にしたのは、演技だった。

彼女はわたしのほうに顔を近づけてきた。あたりが暗闇なので見わけはつかなかったが、どうやら頰杖をついたらしい。わたしのほうをじっと見つめていたかもしれない。彼女の目をしっかりと見さだめることができないのが、どんなに残念だったか。彼女の深い息づかいが聞こえていた。

「どうしてここに来るはめになった？」わたしはもう少し居丈高な調子で切りだした。

「べつに……」

「だって、親父さんの家でいっしょに暮らしてたほうがはるかにいいだろうし！　気がねせず、ぬくぬくと暮らせるんだから。なんと言っても自分の巣なんだしね」

「でも、それがよくなかったら？」

《こいつはうまく調子を合わせる必要があるぞ》頭のなかをそんな思いがちらりとかすめる。《たんにセンチメンタルなだけじゃ、たいした効果は見込めそうにない》

もっとも、その考えはちらりと頭をかすめただけのことだった。嘘ではない、わたしは早くも彼女に関心をもちはじめていた。しかもわたしは妙に気ぬけし、情にもろくなっていた。いかさま気分というのは、往々にして、ごく単純に本音《ほんね》と同居しあえるものらしい。

「そりゃ、わからないよ！」わたしはいそいで答えた。「いろんな例があるからね。ぼくはね、こんなふうに考えてるんだ。きみは、だれかにひどい目にあわされた、でも、悪いのはきみじゃなくて、向こうのほうだ。きみの身の上について、ぼくは何ひとつ知らないわけだけど、きみみたいな女の子が、自分から好きでこんな世界に入りこむなんて、あるはずのないことだし……」

「わたしみたいな子って？」聞きとれるか聞きとれないかくらいのか細い声で彼女はささやいた。しかし、わたしはしっかりとその言葉を聞きとることができた。

《なんだ、きさま、へらへらしやがって。いやらしいったらないぜ。でも、ひょっとしたら、こういう展開も悪くないかもしれんぞ……》相手は黙ったままだった。

「いいかい、リーザ、これからちょっと自分の話をするね！　子どものころ、このぼくにちゃんとした家族があったら、今みたいな人間にはならなかったと思うんだ。これは、しょっちゅう考えることでね。家族の暮らしがいくらひどいと言ったって、親父やおふくろってことなら、やっぱり敵同士でもなければ、赤の他人でもない。年に一度ぐらいは愛情を示してくれるもんでさ。そこで、自分はやっぱり自分の家にいるってことがわかるわけ。ところが、ぼくは、家族ってものを知らずに育ったんだ。だから、きっと、こんな人間になってしまったんだろうな……こんな冷淡な人間にさ」

わたしはまたしばらく様子を見てみた。

《たぶん、わからないんだ》と思った。《それにおかしいったらないぜ、おまえが人に説教垂れるなんて》

「もしも、ぼくが父親で、自分に娘がいるとしたら、たぶん、息子よりも娘のほうをかわいがるような気がするんだ、嘘じゃなくね」彼女の気持ちをときほぐそうと、さりげなく、遠まわしに話をはじめた。じつのところ、わたしは顔が熱くほてるのを感じていた。

「それって、なぜ？」彼女がたずねた。

ははあ、……ってことは、話を聞いている！

「いや、そこはわからない、リーザ。でも、いいかい、ぼくが知っているある父親はね、とても厳しくて、冷酷な男なんだけど、これが娘の前に出るっていうと、もう、ひざまずかんばかりに両手両足にキスしてさ、いくら見ていても、見あきるってことがないらしいのさ、ほんとうだよ。娘が、パーティでダンスなんかするっていうと、もう五時間でも一カ所に突っ立ったまま、目を離そうとしない。娘に夢中なんだな。それは、ぼくにもわかる。夜になって、娘が疲れて、眠りにつくっていうと、その父親ときたら、もぞもぞ起きだしてきて眠っている娘にキスし、十字を切ってやりに行くんだ。ご当人は脂ぎったフロックコートを着て、どんな相手にもけちけちしてるくせに、これが娘のためとなると、財布の底をはたいてでも豪勢なプレゼントを買ってやる。で、そのプレゼントが気に入ってもらえるというと、もうそれだけで有頂天でさ。父親っていうのは、いつだって母親よりも娘を愛しているものなんだな。だから、娘にすりゃ、親もとで暮らすのが楽しくってしょうがないわけ！　ぼくなんか、娘がいたら、嫁になんて出さないような気がするね」

「そんな、嘘でしょう？」彼女はかすかに笑みを浮かべて、たずねた。

「嫉妬するに決まってるもの、ほんとに。だってさ、自分の娘がほかの男にキスをしたり、よその男を父親より愛するようになるんだぜ。そんなの、想像するだけで耐えられないよ。

むろん、こんなのはくだらん話でさ。最後はやっぱりみんな正気に戻るんだけどね。でも、ぼくだったら、娘を嫁にやる前にもうその気苦労だけでへばりきって、どんな婿さんでもシャットアウトしてしまいそうな気がするな。と言って、結局のところは、娘が好きだっていう男にくれてしまうんだけどね。ところが、娘が自分から好きになった男っていうのは、父親からするといつも最悪の男に見えるもんなのさ。それが世の常でさ。それが原因で、どこの家も面倒が絶えないんだ」

「なかには、よろこんで娘を売る父親だっているわ、まともに嫁に出すどころか……」いきなり彼女が口走った。

なるほど！　そういうことだったのか！

「それはね、リーザ、神さまもなきゃ、愛情もない、呪われた家庭の話でさ」わたしは熱くなって応えた。「愛情のないところには、理性もない。たしかにそういう家庭もある、でも、ぼくが言っているのは、そういう家庭のことじゃない。きみは、どうやら、自分の家でいい目が見られなかったので、そんな言い方するんだね。きみは、ほんとうに不幸せな人なのかもしれない。そう……たいていは貧しさのせいでそういうことが起こるんだが」

「じゃあ、お金持ちならいいってわけ？　貧しくたって、ちゃんとした人はちゃんとした暮らししてるわ」

「そう……たしかに。そうかもしれない。もう一度言うけど、リーザ、人間ってのはね、自分の不幸はよろこんで数えあげるけど、幸せは数えようとしないものでさ。きちんと数えあげていけば、幸せはだれにだってきちんと授けられていることに気づくはずなんだ。そうだな、もしも家族の仲がすべてうまくいって、神さまも祝福してくれ、よい旦那さんに恵まれ、君を愛し、かわいがってくれ、一時《いっとき》も離れないってことになったら？　そういう家庭なら申し分ないだろう！　不幸と半々ということになっても、悪くないと思うね。第一、不幸がないところなんて、どこにもないわけだから。きみもお嫁に行ったら、たぶん自分でそれが確かめられると思うな。でも、それはそれとして、好きな人のところにお嫁に行った、新婚ほやほやの時期のことだけでも考えてごらんよ。もう幸せいっぱいで、時によっちゃ、抱えきれないくらいの幸せが訪れてくるんだ！　それも切れ目なしにね。結婚したてのころってい うのは、夫婦ゲンカだってうまくおさまるもんでさ。なかには、夫を愛していればいるほど、ケンカ熱心になる女もいる。嘘じゃない、そういう女をぼく自身、知っているんだ。『ほんとうに好き、好きだからこそあなたを苦しめてしまう、そこのところ、わかって』と言うわけ。わかるかい、愛しているからこそ、わざと相手を苦しめてもいい、っていう論理？　だいたいが女なんだけどね。で、心のなかで、『その代わり、あとでたっぷり愛して、うんと優しくしてあげるのだから、今は少しぐらい苦しめたってべつに悪いってことにはならない』なんて考えているのさ。で、家のなかでも、そんなきみたちのことを見てみんなが喜んでいる。すべてが心地よくて、楽しくて、平和で、嘘がない……でも、なかには嫉妬深い女たちもいてね。夫がどこかに出かけていくっていうと——そういう女をひとり、知っているんだ——もう、がまんできなくなって、たとえ真夜中だろうが、家を飛びだし、こっそり様子をうかがいに駆けだしていく、あそこにいるんじゃないか、あそこの家に、あの女といっしょにいるんじゃないか、とね。こいつはよくないね。その女だって、それがよくないことぐらいちゃんとわかっているし、それこそ心臓が止まるくらい後悔している。だって、愛しているから、何もかもわかっているし、何もかも愛しているからこそなんだからね。でも、夫婦ゲンカのあとの仲直りっていうやつ、自分から相手に謝ったり、許してやったりするっていうのが、これまたなかなかのものでさ！　二人ともすごくいい気分で、急にそんな気になるもんなんだ——まるでもう一度出会いなおしたみたいな、結婚式を挙げなおしたみたいな、また恋をしなおしたみたいな気分になる。夫婦間の出来事って、二人がたがいに愛しあっているときは、ほんとうにもう、だれにもわからないもんなのさ。夫婦間でどんなケンカがもちあがっても、生みの母親ですら仲裁に入るわけにはいかないし、他人に話をもちかけるなんてできることじゃない。つまり、夫婦っていうのは、自分たちこそが仲裁役になるわけ。愛っていうのは、神のみぞ知る秘密でね、何が起ころうと、他人の目からは隠しておかなくちゃならない。そうあってこそ、より神聖で、よりすばらしいものになるのだから。おたがいにもっと尊敬しあえるようになるし、尊敬のうえにいろんなものが成り立つことになる。だからさ、かりに一度でも愛が生まれ、愛で結ばれた二人なら、愛をなくしたりできるはずがないんだ！　愛を持続させせられないなんてはずはないんだ！　愛を持続させせられない場合なんて、そうめったにあるもんじゃない。善良で、正直な夫とめぐり会えたのだったら、どうして愛が消えるなんてことがある？　そりゃ、新婚当初みたいな愛は消えるかもしれないけど、でも、その代わり、もっとすばらしい愛が生まれてくるのさ。そのときは心と心がひとつになって、どんなことも、心を通わせながら決めていくことになる。おたがい隠しごとなんか何もなくなってしまうんだ。そのうち子どもでも生まれれば、もう、どんなことも、たとえどんなに辛いときでも幸せに思えてくるものでね。ただ愛しあって、勇気さえ失わずにいればいいことさ。そうなれば、仕事だって楽しくなるし、たとえ子どものせいで食べものにありつけなくなっても、それはそれでまた楽しい。子どもたちも、それがあってこそ、いずれきみを愛するようになるわけだし。つまり、自分のために貯金しているのと同じことなんだよ。子どもたちが大きくなれば、自分がそのお手本で、彼らの支えなんだって感じられるようになる。たとえ死んでも、子どもたちは死ぬまで、自分の気持ちや考えを忘れずにいてくれるって思えるようになる。だって、きみからそれを引きついでいるわけだし、きみの面影を受けついでいるわけだからね。それって、つまり、大きな貸しを意味しているんだね。だとしたら、母親と父親はよりいっそうぴったりくっつかざるをえなくなるじゃないか？　世間じゃ、よく、子育てがたいへんとか言うよね。そんなこと言うの、馬鹿げてるよ。子育てってまるで天国みたいな幸せじゃないか！　リーザ、きみは小さい子どもが好きかい？　ぼくはものすごく好きなんだ。そう、ピンク色したほんとうにちっちゃな赤ん坊がお乳を吸っている、自分の妻が赤ん坊といっしょにいる光景を見たら、そう、どんな男心だって、なびかざるをえなくなるな！　ピンク色して、むっちり肥った赤ちゃんが、思いきり手足をのばして、甘えている。肉づきのいい手足や、きれいな爪、見ているだけでおかしくなるような、ほんとうにちっちゃな目、まるで何もかもわかってますっていった感じなんだな。で、おっぱい吸いながら、お手てで乳首をいじくったり、おもちゃにしたりしている。父親が寄ってくると、おっぱいから体をぐいとそっくりかえらせてさ、父親の顔を見てきゃっきゃ笑いだす——おかしくてしかたないっていうふうにね。で、またおっぱいをしゃぶりはじめるんだ。これが、歯が生えだすころになると、もういきなりおっぱいにかぶりついてきて、母親のほうを横目でにらみながら、『ほらね、噛んじゃったよ！』と言わんばかりさ。夫と妻と子どもの三人でいっしょに暮らせたら、もう幸せだらけって言ってもいいんじゃないのか？　こういうひとときのためだったら、大概のことは許せるものさ。そう、リーザ、自分で生きるすべを学ばなくちゃいけないんだ、人を責めるのはそれからだよ！」

《こういう柄で、そう、こんな嘘みたいな絵で、この娘の気持ちをつかまえるんだ！》——内心、わたしは思った。と言っても、けっして嘘ではない、わたしは心をこめて話していたのだ。で、ふと自分の顔が赤くなるのを感じた。《でも、もし彼女がいきなり大声で笑いだしたりしたら、おれの立場はなくなる！》——そう考えただけで、頭に血がのぼってきた。

話が終わりに近づくころには、ほんとうに興奮しきり、今はもう自尊心まで傷つけられたような気分になっていた。沈黙が続いた。彼女をこづいてやろうかという気にさえなった。

「あなたって、なんだか……」彼女はふいに言いかけて、口をつぐんだ。

しかし、こちらはもう何もかも察していた。その声には、どこかこれまでとはちがったひびきがあった。さっきまでの、素っ気ない、ぶっきら棒な、なげやりな調子ではない、何かものやわらかい、恥ずかしげなひびきだった。それが、あまりに恥ずかしそうに聞こえたので、わたし自身が、彼女にたいして恥ずかしいような、何かうしろめたいことをしているような気持ちになった。

「何かな？」やさしい好奇心にかられて、たずねた。

「そう、あなたって……」

「何？」

「あなたって、何か……まるで本を読んでいるみたいで」彼女は答えた。声には、またしても人を嘲るようなひびきが感じられた。

その物言いに、わたしはちくりと自尊心を傷つけられた。期待していた言葉とちがっていたからだ。

彼女がそうしてわざと嘲りの仮面をつけようとしていたこと、そしてそれが、羞恥心のつよい、純真な人たちがふつう用いる手なのだということに、わたしの理解は及ばなかった。

彼らは、無遠慮にしつこく心のなかに踏みこんでこられたとき、自分のプライドを守るためにぎりぎりの瞬間まで妥協しようとせず、自分の気持ちをさらけだすのを怖れるものなのだ。わたしは、そう、彼女が、あんなふうな嘲りに似た言葉を口にしようと何度もためらいながら、ついにそれを口にしてしまおうと決意していたときの、あのおずおずとした様子から、気づいてやらなくてはならなかったはずだ。ところがわたしはそれを察してやれず、底意地の悪い感情のとりこになっていた。

《そういうことなら、見ていろ》とわたしは思った。

## 7

「もう、いいよ、リーザ、ぼくだって、人ごとながらむかむかしてしかたないっていうのに、今さら本がどうのとか、もちだしてきて。だいたい、人ごとどころじゃないんだよ。これは、ぜんぶぼくの心のなかでたった今思いついたことでね……ほんとうに、ほんとうにきみは、こんなところにいて胸がむかつかないのかい？　どうも、習慣ってやつは、底が知れず恐ろしいものらしいな！　習慣って、人間をどんなふうにでも変えてしまうものらしい。ねえ、きみは自分がけっして年をとらず、いつまでもきれいで、永久にここに置いてもらえるって、ほんとうにまじめに信じているのかい？　ぼくはね、べつにここの家が汚辱だってことを言いたいわけじゃないんだ……と言っても、ぼくが言おうとしているのは、やっぱりそのこと、今のきみの生活のことさ。今のきみはたしかに若いし、かわいいし、きれいで、心も、気持ちもちゃんとしている。でも、いいかい、さっき、ここで目を覚ましたとたん、ぼくはすぐに、きみといっしょにいることで気がくさくさしてきた！　酔っぱらってでもいなけりゃ、とてもこんなところに来られやしない。きみがもし別の場所で、人並みの暮らしをしていたら、ぼくもたぶん、きみのあとを追いまわすどころか、きみにすっかり恋いこがれて、言葉なんかかけてもらえなくても、その目で見つめてもらえるだけでもうどきどきしてしまうかもしれない。アパートの門のところできみを待ちぶせたり、きみの前でひざまずいたりするかもしれない。それこそ自分のフィアンセを見るみたいな目できみを眺めて、それだけじゃ足りず、それを光栄だと思うだろうね。きみにたいして何か不純な考えなんてとても抱くことはできないと思うんだ。ところが、ここだと、ピーって軽く口笛鳴らすだけで、きみは否が応でもぼくのあとについてくる、きみの意志がどうのなんて考えない、きみこそぼくの気持ちに従わなくちゃならない。どんな農夫が雇われたって、それでも自分をまるごと奴隷にするわけじゃないし、それにちゃんと期限付きであることもわかっている。でも、きみの期限っていつ終わる？　考えてもみてごらん。ここできみが何を投げだしているか？　借金のかたに何をあずけているか？　魂さ、自由にできない自分の魂を体といっしょに売りわたしているんだ！　自分の愛を、ありとあらゆる酔っぱらいどもの侮辱にゆだねているってわけだ！　愛だよ！　愛こそすべてじゃないか、愛こそダイアモンド、乙女にとってもっとも大事な宝じゃないか、愛こそがね！　だって、この愛を得るために、自分の魂を投げだし、死を選ぼうとする人だっているんだよ。で、どうなんだい、きみの愛は今どれぐらいの値打ちがある？　きみはまるごと買われている、まるごと叩き売りさ、だったらどうして、わざわざその愛を得る必要なんかある、愛なんかなくても何だってできるんだからね。女の子にとってこれ以上の屈辱ってないんじゃないの、わかるよね？　そうだ、聞いた話だけど、きみたち、お馬鹿さんたちって、ここで男をもつことが許されてるもんだから、それをせめてもの慰めにしているっていうじゃないか。でも、そんなのは悪ふざけでさ、子どもだましもいいところだし、きみたちをたんにおちょくってるだけの話だというのに、きみたちときたら大まじめなんだ。ほんとうに、そんな男が、きみを本気で愛しているとでも思ってるのかい？　とてもじゃない。声がかかればさっさとお客のところに行ってしまうような女を、どうして愛したりできる？　それでも平気なやつなんて、それこそ極道者さ！　そんな男が、これっぽちでもきみを尊敬しているって言えるんだろうか？　きみとそいつとの間にどんな共通点がある？　やつは、きみをせせら笑いながら、まるごとひん剝いてやる気でいるんだよ、それがやつの愛し方ってわけさ！　殴ったりしないだけ、まだましってもんでさ。でも、ひょっとしたらぶつかもしれない。もしもきみにそういう男がいるんなら、訊いてみるんだね。ねえ、わたしと結婚してくれる？　って。まあ、唾を吐かれたり、殴られたりすることはないにしても、面とむかって大笑いされるのが関の山だね。おまけに、そいつときたら、ほとんどろくな値打ちもない男かもしれないのにさ。なのにどうして、きみはこんな場所で、自分の人生をむざむざ台なしにしているんだい？　ここでなら、コーヒーも飲ませてくれるし、おなかいっぱい食べさせてもらえるからかな？　だったら、どうして食べさせてくれるのかね？　ほかの、まともな女の子だったら、そんな食べもの、喉も通らないだろうにさ。だって、どうして食事があてがわれているか知ってるからね。きみはこの店に借金がある、その借金がずっと続く、最後までずっと、お客がもうきみの顔を見るのもいやだと言いはじめるぎりぎりのときまで続くのさ。それはね、そんな先の話じゃないんだ、若さをあまり当てにしないほうがいい。だって、すべてが猛スピードでやってくるんだから。そうしてきみは叩きだされる。しかも、たんに叩きだされるだけじゃすまない、その前からうるさく難癖つけられ、小言を言われ、悪態つかれたりしたあげくの果てにだ――まるでさ、自分の体を女将さんに捧げ、女将さんのために青春も心も台なしにしてしまったのがきみじゃなくて、それこそ女将さんのほうがきみのせいで零落し、路頭に迷い、丸はだかにされたみたいな言い方されるんだよ。人の助けなんて当てにならない、ほかの仲間たちもきみに食ってかかる、女将さんに取り入ろうとしてさ。だって、ここじゃ、もうだれもが奴隷だし、良心や憐れみなんて感情はとっくの昔になくしてるからね。どうしようもなく浅ましい人間になり果てているんだ。そういう連中の悪態ぐらい、忌まわしくて、浅ましくて、腹の立つものなんて、この世には存在しないくらいだ。なのに、きみはここにすべてを捧げようとしている、すべてをね、無条件に——健康も、青春も、美しさも、希望も。で、二十二になるころには、もう三十五歳くらいの感じで、病気にかかっていなければ、まだいいほう、そこはもう神さまに祈るしかないね。それでもきみはこんなふうに考えているんだろうね、今は仕事しなくたって、十分に遊んで暮らしていけるって！　でもね、これ以上つらい、懲役刑みたいな仕事なんてこの世にはないし、あったためしもないんだよ。涙が涸れれば、心だって干あがってしまう。ここから追いだされるときは、ひと言、いや半言だって口答えできず、まるで悪いことでもしたみたいにすごすごと出ていくはめになるんだ。それからきみは次の店に移り、そしてまた次の店に移り、さらにまたといったぐあいにあちこち転々するうち、最後はセンナヤ広場にたどりつく。ところがあの界隈ときたら、何かにつけてぶん殴る、それがあそこのエチケットでさ、あそこに来る客はみんな、最初に女を殴りつけてからじゃないと抱こうとしない。あそこがそこまでひどいところだなんて信じられるかい？　よかったら、そのうち見にいって、自分の目で確かめてみるといいよ。ぼくもね、一度新年のときだけど、ドアのそばにすわっている女をひとり見かけたことがあるんだ。あんまり大声でわめくんで、ちょっと外で冷やしてやれってわけで、仲間たちから叩きだされてさ、背中でドアをぴしゃりと閉められてしまった。朝の九時だっていうのに、その女はもうすっかり酔っぱらっていて、髪の毛をふりみだし、体半分はだけてるんだが、見ると殴られた跡だらけなんだ。本人は顔を真っ白に塗りたくっているのに、目だけはくま取りなんかしている。鼻からも歯からも血が出ている、どこかの御者に一発食らわされたところなのさ。で、女は、石の階段に腰をおろして、手に、魚の干物なんかもっているんだ。大声で泣きわめきながら、自分の『運の悪さ』をこぼし、石段にぺったんぺったん魚を叩きつけている。見ると、石段の上に、御者とか酔っぱらった兵士とかが群がってきてさ、女をさかんにからかっているんだよ。自分がそんなふうになるなんて信じられるかい？　ぼくだって信じたくない。で、干し魚をもったその女が、十年前、いや、八年前に、どこからかここにやってきたときは、そう、それこそ天使みたいに瑞々《みずみず》しい、純真無垢な女だったかもしれないんだよ。悪ってものを知らずにさ、他人のひと言ひと言に顔を赤らめていたかもしれない。もしかしたら、きみと同じように自尊心がつよくて、怒りっぽくて、自分はほかの連中とはちがうのよとばかり、女王さまみたいにすましていて、だれが自分を好きになろうと、だれを自分が好きになろうと、相手の男には、もう、文句なしの幸せが待ちかまえているって決めこんでいたかもしれない。ところが、その結果がどうだろう？　それに、もし、ああして酔っぱらって髪ふりみだしながら、汚い石段に干し魚を叩きつけている瞬間にさ、そう、その瞬間にだよ、むかし父親の家で清らかに過ごしていたときの思い出がまざまざと甦ってきたりしたらどうだろう！　まだ、学校に通っていたときのことさ、隣りの家の息子が途中で待ちぶせしては、一生、きみを愛しますって、自分の運命はきみのものですとか言って口説きにかかり、それからたがいに死ぬまで愛しあおうと誓い、大人になったらすぐに結婚式を挙げようって約束したときの思い出なんかをね！　ちがうんだ、リーザ、たしかにきみにとって幸せかもしれない、もしも、どこか、あの店の片隅か、穴倉で、さっきの話の娘みたいに、結核でさっさと死ねたらね。病院に行く、とか言うのかい？　連れて行ってもらえたら、――それもいいさ。でも、もし、女将さんにまだ借金があったりしたら？　結核っていうのは、とんでもない病気でさ。熱病なんかとはわけがちがうのさ。この病気にかかった人間は、最後の最後まで望みを失わずにいてね、自分は健康だ、とか言いはるもんなんだ。自分で自分を慰めているんだな。そこが女将さんからするとつけいる隙ってわけ。心配しないでいい、そんな話なんだから。つまり、魂を売りわたしてしまってるし、そのうえ借金まであるんだもの、もう文句なんて言えた義理じゃない。で、いよいよ終わりが近づくっていうと、みんなきみのことなんかほっぽりだして、見向きもしなくなる――だって、そうなったら一文だってきみから取れやしないからね。それどころか、悪態つかれるのが落ちでさ、むだに場所をふさぎやがって、とか、なかなかくたばらない、とか言われるんだ。水だって、まともに飲ませちゃくれない。いつも悪態つきで、『このあばずれ、いつになったらくたばってくれるんだい、呻いてばかりいるから、ろくに眠れもしないじゃないか、お客もみんな気色悪がってるよ』とこう来る。これは、嘘じゃない。ぼく自身、この耳でそういうセリフを聞いてるんだから。息も絶えだえっていうのに、きみはその穴倉のなかでもいちばん悪臭に満ちた隅っこに押しこまれてしまう。まわりは暗闇で、じめじめしている。そこできみは、ひとり横たわりながら何を考えるだろう？　で、ついにくたばってしまえば、赤の他人が集まってきてそそくさと片づけにかかる。ぶつくさ言いながら、さも面倒くさそうにさ。——だれひとり十字を切ってくれるものもいない、きみのことを思ってため息ついてくれる人もいない、一刻も早く厄介ばらいしたい一心なんだ。いかにも安物の棺桶を買ってきて、運びだすんだ、今日のあのかわいそうな娘と同じでね、それから居酒屋に出かけて供養ってことになる。墓場は道がぬかるんでいて、気持ち悪いもいいとこで、ぼたん雪が降りしきっている——きみに遠慮する理由なんてないもの。『さあ、下ろすんだ、ワニューハ、いいか、これが人の〝定め〟ってもんでさ、こんなところまで来て逆さに落ちていきやがったよ、そういう女なんだ。ロープをつめろ、この坊主』——『このままだっていいじゃないか』——『何がいいだと？　よく見ろ、横倒しになってるじゃねえか。こいつだって人間だったんだ、そうだろ？　けど、まあ、いい、早く土をかけてやれ』きみなんかのことで罵りあうのも面倒くさそうだ。そそくさと青黒い湿った土がかけられ、居酒屋にくりだしていく……こうしてこの地上からきみの記憶はなくなってしまう——ほかの人のお墓には、子どもや、父親や、夫が墓参りにやってくるけど、きみの場合、涙も、ため息も、供養もなくて、この世のだれひとり、訪ねてくる人もいない、ほんとにだれもね。きみの名前はこの地上から消えてしまうんだ——まるできみなんかはじめからいなかったみたいに、いや、そもそもこの世に生まれてこなかったみたいにさ！　あたりはぬかるみと泥沼、せめて棺桶の蓋をなかから叩くんだね、毎夜、死人が目を覚ますころにさ。『どうか、みなさん、このわたしをほんの少しでも明るい世界に帰らせてください！　昔、生きてたことはありましたが、ほんとうの暮らしというものを知らないのです。わたしの人生は、ボロ切れ同然でした。センナヤ広場の酒場で、酒といっしょに飲まれてしまったのです。どうか、みなさん、わたしをもう一度明るい世界に生き返らせて！……』」

感きわまって、わたしの喉は痙攣を起こしそうだった……そこで急いで話を打ち切り、ぎくりとしたように体を起こすと、おそるおそる首をかしげ、心臓の高鳴りを覚えながら、じっと耳を傾けはじめた。わたしには、それだけの不安にかられる理由があった。

わたしはもうだいぶ前から、自分が彼女の魂を動転させ、その心をこなごなに打ちくだいてしまったと感じていた。そのことを確信すればするほど、わたしは一刻も早く、しかもできるだけ強烈なかたちで目的を果たしたくなった。そう、わたしはもう演技に夢中だった。もっとも、演技だけとは言いきれなかったが……。

自分の話し方がなにやらぎこちなく、取ってつけたような朗読調になっているのがわかっていた。要するに、『まるで本を読んでいるみたい』な話し方しかできないのだ。しかし、わたしが気にしていたのは、そのことではない。わたしは、相手に自分の話がわかってもらえるし、この朗読調そのものがかえって効を奏するかもしれないとにらんでいた。ところがこうしていったん効果が現れると、わたしは急に怖気づいてしまった。そう、これまで一度として、こうした絶望の光景を目にしたことはなかった！　彼女は、枕に顔をぴったり押しあて、両手でその枕をかきいだいたまま、うつ伏せに横たわっていた。今にも胸が張り裂けそうだったのだろう。痙攣でも起こしたように彼女の若々しい体が震えていた。圧し殺してきた嘆きが胸を引き裂かんばかりだったのが、ふいに号泣となり叫びとなって外にほとばしりでた。彼女はますます強く枕に顔を押しつけた。自分の苦しみと涙を、この店にいるだれにも、たったひとりの人間にも知られたくなかったのだ。彼女は枕を嚙み、血が出るほど自分の腕に歯を立てた（あとからそれに気づいた）。かと思うと、ほつれた髪を指にからませ、息を殺し、歯をくいしばりながら、そのままじっと体を動かそうとしない。わたしは何かひと言声をかけて、彼女の気持ちを落ちつかせようとしたが、とてもむりだと感じ、かえって自分が、体じゅう悪寒のようなものに襲われ、恐怖に近いものを感じながら、どうにか手さぐりでそそくさと身支度にかかった。部屋が真っ暗だったので、どうあせっても、そう手早く帰り支度は整わない。ふいにわたしの手が、マッチ箱と、まだ使われていない蠟燭を立てた燭台に触れた。部屋のなかがぱっと明るくなるが早いか、リーザは急に飛び起きてすわりなおし、なにやら妙に顔をゆがませて、どこか狂ったような笑みを浮かべながら、ほとんどうつろな感じでわたしを見つめた。わたしは彼女の脇にすわり、その両手をとった。彼女はわれに返ると、体を投げだしわたしを抱きしめようとしたが、そうするだけの勇気はなく、ただおとなしくわたしの前に頭を垂れただけだった。

「リーザ、あのね、ぼくは何かわけもなく……許してくれないか」とそこまで言いかけたが、わたしの手を握りしめる指にあまりに力がこもっていたので、自分が見当はずれなことを口にしていることに気づき、口をつぐんだ。

「ぼくの住所、教えておくね、リーザ、よかったら遊びにおいで」

「行くわ……」きっぱりとした調子で彼女はささやいたが、あい変わらず顔を上げようとはしなかった。

「ぼくはこれで帰るね、じゃあ、また……さよなら」

わたしが立ちあがると、彼女も立ちあがった。彼女は、急に真っ赤になって、ぴくりと体をふるわせ、椅子の上にあったストールを手にとると、それで顎が隠れるくらいすっぽりと背中からおおった。そうしてまたどこか病的な笑みを浮かべ、顔を赤らめて、奇妙な感じにわたしを見つめた。わたしは苦しかった。一刻も早くここを立ち去り、姿をくらましたかった。

「ちょっと待って」玄関のドアまで来たところでわたしのコートをつかむと、彼女はいきなりそう言い、慌てて蠟燭を置いて駆けだしていった。何か思いだしたのか、わたしにもってきて見せたいものがあるらしかった。走りだしたときの顔は真っ赤で、目はきらきら輝き、唇にはほほ笑みが浮かんでいた。――いったい何だというのだ？　わたしは仕方なく待っていた。彼女は、一分ほどして戻ってきたが、その目はまるで何か許しでも乞うているかのようだった。それはもう、まるで別人の顔であり、さっきのような、陰気で、うさんくさげで、かたくなな目つきではなかった。今や彼女の目は、何かをもとめるような、ものやわらかな、それでいて信頼にみちた、やさしげな、おどおどしたものだった。よく子どもが、自分が大好きな人や、何かおねだりする相手を見るときにそんな目をするものである。彼女は薄茶色の目をしていた。すばらしい目だった。愛でも、陰険な憎しみでも映しだすことのできる、いきいきとした目だった。

彼女は、ひと言の説明もなく――まるでわたしが、途方もなく気高い人間で、説明なしですべてをわかってくれる、とでも言わんばかりに――一枚の紙を差しだした。彼女の顔は、その瞬間、素朴そのもの、ほとんど子どもっぽいとも思えるほど誇らしい輝きに満ちあふれていた。わたしは紙きれを開いてみた。それは、とある医学生か、それに類した男が書いてよこした手紙で、じつに大げさで、美辞麗句を連ねたものだったが、そのくせ度がすぎるくらい礼儀正しい恋の告白だった。今となって、それらひとつひとつの言いまわしは思いだせないが、とくに覚えているのは、その高尚な文体でつづられた行間から、作りものではない真摯な感情が顔を覗かせていたことである。最後まで読みおえたわたしは、熱く、好奇の色を浮かべた、子どものようにせっかちな目がこちらに注がれているのに気づいた。彼女はわたしの顔をひたと見つめながら、何を言いだすか、じりじりする思いで待っていた。彼女は、短く、かいつまんでわたしに説明した。と言ってもその口ぶりはどこかうれしそうで、誇らしげなところさえ感じられた。説明によると、彼女は、とある家で開かれたダンスパーティに顔を出したことがあった。その家族というのは、「ほんとうに、ほんとうによい人たちばかりで、ちゃんとした家族をもっていて、まだ何にも知らない、まるきり何も知らない人たちだったの」――というのは、彼女はここでもまだ新顔で、ほんのちょっとのつもりで来ただけのことで……ここに残る気などさらさらなく、借金を払い終えたら、すぐにも出る気でいたらしい……「そこにこの学生さんがいたんです、ひと晩踊って、おしゃべりをしてわかったのは、その学生さんがリガにいたころのわたしを知っていて、いっしょに遊んだこともあるらしいってこと。と言ってもずいぶん昔の話ですけど。――で、わたしの両親のことも知ってるらしいんですけど、ここのことは、ほんとうにまったく何も知りませんし、疑ってもいませんでした！　で、そのダンスパーティのあった翌日（三日前のこと）、その人は、いっしょにパーティに行ったわたしのお友だちを通して、この手紙を寄こしてきたんです……で……でも、それっきりです」

話を終えると、彼女はきらきら輝いていた目をなぜか恥ずかしそうに伏せた。

かわいそうに、彼女はこの学生からの手紙を、宝物のように大事にしてきたらしかった。彼女が、自分にとってたったひとつの宝物を取りに駆けだしていったのは、自分がだれかに誠実に真剣に愛されているということ、そして自分にも丁寧に話してくれる人がいるということを知らずに、わたしにここを出ていってほしくなかったからだった。確実に、この手紙は、彼女の手箱のなかにそのままなんの実もむすぶことなく、しまいこまれたまま終わる定めだった。しかしそんなことはもうどうでもいい。彼女は死ぬまでこの手紙を宝物として、自分の誇り、自分の身の証しとして大事にしまい続けるだろう。そして今、この瞬間に、彼女はふとその手紙を思いだし、素直な気持ちでわたしに自慢し、自分を見なおしてもらい、わたしに、それを見て褒めてもらいたい、そんなひたすらな思いからもちだしてきたのだった。わたしは何も言わず、彼女の手を握りしめると、外に出た。一刻も早く家に帰りたかった……ぼたん雪がまだ綿毛のように降りしきっていたが、わたしは自宅まで歩き通した。へとへとに疲れきり、押しつぶされ、当惑しきっていた。けれど、真実はすでにその当惑の間からきらめきを放っていた。おぞましい真実が！

## 8

もっとも、わたしの気持ちは、すぐにその真実を認めることをこばんでいた。翌朝、数時間の深い、鉛のような眠りから目ざめたわたしは、昨日の出来事を一部始終思い返し、リーザにたいするセンチメンタルな態度や、昨日経験した、もろもろの「恐怖と同情」に呆れかえったほどだ。《なあに、なんだかやけに女々しい精神の変調に襲われたってわけさ、ったく！》わたしはそう決めつけた。《それに、いったい何のために住所なんか教えたりしたんだ？　彼女がやってきたら、どうする？　しかしまあ、来るなら来るでいいさ、べつにどうってこともない……》しかし、肝心の、いやもっとも大事な点は今、明らかに、それではなかった。急がなくてはならなかった。そして、なんとしてもズヴェルコフとシーモノフにたいして、自分の面子《メンツ》を取り戻さなくてはならない。まさにそれがいちばん肝心なことだった。この朝は、雑事にまぎれ、リーザのことなど完全に失念していたほどだった。

何はさておき、シーモノフに昨日の借金をすみやかに返さなくてはならない。わたしは決死の手段に出ることにした。十五ルーブルをまるまる上司のセートチキン氏に借りるのである。すると、まるで誂《あつら》えたみたいに、その朝の彼はすこぶる上機嫌で、借金を申しでるやたちどころに応じてくれた。わたしはこれにひどく勇気づけられ、借用証に署名しながら、ひどく勢いこんで、軽々しく報告をはじめた。昨日、「Hôtel de Paris《オテル・ド・パリ》で友人と飲んじゃいましてね。仲間と言いますか、子どものときからのと言ってもいい友人の送別会があったんです。そう、この友人というのが、とんでもない道楽者でして、甘やかされて――いや、むろん、家柄もちゃんとしているし、財産もかなりあるし、輝かんばかりのキャリアの持ち主ですし、頭の回転も早くて、やさしくて、ご婦人がたとけっこう浮名を流してましてね、そうなんですよ、『半ダース』分よけいに飲んじゃいました、そんなわけで……」しかし、どうということはない。こういった文句が、じつに軽々と、うちとけた感じで、いかにも得意げに出てきたのである。

帰宅するなり、わたしはただちにシーモノフ宛てに手紙を書いた。

わたしの手紙の、じつに紳士的で、人あたりもよく、開けっぴろげな調子と言ったら、思いだすたびに、今もほれぼれした気分になるほどだ。要領よく、上品で、何よりも、よぶんな言葉はいっさいはぶきながら、わたしはすべての点で自分の非を認めた。「小生に少しでも弁解が許されるならば」と断ったうえで、アルコールをまったく飲みつけていないくせに、Hôtel de Paris《オテル・ド・パリ》で、夕方の五時から六時まであなたがたを待っている間に飲みほした一杯目のグラスですっかり酔っぱらってしまった(らしい)と弁解した。謝罪の相手はもっぱらシーモノフだった。ほかの仲間たちにも、「まるで夢のように朦朧《もうろう》としか覚えておりませんが」、とくに侮辱したような気のするズヴェルコフにたいして、わたしの釈明をきちんと伝えてくれるように頼んだ。自分からみなさんのところに出かけていきたいのはやまやまだが、頭痛はするし、何よりも恥ずかしいと書き添えた。わたしがことのほか満足していたのは、この「ある種の軽さ」というか、ほとんど無頓着ともいえるような調子(と言っても、完全に礼儀にかなっていたが)だった。それは、わたしのペン先からにわかに現れでたもので、「昨日のもろもろの醜悪な行為」にたいし、わたしが自分なりの独立した見方をしていることを、ほかのどんな理屈にもましてただちに彼らに思い知らせるものだった。つまり、諸君、きみたちはおそらく、このわたしが完全にへこんでいるとお思いだろうが、そんなことはない、いや、それどころか、一角《ひとかど》のジェントルマンとしてしかるべき冷静さでこの事件をながめている、まあ、言ってみれば、「過ぎたことは水に流して」といった態度である。

《なにやら、こいつには、王侯貴族然とした遊び心までありそうじゃないか？》——手紙を読みかえしながら、わたしも大得意だった——《何もかも、知的で教養ある人間なればこそってことさ！　ほかの人間がおれの立場に立ったら、どう切りぬけたらよいか、わからなかっただろうな、でも、おれはこのとおり無事切りぬけ、しかも冗談口を叩いている。何もかも、『現代の、教養ある、知的な人間』なればこそってわけだ。それに、じつのところ、そう、昨日のことはすべて酒のせいで生じたことかもしれないんだし。ふうん……いや、ちがうな、酒のせいじゃない。やつらを待ち受けていた夕方の五時から六時まで、ウオッカは一滴も飲んじゃいなかった。シーモノフには嘘をついたことになる。恥知らずにも嘘をついた。だからと言って、良心が痛むってわけでもないが……》

しかし、もう、かまうもんか！　肝心なのは、無事、切りぬけられたってことだ。

わたしは、手紙に六ルーブルを添え、封をすると、シーモノフのところにもっていくようにアポロンに頼んだ。手紙に金が入っていることを知ったアポロンは、いつになく恭《うやうや》しげな態度に出て、持っていくことを承諾した。夕方近く、わたしは散歩に出た。昨日の酒のせいで頭がまだがんがんし、めまいがしていた。だが、夜が近づき、闇が深くなればなるほど、わたしの印象は、印象に続いて思考は、変化し、混沌としていった。わたしの心と良心の深いところで何かが消えようとしない。消えようとしないばかりか、胸をしめつけるような憂鬱のかたちをとりはじめた。わたしは、ひどく人通りの多い労働者街や、メシチャンスカヤ通り、サドーヴァヤ通り、さらにはユスーポフ公園のあたりを選んで、ぶらついた。わたしは、とくに黄昏《たそがれ》の光に包まれたこれらの通りを歩きまわるのが好きだった。この時間帯は一日の稼ぎを手に、それぞれ家路につく商人たちや職工たちやら、今にも人に嚙みつきそうな気むずかしい顔をしたあらゆる種類の通行人の群れでごった返している。ほかでもない、そうした安っぽい慌ただしさや、むきだしの散文的な趣きがわたしは気に入っていたのだ。しかしこのときばかりは、こうした通りの人ごみにますます苛立っていった。自分がどうにもコントロールできず、出口を見いだすことができないでいた。心のなかで何かが痛みをともないながら絶えず湧き起こってきて、なかなか鎮まろうとしない。わたしはすっかり調子をみだして家に帰ってきた。何か罪をおかしたあとのような重苦しさが、心にどっかとのしかかってくる気がしていた。

わたしを絶えず苦しめていたのは、リーザがやってくるのではないか、という思いだった。奇妙だったのは、昨日のすべての記憶のなかで、リーザにかんする記憶だけが特別な感じに、まったく別個にわたしを苦しめていることだ。そのほかについては、夕闇が迫るころまでにはすっかり忘れさり、もう勝手にしやがれといったところだったが、それでもシーモノフに宛てた手紙には完全に満足していた。ところが、今はなぜか充足感が得られない。わたしはまるで、リーザひとりに苦しめられているような気がしていた。《やってきたら、どうする？》絶えず考え続けていた――《なあに、かまうものか、来たら来たでいい。しかし……なんとも厄介なのは、たとえば、彼女が、おれの暮らしぶりを目の当たりにするってことだ。昨日、おれは、彼女の前で……ヒーロー気どりだった……ところが、今は、ったく！　それにしても、おれがここまで落ちぶれているっていうのだけは、まずい。これじゃ、まるで、貧民用のアパートじゃないか。それによくもこんな身なりでパーティに出かける気になれたもんだ！　それにこの、防水カバー張りのソファはどうだ、なかからはらわたが覗いているぞ！　このガウンにしたって、ろくにくるまることもできない！　ぼろぼろの布っきれときた……で、彼女はこれらをぜんぶ目にするってわけだ。アポロンにも会う。あのブタ、きっと彼女に無礼なことをしでかすにちがいない。彼女に言いがかりをつけ、おれに無礼を働くにちがいない。でも、こっちは、当然のことだが、いつもどおり、怖気づき、彼女の前をちょこちょこ動きまわったり、ガウンの裾をかきあわせたり、むりに笑顔を作ったり、口からでまかせを言いだすに決まっている。ったく、もう、最悪だぜ！　いや、それだって最悪というわけじゃない！　何かもっと重要な、忌まわしくて、卑劣なことがある！　そう、もっと卑劣なことが！　それはつまり、あらためてもう一度、あの、恥知らずな、嘘の仮面をかぶらなくちゃならないってことだ！……》

考えがそこまでおよぶと、わたしは顔が火照るのを感じた。

《何のために恥知らずな仮面を？　どこが恥知らずか？　昨日、おれは真剣に話をしてやった。忘れちゃいない、おれの感情はほんものだった。おれはただ、彼女の心に高潔な感情を呼び戻してやりたかったんだ……彼女が泣いたのはいいことで、あれは良い方向に影響するにちがいない……》

それでも、わたしの気持ちはどうにも落ちつかなかった。

その日の夜、すでに九時を過ぎて家に戻り、どう考えてもリーザがたずねてくるはずのない時間帯になっても、やはり彼女の姿が頭にちらついて離れなかった。しかも問題は、いつも同じ状態の姿で思いだされることだった。そう、昨日の出来事のなかの一瞬が、とくにはっきりと思い浮かぶのだ。それは、わたしがマッチの炎で部屋を照らし、彼女の青白い、ゆがんだ顔と、苦しみのまなざしを目にしたときである。それに、あのとき彼女の口もとに浮かんでいた、いかにもみじめたらしい、不自然にゆがんだ微笑といったらなかった！　しかし、わたしはそのとき、十五年後のわたしが、まさにあのとき、彼女の口もとに浮かんだ、みじめたらしい、意味もなくゆがんだ微笑とともにリーザを思い起こすことになろうなど、知るよしもなかった。

翌日、もう、こうしたことは何もかもくだらないことで、たんなる神経のから騒ぎにすぎない、いや、要するに誇張だ、と思えるだけの余裕ができていた。わたしはいつも、自分のこの弱点を意識していて、どうかするとひどく怖れてきたものである。《おれは、何でもかんでも大げさに考えすぎる、だからいつもぐらついているんだ》――わたしは一時間置きにそうくり返してきた。しかし、それにしても、《たとえ、そうだとしても、やっぱりリーザは必ずたずねて来る》――これが、あのときの決まり文句、考えることすべてがそこに行きついてしまうのだった。不安にかられるあまり、時として凶暴な苛立ちにかられることもあった。《来る！　かならず来る！》――部屋のなかをぐるぐる歩きまわりながら、わたしは叫んだ。《今日でなければ、明日来る、なんとしても探しあてる！　それが、ああいう純真なハートをもった連中のロマンティシズムってやつで、じつに始末が悪いもんなんだ！　ああ、あういう、『やくざで、センチメンタルな連中』のおぞましさ、ばかばかしさ、ああ、あの視野の狭さときたら！　なあに、わかりきったことだ、わからないはずがないだろう？……》――そこでわたしは急に、深い困惑を感じながら立ちどまる。

《それにしても、ほんのちょっと、ほんのちょっとでいいんだ》わたしはふと思った。《言葉なんて、ほんのちょっとでいいんだ、ほんのちょっと牧歌調を加えるだけで（だいたい、牧歌調なんていうのも、見せかけの、本からの受け売りで、勝手にこしらえたものだ）、人の心なんて、たちまちこっちの思いどおりにむきを変えられる。それが、処女性ってやつだ！　それが、土壌の瑞々しさってやつなんだ！》

　ときおり、わたしの心に、自分から彼女のところに出向いていき、「洗いざらい彼女に話をし」、わたしのところに来ないでほしいと頼んでみようという考えも浮かんだ。ところが、そんなふうに考えるなり、むらむらと激しい怒りがこみあげてきた。もしもあの「呪わしい」リーザが、わたしのそばに今姿を現したなら、たちまち彼女を踏みつけにし、侮辱し、唾を吐きかけたあげく、外につまみだして、殴りつけたことだろう。

ところが、一日が過ぎ、二日が過ぎ、三日が過ぎても、彼女はたずねて来なかった。そこでわたしも気持ちが落ちつきはじめた。九時過ぎになるというと、やけに元気が出てきて、浮かれた気分になり、時として、かなり甘い空想にふけりはじめることもあった。《このおれがリーザを救いだしてやる。そう、彼女がおれのところに通ってきて、おれは話をしてやる……そうやって彼女を成長させ、教育する。やがて、彼女がおれを愛していることに、それも熱烈に愛していることに気づく。でも、知らんぷりを装う（もっとも、どうして知らんぷりしているのか、わからない。たぶん、ちょっと恰好をつけるためだ）。やがて、彼女は、すっかりとりみだして、美しく体をふるわせ、おんおん泣きながら、おれの足もとに体を投げだして、こう言う。あなたは、わたしを救ってくださいました、わたしはあなたをこの世界でいちばん愛しています、と。おれは驚いてみせる、だが……『リーザ』とおれは語りかける。『このぼくがきみの愛に気づかずにいたとでも思っているのかい？　ぼくはね、何もかもわかっていたし、察していたんだ、でもね、こちらから先にきみの気持ちを試すだけの勇気がなかった、だって、ぼくはきみに関心があったし、きみがぼくに恩義を感じ、自分を強いて、ぼくの愛に無理に応えようと、ひょっとしてありもしない感情を自分のなかから呼び起こそうとするかもしれないと怖れたからさ。ぼくはね、そういうのがいやなんだよ、それって暴君のすることだからね……。デリカシーに欠けるじゃないか（要するに、おれは、そこで、何か、そう、あのヨーロッパ的で、[*41]ジョルジュ・サンドふうの、なんとも説明しがたい高潔でデリケートな話をもちだすわけだ……）。でも、今はもう、きみはもうぼくのもの、ぼくの人だ、きみは清らかで、美しい、きみは、ぼくの美しい妻だ』

ためらわず、心おきなく家にお入り、
きみは立派な女あるじなのだから

これから、ぼくたち、仲良く暮らして、外国に出るのさ、などなど》要するに、われながらその浅ましさに呆れ、しまいにはとうとう、自分で自分に舌を出して嘲《わら》ってやった。《そもそも、外に出してもらえないんだ、あの『ばいた』は！》とも思った。《なにしろ、あそこの女どもは、ろくに散歩にも出してもらえないようだし、ましてや夜など無理な話だ（わたしはなぜか彼女が夜に、それもかならず七時に来るような、そんな気がしていた）。もっとも、彼女、自分はまだ完全にあそこに囲われているわけじゃないみたいだ、自分には特別な権利があると言ってたしな。ってことは、そうか！　ちくしょう、やって来る、かならず来る！》
このときは、従僕のアポロンがもちまえの不作法でわたしの気を紛らわせてくれたので、むしろ助かった。堪忍袋の緒が切れかかっていたのだ！　あいつは、わたしのガンであり、神がわたしに遣わした鞭だった。わたしたちは、この数年、絶えず、ひっきりなしにケンカしていたし、わたしはやつを憎んでいた。ああ、どれほどやつを憎んでいたことか！　わたしはこれまで、あの男以上に、とくに、ある瞬間のやつぐらい、人を憎んだことはなかったような気がする。アポロンは、尊大な初老の男で、内職でいくらか服の仕立ての仕事にもたずさわっていた。だが、なぜかはわからないのだが、やつはこのわたしを、度が過ぎるほど軽蔑し、傲慢にも、がまんできないくらい見下していた。もっともやつは、相手がだれでも上から見下す癖があった。櫛できれいになでつけたブロンドの頭や、額の上に植物オイルをぬってふわりとさせた前髪や、いつもV字形に閉じられたしかつめらしい口もとを見るだけで、人はもう、自分を一度として疑ったことのない男を目の前にしていることを知るのだった。この男は、わたしがこれまで出会ったなかで、最高レベルのペダントであり、なおかつもっとも偉大なペダントだった。おまけに、アレクサンダー大王も顔負けと言ってよいほどの自惚《うぬぼ》れ屋だった。やつは、自分が身に着けている服のボタンから、自分の手足の爪のひとつひとつにまで惚れこんでいた。そう、まちがいなく惚れこんでいて、それが顔に現れていた！　やつは、わたしにたいして完全に暴君的な態度をとり、わたしとはよほどのことがないかぎり口もきかなかったが、それでもこちらをちらりとでも見ざるをえないようなときには、これがもう、毅然として、堂々たる自信に満ち、絶えず嘲るような目をするので、わたしはよく頭に血がのぼったものだった。やつは、自分の仕事を、まるで最大限の恩恵をほどこしてやっているのだとでも言わんばかりの態度で日々の仕事をこなしていた。と言って、わたしのために何かをしてくれたわけでもなければ、何かをすることを義務とすら、ほとんど考えてはいなかったのだ。わたしのことを、世界でいちばんの馬鹿とみなしていたことは疑いの余地がないし、それでも、「わたしをそばに置いてやっている」のは、たんに、毎月わたしから給料を受けとることができるからだった。わたしのアパートで、月七ルーブルの給料をもらいながら、なおかつ「何もしない」ことに同意したのである。あの男のおかげで、わたしはじつに多くの罪滅ぼしをしていたことになる。時として憎しみが高じるあまり、やつが歩くところを見ているだけで、痙攣にも似た発作を起こしそうになった。とくに胸がむかつくのは、やつの舌たらずな発音だった。標準よりも舌がいくらか長いせいか、それとも何かそれに近いことがあったためか、いつもしゅうしゅうという音が漏れるのだが、やつはどうやらそのことを大いに誇りとしているらしかった。その発音が自分にとてつもなく大きな威厳を添えてくれると夢想していたのだ。話をするときのやつは、両手を背中にまわし、床に目を落とし、声は小さく、口調はリズミカルだった。とくに頭に血がのぼるのは、やつが仕切り壁のむこうの自分の部屋で聖書の詩篇を朗読しはじめるときだった。この朗読のことでは、あれこれ格闘をくり広げてきたものだ。ところが、やつは、毎夜、淀みない小声で、まるで死人を供養するみたいに節まわしをつけて朗読するのがおそろしく好きときていた。

面白いことに、最後はその仕事に落ちついた。彼は今、通夜の席に呼ばれては詩篇を朗読し、そのかたわらネズミ退治を行ったり、靴墨を作ったりしている。しかし、わたしは当時、やつを追い出すことができないばかりか、まるでやつはわたしという存在とひとつに化合しているかのようだった。それに、どんなことがあろうと、自分からわたしのもとを出ていく気などまるでなかった。わたしはわたしで、家具付きのアパートに引っ越すことができなかった。わたしのアパートは、わたしの城であり、わたしの殻であり、わたしが人類全体から逃れて身を隠すことのできるケースみたいなものであった。で、アポロンについて言えば、なぜかはわからないのだが、やつがこのアパートの付属品であるかのように思えて、まる七年間も追いだすことができなかったのである。

やつの給料の支払いを、たとえば二日なり、三日なり引きのばすことなど不可能だった。そんなことをしようものなら、とんでもない騒ぎを起こされ、身の置きどころもないような状態になったろう。ところが、あの数日、わたしはだれかれなく腹を立てていたので、どういう理由か、何のためか、とにかくアポロンを懲らしめ、これから二週間は給料を渡さないと心に決めていた。かれこれ二年もの間、これを実行してやろうと試してきたのだ――というのも、このわたしにたいし、そこまで偉そうに構えるなどもってのほかで、こっちもいざとなれば、いつでも給料の支払いを差しとめられるということを示してやりたい一心からだった。やつにはこのことを告げず、わざと黙ったままでいてやろうと決心した。やつの自尊心をくじき、やつから先に給料の話をもちださせるためである。そこでわたしは引き出しから七ルーブルをそっくり取りだし、お金はちゃんとここにあるよ、わざと遅らせてるんだということをわからせてやった。いや、そればかりか、《やつに給料をなんとしても払いたくない、払いたくない、なぜかと言えば、払いたくないから、払いたくない》、なぜなら、それは《主人であるおれの意志ひとつ》で決まることであり、やつが礼儀知らずで、不作法者だからだということを思い知らせてやるのだ。ただし、やつがもし、慇懃な調子で頼みこんできたら、こちらも態度を和らげ、支払ってやるかもしれないが、そうでなければ、さらに二週間でも、三週間でも待ってもらう、いや、まる一カ月でも待ってもらう……。

しかし、わたしがどんなに意地悪くしても、勝つのはやはりやつのほうだった。わたしは四日間と持ちこたえられなかった。やつは、そうした場合、お得意の常套手段に訴えはじめる。というのは、これと同じようなことがすでに何度かあって、言ってみれば試験ずみだったのだ（ここでひと言断っておくと、わたしもこういうことはあらかじめ心得ていたし、やつの卑劣な手口などは諳《そら》んじているくらいだった）。その手口というのは、ほかでもない、まず手はじめに、矢のように厳しい視線をこちらにむけ、帰宅したわたしを出迎えたり、家から送りだす際などは、数分間もの間、じっと視線を離さない。たとえば、わたしがそれをやりすごし、気づかないふりをしようものなら、やつはいつもどおり、無言のまま、さらなる拷問にとりかかる。わたしが部屋のなかを歩きまわったり、本を読んだりしているとき、これといった理由もなく、すっとなめらかなしぐさで部屋に入ってきてはドアのそばにたたずみ、片手を背中にまわし、軽く片足をうしろに引いて、じっとこちらに視線をむけるのだ。厳しいなんてものではなく、まるきり人を見下すような視線である。何か用があるかい、とこちらから急にたずねても、やつは何ひとつ答えず、さらに数秒間執拗にこちらを見つめつづけ、それから、何やら特別な感じに唇をぎゅっと結び、意味ありげな表情を浮かべて、その場でゆっくりとまわれ右し、自分の部屋に戻っていく。それから二時間ほどするといきなりまた部屋を出て、同じようなポーズでわたしの前に姿を現す。こんなときもあった。わたしはついカッとなり、何の用？ などと訊きもせず、居丈高にきっと顔をもたげて、やつのほうに負けじと目を凝らしてやった。そうして、二分ほどもおたがいににらみあっていると、やがてやつはゆっくりと重々しくまわれ右をし、ふたたび二時間ほど部屋に引きあげる。

それでもわたしが頑としてゆずらず、反乱を続けるというと、やつは、わたしを見つめながら急にため息をつきはじめる。まるでそのため息ひとつでわたしの精神的堕落の深さを推し量ろうとでもするような、長く、深いため息なのだが、もちろん、結局は、やつの完全な勝利で幕となった。わたしは激昂してわめきちらすが、問題の一件はそれでも否応なく遂行させられてしまうのだった。

しかしこのときばかりは、いつもの「厳しい視線」作戦が開始されるや、わたしはわれを忘れ、狂ったように彼に食ってかかった。そうでなくても、わたしはあまりに苛立っていたのだ。

「待て！」前後の見境も忘れて、わたしは叫んだ。アポロンが片手を背中に押しあてたまま、何も言わずゆっくりと身をひるがえした、そのときだった。「待て！　戻れ、戻れって言ってるだろ！」おそらく、わたしの怒鳴り声にひどく不自然なひびきがあったのだろう、やつはくるりとむきなおり、いくらか驚きの色さえ浮かべてこちらをじろじろ見まわしはじめた。もっとも、あい変わらずひと言も口をきこうとはしなかった。そのことに、わたしはカッとなった。

「どうして断りもなく人の部屋に入ってきて、そうじろじろおれを見る？　さあ、答えろ！」

　しかし彼は、三十秒ほど、落ちつき払ってこちらを見つめてから、ふたたびまわれ右をはじめた。

「待て！」わたしは、彼に走り寄って叫んだ。「そこを動くな！　そうだ。さあ、答えてもらおう！　なんだっておまえはおれの様子を見に入ってくる？」

「何か今すぐお申しつけになりたいことがおありでしたら、それを行うのがわたしの仕事ですから」またもやしばらく口を閉ざしてから、しゅうしゅうという低い声で答え、眉をつり上げ、平然と右の肩から左の肩に首を曲げてみせた。何もかもが、ぞっとするくらいに平然とした調子でおこなわれるのだ。

「訊いているのは、そんなことじゃない、そんなことじゃないんだ、この首切り人！」憎しみに体をふるわせながら、わたしは叫んだ。「こっちが教えてやろうか、この首切り人、何の目的があってここに来るのか。きさまはな、このおれがきさまに給料を渡さないでいるのに、自尊心のせいで、自分から頭を下げて頼めない——それで、きさまは間抜けな目つきでこのおれを罰し、苦しめるためにやってくる、しかも、首切り人のきさまは、それがどんなに馬鹿げているか、疑ってもみようとしない、ばかばかしい、ばかばかしい、ばかばかしい、ばかばかしい！」

またしても彼は黙ってまわれ右にかかったが、わたしは彼をつかまえた。

「よく聞け」彼にむかって叫んだ。「ほら、ここに金がある。見えるだろ。ほら、これだ！（わたしは机の引き出しから金を取りだした）ぜんぶで七ルーブル。だがな、きさまにこれは渡さない、いいか、渡さんからな、そう、きさまが礼儀正しく頭を下げにきて、このおれに許しを請うまでは渡さない。わかったな！」

「そういうわけにもまいりませんでしょう！」不自然なくらい自信たっぷりな調子で彼は答えた。

「いや、そうなるんだ！」わたしは叫ぶ。「きさまに約束する、そうしてみせる、とな！」

「そもそも、あなたに許しを請う理由がございません」わたしの叫び声などまるで耳に届かないとでも言うように彼は続けた。「あなたのほうこそ、このわたしを『首切り人』呼ばわりしたじゃございませんか、それを根拠にこちらはいつだって地区の警察署に名誉毀損で訴えられるんでございますよ」

「勝手に行きゃいい！　訴えりゃいい！」わたしは大声で吼えまくった。「今すぐ行くんだ、さあ、今すぐ、今すぐにだ！　どっちみちきさまは首切り人なんだ！　首切り人！　首切り人！」ところがやつはちらりとこちらを見たきり、くるりとまわれ右をし、わたしが呼びとめる声に耳もかさず、ふり返りもしないで、するりと自分の部屋に引きあげていった。

《リーザがいなければ、こんなことは何も起こらずにすんだんだ！》――心のなかでわたしはそう決め込んだ。それから、一分ほどそこに立ちつくしたあと、わたしは、しかつめらしい、偉ぶった態度で、しかし、どっくんどっくん、心臓が大きくゆっくりと脈打つのを感じながら、仕切り壁のむこうにある彼の部屋にむかった。

「アポロン！」わたしは低い声で、ゆっくりと間をおいて話しはじめたが、息が上がりそうだった。「さあ、今すぐ、地区の署長のところに行ってもらおうか、一刻の猶予もなしにだ！」

　彼はそのとき自分の机にむかって腰をおろし、メガネをかけてなにやら裁縫のような仕事にとりかかっていた。だが、わたしの言いつけを聞くや、いきなりげらげら笑いだした。

「今すぐ、今すぐ行くんだ！――さあ、行け、さもないと、きさまを想像もできない目にあわせてやるからな！」

「ほんとうに気が変になってしまわれたようですね」彼は顔もあげず、糸を針に通しながら、あい変わらずしゅうしゅうしゅうと音を立ててゆっくりと答えた。「だいたい、ご自分でご自分のことを警察に訴えるなんて話、聞いたこともございませんです。それにその恐いおどし、力《りき》むだけ損ってものですよ、どうせ、どうにもなりゃしないんですから」

「行くんだ！」わたしは彼の肩をつかみながらわめいた。今にもやつを殴りそうだ、と感じた。

しかし、わたしは気づかなかった。その瞬間、ふいに玄関のドアが静かにゆっくりと開かれ、だれか人の姿が入ってきてそこに立ちどまり、いぶかしげにわたしたちの様子をながめはじめているのに。その人にちらりと目をやったわたしは、恥ずかしさのあまり体が凍りつき、自分の部屋に駆けこんでいった。そこで、自分の髪を両手でひっつかむと壁に頭をすりつけ、そのままの状態で動かなくなった。

二分ほどして、ゆったりしたアポロンの足音が聞こえてきた。

「どこかの女性が見えておいでですよ」ことさらに厳しくこちらを見やりながら言うと、アポロンは脇に寄って客を通した。――リーザだった。アポロンは部屋から出ていこうとせず、嘲るような目でこちらをじろじろ見つめている。

「さあ、出ていけ！　出ていくんだ！」どぎまぎしながらわたしは命じた。そのとき、部屋の時計がいきみ返ってかすれた音を出すと、七時を打った。

# 9

ためらわず、心おきなく家にお入り、
きみは立派な女あるじなのだから
（同じ詩より）

完全にうちのめされ、うろたえ、おぞましいほど取りみだした状態で、わたしは彼女の前に立ちつくしていた。ぼろぼろになって綿のはみでたガウンの裾を必死でかきあわせようとしながら、にやにや笑っていたような気がする——そう、その姿は、ついさっき、気持ちが落ちこんだときに思い描いた姿と寸分たがわなかった。アポロンは、二、三分、わたしたちの前にたたずんでから引きあげていったが、気持ちはそれでも楽にならなかった。何より困ったことに、彼女もまた、わたしが予想もしなかったほどどぎまぎしていた。と言って、むろん、わたしから目を離すことはなかった。

「すわる？」なかば機械的にそう言い、テーブルのそばにあった椅子を彼女にすすめ、自分はソファに腰をおろした。彼女は、目を皿のようにしてこちらを見つめながら、すぐにおとなしく腰を下ろしたが、あきらかに、この場でわたしから何かを期待している様子だった。

何かを待ちうけているそのナイーブな態度に、わたしは思わず怒りがこみあげたが、そこはなんとか抑えることができた。

こんなときこそ、すべてがいつもどおりですとでもいった、何も気づいていないような涼しい顔をしてくれればよかったのだが、彼女は……そこでわたしは、彼女にとってこの代償はかなり高いものにつくとおぼろげながらも予感した。

「なんだか妙なときに来てしまったみたいだね、リーザ」わたしはどもりがちに、そして、こういう切りだし方がいちばんいけないのだ、とわかっていながら、話しはじめた。

「いや、いや、変に気をまわしてもらっては、困るんだ！」彼女の顔がふいに真っ赤になったのを見て、わたしは叫んだ。「ぼくはね、なにも自分の貧乏生活を恥じてるわけじゃない……それどころか、この貧乏生活を誇らしく思ってるくらいでね。ぼくは、たしかに貧乏だけど、でも高潔でいられると思っている……たとえ貧乏でも、高潔でいられるもんなのさ」

わたしはつぶやくように言った。「それはそうと……お茶はどう？」

「いえ……」彼女が何かを言いだしかけた。

「待って！」

わたしはひょいと立ちあがって、アポロンのところに走っていった。どこでもいい、いったんはその場から姿を消さずにはいられなかったのだ。

「アポロン」――わたしは、その間ずっと拳のなかに握っていた七ルーブルを彼の目のまえに投げだした。「ほら、おまえの給料だ。いいか、これを渡す。ただし、おまえはおれを救う義務がある。今すぐ、居酒屋で、お茶とラスクを十個、手に入れてきてくれ。もし、行きたくないって言うなら、おまえは人間をひとり不幸にすることになる！　彼女がどういう女性か知らんだろうが……あれがすべてだ！　ひょっとして、何か余計なことを勘ぐっているかもしれないが……でも、おまえなんかにわかるもんか、彼女が、どういう女性か！」

すでに仕事台にむかい、あらためてメガネをかけなおしていたアポロンは、はじめ、針もおかずに、だまって金のほうを横目でにらんでいた。それから、こちらにはなんの注意もむけず、返事ひとつせずに、あい変わらず針に糸を通そうともたもたやっていた。彼の前に立ちつくしたまま、わたしは、ナポレオン然と腕組みをしながら、三分ほど待った。こめかみが汗で濡れている。顔が青くなっているのが、自分にもわかった。しかし、ありがたいことに、わたしの様子を見ているうち、さすがにこのわたしが気の毒になってきたらしかった。糸通しの仕事に見切りをつけると、ゆっくり腰を上げ、ゆっくり椅子を脇に動かし、ゆっくりメガネを外して、ゆっくり金をかぞえてから、「まるまるひとり分、買ってきますかね？」と肩越しにたずね、ゆっくりした足どりで部屋から出ていった。リーザのところに戻る途中、わたしの頭にこんな考えが浮かんだ。このまま、ガウン一枚の姿で、運を天にまかせ、さっさと逃げだしたほうがよくはないか、あとはどうなったってかまうもんか。

わたしはふたたび腰をおろした。彼女は、不安そうな顔でわたしを見つめている。数分間、わたしたちは黙ったきりだった。

「やつを殺してやる！」わたしは突然大声を張りあげ、インク瓶のインクがはね上がるぐらい強く、テーブルに拳を叩きつけた。

「ああ、どうなさったんです！」彼女はぎくりと身じろぎして叫んだ。

「やつを殺してやる、殺してやる！」なおもテーブルを叩きながら、わたしはわめき続けた。完全に逆上していたが、こうして逆上することがいかに愚かしいかもわかりきっていた。

「きみは知らないんだよ、リーザ、あの人殺しがぼくにとってどういう存在か。やつはね、ぼくの首切り人なんだよ……で、やつはさっき、ラスクを買いに行った。やつは……」

と、そこでわっと泣きだしてしまった。発作だった。しゃくりあげる合間合間の恥ずかしさといったらなかった。でも、もう抑えられなかった。彼女のほうは完全におびえきっていた。

「あなた、どうなさったんです！　ほんとうにどうなさったんです！」わたしのそばをうろうろしながら、彼女は叫んだ。

「水を、水をもってきて、ほら、あそこに！」弱々しい声でつぶやいたが、内心、水を飲まなくたって何とかなるし、こんな弱々しい声でつぶやくまでもないことを認識していた。しかし、体裁を保つために、いわば、わざとそのふりをしていたのだ。といっても、発作はほんものだったのだが。

彼女は、途方にくれた様子でこちらを見つめながら、水を差しだした。ちょうどそのとき、アポロンがお茶を運んできた。わたしには、このごくありふれた散文的なお茶が、現に目の前で生じたもろもろの事態のあとではおそろしくぶざまでみじめなものに思え、顔が真っ赤になるのを感じた。リーザは、おびえた表情さえ浮かべてアポロンの顔を見つめていた。そして、わたしたちには目もくれず、部屋を出ていった。

「リーザ、ぼくを軽蔑しているかい？」彼女の顔をじっとのぞきこむようにして言い、相手が何を考えているか知りたい一心でぶるぶる体を震わせていた。

困惑しきっているのか、彼女は何ひとつ答えられなかった。

「お茶でも飲んだら！」わたしは意地悪い調子でそう言い放った。自分に腹を立てていたのだが、それで被害を受けるのは、むろん、彼女のほうだった。彼女にたいするおそろしいほどの憎しみがふいに心のなかで煮えたぎった。その場でいきなり彼女を殺しかねないと思えたほどだ。彼女に仕返しするため、これから最後まで、ひと言だって口をきいてやらない、と心のなかで誓った。《この女がすべての元凶なんだ！》――わたしはそう思った。

わたしたちの沈黙はすでに五分ほども続いていた。テーブルの上にはお茶が載っている。二人ともそれには手もふれなかった。こちらがわざとお茶を飲まずにいれば、彼女をもっと苦しめてやれる、とまで考えていた。彼女としても自分から先に手をのばすのは、ばつが悪い。悲しげなとまどいの色を浮かべ、何度かこちらを見あげた。わたしはかたくなに口を閉ざしていた。最大の受難者は、むろん、わたし自身だった。なぜなら、わたしのこの愚かしい腹立ちがどんなに下劣で醜怪きわまりないものかをまざまざ意識しながら、なんとしても自分を抑えることができなかったのだから。

「わたし、あそこから……すっかり足を洗いたいんです」なんとかこの沈黙を断ちきろうと、彼女は話を切りだした。だが、かわいそうに！　ほかの話ならともかく、それは、こんなふうな、そうでなくても馬鹿げきったこの瞬間に、そうでなくても、ぼくみたいな馬鹿げきった男に、もちだしてはいけない話だった。彼女の要領の悪さと、馬鹿正直さにたいする憐れみで、心臓までがしくしくと疼《うず》きだした。ところが、何か醜悪なものが、わたしのなかの憐れみをただちに押し潰し、投げやりな気持ちにますます拍車をかけた。もう、どうとでもなりやがれ！　こうしてさらに五分が過ぎた。

「お邪魔じゃありませんでしたか？」辛うじて聞こえるくらいのおずおずとした調子で彼女は言い、立ちあがりかけた。

この傷ついた尊厳の最初の炎を目にしたとたん、わたしは怒りに体が震えだし、堰を切ったようにしゃべりだした。

「いったいどういう目的でぼくのところに来たのか、どうか、教えてくれ」わたしは、息を切らし、自分の言葉の論理的なつながりなど、ほとんど意に介さずに口に出していた。洗いざらいぶちまけてしまいたかった。どこから話をするか、といったことも気にかけていなかった。

「どうして来たんだ？　答えてくれ！　答えるんだ！」われを忘れて、わたしは叫んでいた。「いいとも、どうしてきみがここに来たか、こちらから答えてやろう。きみがやってきたのは、ぼくがあのとき、きみに『憐れみの言葉』をかけてやったからさ。それできみはもうすっかり感傷的になって、またその『憐れみの言葉』が聞きたくなった。でも、いいか、よく、聞け、ぼくはあのとき、きみをからかっていたんだ。今だってからかっている。どうして震えている？　そうさ、からかってやったのさ！　ぼくはね、あの前、パーティの席で、人にこっぴどく侮辱された。そう、ぼくより先にきみのところに到着したあの連中にだ。ぼくがきみの店に行ったのは、あの連中のひとりを、思いきり叩きのめしてやるためだったんだ。ところが、それをやりそこねた。相手が見つからなかったってわけ。で、腹いせにだれかに八つあたりしなければ、もうなんとしても気がすまなかった。そこにひょっこりきみが居あわせた、で、ぼくはきみに思いきり怒りをぶちまけ、からかってやったってわけさ。恥をかかされた腹いせに、ぼくも人に恥をかかせてやりたかった。ぼろきれみたいに扱われて、ぼくも力を誇示したくなった。そういうことなんだよ。ところが、きみは、あのときぼくがきみを救うためにわざわざやってきたと思った、そうだよね？　そう思っていたんだよね？そう思っていたんだろ？」

わたしにはわかっていた。彼女はたぶんすっかり混乱していて、話の細かいところは理解できていなかったかもしれないと。しかしわたしは、彼女が事の本質をじつによく理解しているということもわかっていた。まさに思ったとおりだった。彼女は、ハンカチのように色を失い、何かを言おうとして、唇が病的にゆがんでいた。そしてまるで斧《おの》でなぎ払われたように、どっと椅子に倒れこんだ。それからはずっと、ぽかんと口をあけ、目を大きく見開き、ひどい恐怖に震えながら、わたしの話を聞いていた。シニシズムに、そう、わたしの言葉のシニシズムに彼女は押しつぶされてしまったのだ……

「救うだって！」椅子から急に立ちあがると、彼女の目の前を、右へ左へと部屋を早足で歩きまわりながら話を続ける。「いったい何から救うって言うんだ！　第一、ひょっとして、きみよりぼくのほうが立場が悪いかもしれないんだぜ。どうしてきみはあのとき、ぼくに面とむかって言ってくれなかったんだ、そう、ぼくが偉そうに説教していたときにさ。『ところで、あなた、どうしてうちらのとこに来たの？　お説教するため？』とだって言えたじゃないか。権力なんだ、あのときのぼくには、権力が必要だったんだ。芝居が必要だったんだ。きみの涙をしぼりとることが必要だったんだ。きみへの侮辱と、きみのヒステリーが必要だったんだ――そう、あのときのぼくに必要なものってそういうものだったんだよ！　なんせ、ぼく自身、あのときは耐えられなかった、だって、ぼくは屑みたいな男だからね。すっかり怖気づいて、どうしてかわけもわからず、きみに住所を教えるなんて馬鹿なことまでしてしまった。そのおかげでぼくはあのあと、まだ家にたどりつかないうちから、そう、きみに住所を教えたってことで、きみのことをもうありとあらゆる言葉で罵倒していたんだ。ぼくはきみを憎んでいた、ぼくがあのとき嘘をついていたから。ぼくは言葉をうまく操りたかっただけ、頭のなかで空想してみたかっただけのことで、現にぼくに必要だったのは、そう、きみたちなんかどこへでも勝手に失せやがれってことだった、そう、それだけのことだったんだ！　ぼくに必要なのは、安心なんだ。そう、安心が得られるのなら、世界全体を今すぐ一コペイカで売りわたしてやる気でいる。世界が消えてなくなるのがいいか、それとも、お茶が飲めなくなるのがいいか？　答えてやるさ、世界なんて消えてなくなったっていい、いつもお茶が飲めさえすりゃ、ね。きみはそれがわかっていたのかい、それともわからなかった？　まあそれはいい、ぼくはね、ちゃんとわかってるんだ。自分が、卑怯者で、卑劣漢で、自惚れ屋で、怠け者だってことがね。ぼくは、そう、きみが来るんじゃないか、っていう恐怖でこの三日間、震えっぱなしだったんだよ。で、わかるかい、この三日間、どうしてそこまで不安でしかたなかったか？　それはね、あのときのぼくは、きみの前にヒーローとして現れた、ところがここに来たら、きみはいきなり、こんなぼろぼろのガウンを着た、物乞いみたいにみっともない男を見るはめになるってことなんだよ。さっき、きみに言ったよね、ぼくは、自分の貧乏なんか恥じちゃいない、ってさ。でも、ほんとうのところ、ぼくは恥ずかしい、何よりもいちばんそれが恥ずかしい、何よりもいちばん怖れている、ぼくがかりに盗みを働いたとして、それよりもずっと怖れてるんだ。なぜって、ぼくは見栄っぱりで、まるで生皮《なまかわ》を剝がされたみたいに、空気に触れただけで痛くてしかたないからなんだ。どうなのさ、きみはこれでもまだ察しがつかないのかい、ぼくは、きみを絶対に許さないってことをさ。だって、こんなガウンを着て、まるで底意地の悪い犬ころみたいにアポロンに飛びかかっていくところを見られてしまったんだぜ。きみの救い主ともあろう男が、かつてのヒーローが、まるで、疥癬《かいせん》病みのむく犬みたいに自分の下男に飛びかかっている、ところがその相手はせせら笑っている始末！　ぼくがさっき、恥をかかされた女みたいに涙を抑えられなかったことでだって、ぼくはもう絶対にきみを許すことができないんだ！　いや、今、こうしてきみに告白していることでだって、やはり絶対にきみを許せない！　そうとも──きみなんだ、きみひとりにすべての責任があるんだ、だって、きみはこうしてひょっこり姿を現したんだから、それにぼくは人でなしときていて、この地上にいるありとあらゆる虫けらのなかでいちばん汚らわしくて、滑稽で、くだらなくて、愚かで、やきもち焼きの虫けらだからね。ほかの虫けらがぼくよりましってわけじゃけっしてないけど、連中は、どうしてか知らないけど、絶対にまごつくということはしない。ところが、このぼくときたら、そういうシラミみたいな有象無象の輩から、死ぬまで鼻面をぱちんとはじかれる定めなんだ──それがぼくの持ち味ってわけ！　そうさ、たとえきみにこの話がまるきり理解できなくたって、ぼくにはなんの関係もない！　それにきみのことなど、ぼくには、ほんとうに、まるきりなんの関係もないし、あそこできみが身を滅ぼそうが、滅ぼすまいが、やっぱりぼくには関係ない。それより、きみにはわからないのかな、こうしてぼくが今、こんな話をしてしまった以上、きっときみを憎むようになるってことがさ。それも、きみがここに来て、この話を聞いたってことが理由さ。人間がこうして自分の本心をぶちまけるなんていうのは、一生に一度だけでさ、それもヒステリーにでもならなければね！……これ以上、きみに何の用があるんだい？　ここまで洗いざらい話しているのに、どうしてまだぼくの前に突っ立って、ぼくを苦しめるんだ、どうして帰らない？」

ところが、そこでとつぜん、奇妙な事態が生じた。

わたしは、何ごとにつけても、書物を通して考え、想像することに慣れてきたのと、この世のなかの出来事を、自分が以前に頭のなかで作りあげたとおりに想像する習性が身についていたので、そのとき生じた、この奇妙な事態がにわかには理解できなかった。事態とは、ほかでもない、わたしに辱められ、踏みつけにされたリーザが、わたしが想像するよりもはるかに多くのことを理解していたということだ。彼女は、こうした事態を目の当たりにしながら、女性がつねにまっ先に察することを——と言っても、彼女が真剣に愛しているとしての話だが——そう、当のわたしのほうが不幸だということをとっさに悟ったのだ。

リーザの顔に浮かんでいたおびえと恥辱の影が、まず、悲しみに満ちた驚きにとって代わった。卑怯者だの、卑劣漢だのと自分をののしり、どっと涙にくれたとき（わたしはこの長ゼリフをずっと泣きながらしゃべっていたのだ）、彼女の顔がなにやら痙攣のようなものでひきゆがんだ。彼女は立ちあがって、わたしを押しとどめようとした。わたしが話を終えたとき、彼女がまっ先に注意をむけたのは、「どうしてきみはここにいる、どうして出ていかない！」というわたしの叫び声ではなく、こんなことを洗いざらい口にすることが、当人であるわたしにとってどれほど辛いことか、ということだった。そもそも、彼女のほうこそ、あれほどに痛めつけられた、あわれな女ではなかったか。彼女は自分を、わたしよりも限りなく下の人間と見ていた。そんな彼女のどこに、腹を立てたり、侮辱を感じたりする余地があったというのか？　彼女は、何か抑えがたい衝動にかられて急に椅子から立ちあがると、全身をわたしにゆだねようとした。しかしそれでもまだ気後れするのか、椅子から離れることができず、両手を差しのべてきた……瞬間、わたしは気が動転してしまった。そこで彼女はふいにわたしのほうに体を投げだし、両手でわたしの首を抱きしめながら、さめざめと泣きはじめた。わたしもこらえきれずに、いまだかつて覚えがないほどはげしく泣きだしたのだった……。

「ぼくはね、いい人間に……ならせてもらえない……なろうにもなれない！」わたしはかろうじてそうつぶやき、それからソファのところまでたどり着くと、その上にうつぶせのまま倒れこんだ。そして、まぎれもないヒステリー状態で十五分ほど泣きじゃくっていた。彼女はわたしにすがりつき、ひしとかきいだくと、そのままの姿勢で石のように動かなくなった。

しかしそれにしても厄介なのは、ヒステリーはいずれおさまる運命にあるということだ。

そこで（わたしはおぞましい真実を書こうとしている）、しがみつくような姿勢でソファにうつぶせになり、ぼろぼろになった革のクッションに顔を埋めたまま、わたしは、徐々に感じはじめていた。遠くから、否応なく、しかし抑えがたく感じはじめていた。わたしが今、顔をあげて、リーザの目をまともに見るのはなんとも恰好がつかない、ということを。何が恥ずかしかったのか？——それはわからない。しかし、恥ずかしかった。混乱したわたしの頭にこんな考えも浮かんできた。すなわち、今や、役どころは決定的に入れ替わったということ、今や彼女こそヒロインであり、わたしなどは、まさしく四日前のあの夜、わたしの前にいた彼女と同じ、卑しめられ、踏みにじられた存在であるということ……こういう考えは、わたしがソファにうつぶせになっていた何分かの間にすでに、頭のなかに浮かんできたものなのだ！

ああ！　わたしはそのときほんとうに、彼女をねたんでいたのだろうか？

わたしにはわからないし、今もって判断しかねているが、むろん、そのときわたしに理解できたことは、今よりもわずかだった。だれかにたいして権力をふるい、暴虐をふるうことなくわたしは生きていくことができない……だが、……だが、頭であれこれ考えたところで何も説明できるわけではないし、したがって、あれこれ考えてもはじまらないということになる。

わたしは、しかし、どうにか自分に打ち勝ち、顔を上げた。いつかは上げざるをえなかった……と、そのとき、わたしは今もって確信している——そう、わたしは、恥ずかしさのあまり彼女を見ることができなかった、そのせいでふいに心のなかで別の感情に火がつき、めらめらと燃えあがった……支配と所有の感情だった。自分の目が欲望でぎらつくのを感じ、はげしく彼女の両手をにぎりしめた。この瞬間、わたしはどんなに彼女を憎み、どんなに彼女に惹かれていたことだろう！　ひとつの感情が別の感情をあおり立てていった。それはほとんど復讐に似ていた！……彼女の顔には、はじめ、とまどいにも似た、いや、恐怖に似た表情が現れたが、それも一瞬のことだった。彼女は憑かれたようにひしとわたしを抱きしめた。

# 10

十五分後、わたしは、凶暴な苛立ちにかられ、部屋のなかを前へ後ろへ歩きまわり、仕切り板のほうに近づいていっては、その隙間からリーザの様子をうかがった。彼女は、ベッドに頭をもたせかけたまま、床にすわりこんでいた。泣いていたのだろう。しかし彼女は一向に帰ろうとせず、わたしは苛立っていた。このとき彼女はもう何もかもわかっていたのだ。わたしは彼女を徹底的に辱めてしまった。だが……それを話したところでどうなるものでもない。彼女は察したはずだ。わたしの欲望の発作こそが復讐であり、彼女にとっては新しい屈辱であって、さっきのわたしの、ほとんど無差別な憎しみに付け加わったのは、今やもう、彼女にたいする、個人的な、ねたみ深い憎しみだということを……もっとも、彼女が何もかもはっきりと認識できたなどと主張するつもりはない。しかし、その代わりに彼女はすっかり理解したはずだった。わたしが下劣な男で、何よりも、彼女を愛するだけの能力がない人間だということを。

　そんなことがあるものか、と人は言うだろう。わたしみたいに底意地の悪い、愚か者がいるなどちょっと信じがたいことだ、と。それはわたしにもわかっている。もしかすると、さらにこんなことも付け足すかもしれない。彼女を愛さずにいられるなんて、いや、少なくとも彼女の愛を大切にできないなんて考えられない、と。しかし、どうして考えられないのか。第一に、わたしには人を愛することができなかった。なぜなら、くどいようだが、愛するということは、わたしにとって——暴君のようにふるまい、精神的に優位に立つことを意味していたからだ。わたしはこれまで、ほかの愛のかたちは想像することもできなかったし、今ではもう、愛とは、愛されている対象から、その対象に暴君のようにふるまう権利を自発的に与えられることだと、たびたび思いこむまでになっている。わたしは地下室の夢のなかでも、愛とは闘争であるとしか考えたことがなく、憎しみからはじまって精神的な征服に終わるのがつねで、その先、この征服した相手をどうすべきかなどということは想像すらできなかった。そもそも、わたしがあそこまで自分を精神的に堕落させ、『生きた生活』[*42]から遠ざかってしまっているというのに、それが考えられないなどというのは、ちゃんちゃらおかしい。ついさっきだって、彼女がわたしのアパートを訪ねてきたのは、「憐れみの言葉」を聞きたいがためだとか言って彼女を責め、辱めてやろうとまで思いたったのだ。ところが、彼女が訪てきたのは、「憐れみの言葉」を聞くためなんかではまったくなくて、わたしを愛するためだった、なぜなら、女性にとっては、愛のなかにこそ復活のすべてが、それがどんなたぐいの破滅であれ、そこからの救いと、更生のすべてがひそんでいるからなのであり、それ以外のかたちではけっして現れえないからである。そのことにわたし自身の理解がおよばなかった。もっとも、わたしは部屋のなかをまわり、仕切り板の隙間から彼女の様子をうかがっていたときはもう、さほど彼女のことを憎んではいなかった。わたしはたんに、彼女がここにいるということが耐えがたいほど辛かっただけである。わたしは彼女に消えてほしかった。わたしは『安心』を望み、ひとりで地下室に留まることを願っていた。不慣れなこともあるが、わたしは『生きた生活』に、息をすることさえ苦しくなるほど押しつぶされていたのだ。

だが、それからさらに数分が過ぎても、彼女は依然として、忘我状態にあるかのように起きあがろうとしなかった。わたしは思いきって仕切り板を軽くノックし、注意をうながした……彼女はぴくりと体を震わせると急に体を起こし、まるでわたしから逃れようとでもするように、あわててスカーフや帽子や外套を探しはじめた……二分ほどして彼女はゆっくりと仕切り板のむこうから姿を現し、重苦しい目でわたしを見やった。わたしは意地の悪い含み笑いをもらした。もっとも、それは無理にこしらえた愛想笑いだった。わたしはそのまま彼女の視線を避け、顔をそむけてしまった。

「さようなら」ドアのほうにむかいながら、彼女ははっきりとつぶやいた。

わたしはいきなり彼女に駆けより、その手をつかみ、むりやり押しひらいて、押しこんだ……そしてまたその手のひらを閉じさせた。それからすぐに顔をそむけると、いそいで部屋のむこうの隅に飛びのいた。なんとかそれを見ないですますために……

わたしは今、危うく嘘をつくところだった。――自分は、われを忘れ、すっかり動転してああいう馬鹿げたまねをしでかしたのだ、と書くところだった。しかし、今さら嘘などつきたくない、だから率直に述べる。わたしが彼女の手を押しひらき、それを握らせたのは……悪意からだった。そうしようという考えが頭に浮かんできたのは、わたしが部屋のなかを前へ後ろへ歩きまわっていたときで、彼女は仕切り板のむこうにすわりこんでいた。しかし、それでも、確実にこう言うことはできる。すなわち、わたしがこういう残酷な仕打ちにおよんだのは、たしかに意図してのことであったかもしれない、しかしやはり本心から出たわけではなく、わたしの馬鹿な頭のせいだったのだと。この残酷な仕打ちは、あまりにも芝居がかっていたし、頭でっかちで、いかにもわざとらしい、書物かぶれから出たものだったので、わたし自身、一分ともちこたえることができなかった。――そこで、目にするまいとして部屋の隅に飛びのき、ついには恥ずかしさと絶望にかられて、リーザのあとから駆けだした。わたしは玄関のドアを開け、耳をすました。

「リーザ！　リーザ！」階段にむかって叫んだが、それは思いきりの悪い小さな声だった……

返事はなかったが、階段の下のほうで彼女の足音が聞こえたような気がした。

「リーザ！」――さっきよりも大きな声で叫んだ。

返事はなかった。しかしその瞬間、わたしは階下に、通りに面した固いガラスのドアが、ギイと重苦しくきしりながらひらき、やがてまたギイと言いながら閉じる音を聞いた。階段を伝い、その鈍いひびきがのぼってきた。

彼女は帰ってしまった。わたしはもの思いに沈み、部屋に引きかえした。たまらなく重い気分だった。

わたしは彼女がすわっていた椅子に近いテーブルのそばに立ち、茫然と、前のほうに目をやっていた。一分あまり経ったろうか。突然全身に震えが来た。まっすぐ目の前のテーブルのうえに、わたしは見つけたのだ……ほかでもない、しわだらけの青い五ルーブル札を。ついさっきわたしが彼女の手に握らせた紙幣だった。まさしくあの紙幣だった。ほかには考えようのない紙幣だった。家にはほかにあるはずがなかった。ということは、彼女は、わたしが部屋のむかいの隅に飛びのいたその一瞬をとらえて、手のひらの紙幣をテーブルに投げだしたのだ。

どうだろう？　彼女がそうすることは予想できたはずではないか。予想できただって？　いや、ちがう。わたしはあまりにもエゴイストで、事実、あまりにも他人を軽く見ていたので、彼女がそんなことをするだろうとは想像すらしなかった。わたしとしてもこれには耐えられなかった。一瞬ののち、わたしは狂ったように身支度をはじめ、手近なものを引っかけると、彼女のあとを追って一目散に走りだした。通りに出たとき、彼女はまだ二百歩と先には進んでいないはずだった。

通りはひっそりと静まりかえっていた。雪がしんしんと降りしきり、ほとんど垂直に落ちてきて、歩道や人気のない車道にやわらかなクッションを敷きつめていった。通行人の姿はひとりもなく、物音ひとつ聞こえなかった。街灯がわびしげに、むなしくまたたいていた。わたしは十字路まで二百歩ほどの道のりを走っていき、そこで足を止めた。

《どこへ行った？　どうしてあとを追いかける？　どうして？　彼女の前に身を投げだし、大声で後悔の涙にくれるため、彼女の足に口づけして、許しを乞うためか！》できるならそうしたかった。わたしの胸はずたずたに引き裂かれていた。この瞬間を、冷静に思いだすことなど、けっしてけっしてないだろう。しかし、《なぜ？》わたしは思った。《ひょっとしたら、明日にでも彼女のことを憎みだすのではないか。ほかでもない、自分が今日、彼女の足に口づけをしたというそれだけの理由で？　はたして彼女に幸福を授けてやれるのだろうか？　今日もまた、これまで百回もくり返してきたように、あらためて自分の価値を思い知ったのではないのか？　彼女を苦しめないという保証がどこにある！》
雪のなかにたたずみ、ぼんやりとにごる霞にじっと見いりながら、こんなことを考えていた。
《いっそこのほうがいいんじゃないか、先々も、このほうがいいんじゃないか》――家に帰りついてからも、わたしはまだ空想していた。この胸のなまなましい痛みをそうした空想でかき消そうとしていた。《彼女が今、永久に屈辱の思いをいだきながら去っていったとしたら、先々、そのほうがいいんじゃないだろうか？　屈辱ってやつは――そう、あれは一種の浄化だ。あれは、いちばん鋭い痛みをともなう、病的な意識なんだ！　明日にでもおれは、彼女の魂を汚し、彼女の心をとことん痛めつけるにちがいない。でも、今のままなら、彼女のなかの屈辱の思いが消えることはけっしてないし、彼女を待ちかまえている汚辱が、たとえどんなにおぞましいものであれ、この屈辱というやつが彼女を高め、浄化してくれるかもしれない……憎しみの力……いや……ひょっとすると許しの力によってこそ……でも、だからといって、それで彼女が楽になれるとでも言うのだろうか？》
ここで、まじめな話、わたしはひとつつまらない質問を出してみようと思う。安っぽい幸福と高められた苦悩とでは、はたしてどちらがよいか、ということだ。さあ、どちらがいいか？

あの晩、胸の疼きにほとんど生きた心地もなくアパートにじっとこもりながら、わたしはそんな空想にふけっていた。あれほどの苦しみと後悔に耐えたことは一度としてない。それにしても、わたしがアパートから走りだしたとき、途中であきらめて家に引きかえしてくるかもしれないという思いにかられなかったと、はたしてだれに断言できるのか。あれ以来、わたしはリーザに会ったことはないし、彼女の噂を耳にしたこともない。それにもうひと言つけ加えておくと、当時、わたしはふさぎの虫にとりつかれ、ほとんど倒れかけていたというのに、この、屈辱と憎しみの効用にかんするくだりに長いこと悦に入っていた。

これほどの年月が経た今でも、あの一連の出来事を思い返すたびになんとも後味の悪い気分になる。思い返すたびにいやになることはいろいろあるが、しかし……もう、この『記録』そのものにけりをつけるべきではないのか？　この『記録』をつけはじめたことがそもそものまちがいだったような気もする。少なくとも、この物語を書いている間、わたしは恥ずかしいという思いをぬぐうことができなかった。してみると、これはもはや文学ではなく、懲役刑みたいなものではないか。たとえば、片隅での精神的な堕落や、環境の欠陥や、生きた現実からの遊離、地下室での見栄っぱりな憎悪といったもので、いかに自分の人生をだめにしてきたかといったことを物語ふうにだらだら話してきかせたところで、いやはや、くそ面白くもないにちがいない。小説にはヒーローが要るが、ここには、アンチヒーローたちに固有の特徴ばかりがわざと集められている。問題は、それらがよりにもよって、ひどく不快な印象を呼び起こすことだ。というのも、わたしたちはみな現実から乖離し、多かれ少なかれ足もとがふらついているからである。あまりにも乖離してしまったがために、わたしたちは、しばしばほんものの『生きた生活』に何かしら嫌悪のようなものを感じるようになり、そのため『生きた生活』について思い返すたびに自分に耐えられなくすらなっている。なにしろ、わたしたちは、ほんものの『生きた生活』をほとんど労働や勤めとみなすようになっていて、みな内心、書物にしたがったほうがいいとまで考えているからだ。だとしたら、なぜ、わたしたちは、時として這いまわったり、気まぐれを起こしたり、何かを請い願ったりするのか？　自分でもなぜかはわからない。もしも、わたしたちの勝手気ままな願いが実現したら、それこそ困った事態になるだろうに。試しに、さあ、もう少しわたしたちに自主独立心を与え、わたしたちの手を緩め、活動の輪を広げ、監視を和らげてみたまえ、そうすれば、わたしたちも……そう、これはきみたちに請けあうが、たちまちのうちにまた監視をもとめるようになる。わかっているさ。たぶん、きみたちはわたしに腹を立て、声を荒らげて、地団駄踏むだろう。「あなたのこの話は、自分ひとりのこと、地下室でのみじめな体験のことだけにしてほしい、『わたしたち全員』なんていう言い方はやめていただきたい」とね。諸君、それならそれでけっこう、わたしはべつに「わたしたち全員」ってやつで自分を正当化しているわけではない。わたし個人について言えば、自分の人生においてわたしは、きみたちが半分までも行きつく勇気をもてなかったことを、ぎりぎりの段階までつきつめただけのことだ。それなのに、きみたちは自分の臆病さを分別というふうに考えて、それでもって慰めを得ては、自分を欺いている始末だ。となると、もしかして、わたしのほうがきみたちよりはるかに「いきいき」していることになるのかもしれない。さあ、もっと目を凝らして見るがいい！　だいたい、わたしたちは、その、いきいきしたものというのが今どこで息をし、それがどんなもので、どう名づけられているか知らないではないか。わたしたちから書物を取り上げ、放りだしてみるがいい、わたしたちはたちまち混乱し、自分を見失ってしまう。どこに加わり、何を支えとするか、何を愛し、何を憎んだらよいか、何を敬い、何を軽蔑すべきか、わからなくなってしまう。わたしたちは、人間であるということすら重荷に感じている、つまり、まぎれもない、固有の肉体と血とをもった人間であることをすら。わたしたちはそれを恥じて、恥辱とみなし、なにやら前例のない人間一般になろうとしきりにねらいすましている始末なのだ。わたしたちは、死産児である、そもそも、とうの昔に、生きた父親たちから生まれるのをやめてしまい、それがますます気に入っているというわけである。それがわたしたちの好みになろうとしている。わたしたちはそのうち、なにやら思想から生まれることだって考えつくだろう。しかしもうけっこう。これ以上、『地下室』から書き送る気にはなれない……。

もっとも、この逆説家の『記録』は、ここで終わりとなったわけではない。やむにやまれず、彼はさらにその先を書き続けていった。しかし、わたしたちとしてはもう、このあたりでひと区切りつけてもよいような気がする。

## 訳註

＊1　帝政ロシア時代の官等の一つで、今日で言う係長クラスにほぼ該当する。

＊2　今日の円に換算して、およそ六百万円。

＊3　「美」と「崇高」という言葉の組み合わせは、十八世紀の美学論文に遡るもので、イギリスの哲学者ビョークの、『崇高さと美に関するわれわれの観念の起源をめぐる哲学的研究』（一七五六）や、ドイツの哲学者イマニュエル・カント（一七二四〜一八〇四）の『美と崇高の感情に関する観察』（一七六四）らの論文が知られている。一八四〇年代から六〇年代にかけて、純粋芸術の美学に対する再評価が起こったあとでは、この表現は、もはやアイロニカルなニュアンスなしでは語れなくなっていた。

＊4　レトルトは、物質を蒸留したり、乾留したりするために用いる化学実験用のガラス器具で、フラスコの口を横に倒したような形状をしている。ドストエフスキーはここで、自然の懐から生まれた「正常な人間」に対置させた「地下室人」の意識のありようを、さながらレトルトで化学的に濾過されて生まれ出た人工的なものとしてイメージしている。

＊5　フランスの哲学者、思想家として、ここではジャン＝ジャック・ルソー（一七一二〜七八）が想定されている。なお、カントは、右に記した『美と崇高の感情に関する観察』で、「わたしの誤りをルソーが正してくれた。目をくらます優越感は消えうせ、わたしは人間を尊敬することを学ぶ」と述べている。

＊6　『地下室の記録』が書かれる一八六四年の初め、ダーウィンの進化論の熱烈な擁護者として知られるトーマス・ハクスレー（一八二五〜九五）の著作『自然界における人間の位置について』（一八六三）がロシアで翻訳されたことに関連し、人類の起源をめぐる関心が急激に高まったことが知られている。

＊7　ワーゲンハイムはドイツ人で、一族が歯科医として知られ、一八六〇年代のペテルブルクには、ワー

ゲンハイム姓をもつ医師が、じつに八名、開業しており、街頭のいたるところに看板が掲げられていた。

＊8　ドストエフスキーが編集人としても活躍した二つの雑誌「ヴレーミャ（時代）」と「エポーハ（世紀）」に掲載された数多くの論文で、さかんに用いられた表現である。「土壌」と「民衆的な原理」は、ドストエフスキーが当時主張していた右派的な世界観を簡潔に言い表わしている。

＊9　フランスのボルドー地方、メドック地区の有名なワイン。一八五五年のパリ万国博覧会における公式格付けで、最高の評価を受けた。

＊10　ニコライ・ゲー（一八三一～九四）は、十九世紀のロシアを代表する画家の一人で、肖像画の巨匠。一八五〇年代の終わりから六〇年代の初めにかけてイタリアに滞在し、ナポリ、ローマ、フィレンツェと転々としたが、一八六一年に代表作の一つである「最後の晩餐」の制作にとりかかり、一八六三年にこれをペテルブルクに持ち帰ると、美術アカデミーの展覧会に出展した。この絵によってゲーは、教授の称号を獲得し、アカデミー会員に任じられた。だが、美術界での評価はまちまちで、ドストエフスキーは、歴史的なモチーフと同時代の風物をまじえるスタイルを厳しく批判し、『作家の日記』のなかで、「こじつけそのもの」「偏見に固まった考え」と表した。当時のロシアを代表する風刺作家の一人、サルトゥイコフ＝シチェドリン（一八二六～八九）が、ゲーに対して好意的な批評を寄せたため、ドストエフスキーはこれに強く反発した。

＊11　右のサルトゥイコフ＝シチェドリンが一八六三年に発表した論文集。タイトルからわかるように、そこには、独善的な判断を避け、あくまでも不偏不党の立場をとろうとする彼の作家的な信念が表明されており（「わたしが間違っている可能性も大いにある」）、その意味で、『地下室の記録』が批判の対象としたチェルヌイシェフスキーの『何をなすべきか』との論争的な意味をもっていた。

＊12　ヘンリー・トーマス・ボックル（バックル）（一八二一～六二）は、十九世紀イギリスの歴史家。主

著『イギリス文明史』（一八五七〜六二）は、『地下室の記録』が出る前の年に翻訳されているが、ドストエフスキーは、このなかで展開されている「文明の発展は、国民間の戦争の停止に導く」とする考えに疑義を突きつけた。ボックルがこの著書で、ロシアやクリミヤ戦争に言及していることから、特別な関心を抱いたとされている。

＊13　ここで言及されている「大」ナポレオンは、ナポレオン一世（一七六九〜一八二一）を、「現代の」ナポレオンは、ナポレオン三世（一八〇八〜七三）を指している。周知のとおり、両者とも、数多くの戦争を遂行した。

＊14　ドストエフスキーが『地下室の記録』を執筆当時、北アメリカでは南北戦争が起こっていた（一八六一〜六五）。

＊15　プロイセンの公国の一つシュレースヴィヒ・ホルスタインは、一七七三年から事実上、デンマークの領土となっていた。そのことが原因で、プロイセンとデンマークが二度にわたり戦火をまじえ、最終的に一八六四年に、プロイセン側が勝利を収めた。「デンマーク戦争」とも呼ばれる。

＊16　アッティラ（生年不明〜四五三年頃）は、フン族の王で、ローマ帝国の領土、イラン、ガリツィア等に破壊的な攻撃を加えた。ステンカ（ステパン）・ラージン（生年不明〜一六七一）は、十七世紀後半のロシアでの農民戦争を指導したドン・コサックで、残酷かつ峻厳をもって知られ、最後は、モスクワの赤の広場にて処刑された。ドストエフスキーがこの時期、ラージンに興味を持った理由の一つに、一八五八年にコストマーロフによる『ステンカ・ラージンの反乱』が出版されたことがある。コストマーロフはこの本で、抵抗する地主たちに、ラージンが斬首の刑を科した史実に言及している。

＊17　クレオパトラ（紀元前六九〜紀元前三〇）は、いうまでもなく、古代エジプト・プトレマイオス朝時代の女王。彼女の名前は、一八六一年以降、しばしばロシアのジャーナリズム界で言及された。ウラルの地

方都市ペルミで行われた「文学の夕べ」で、ある貴族の夫人が、プーシキン原作によるエロティックな叙事詩『エジプトの夜』に出てくるクレオパトラの「告白」を朗読し、スキャンダルを巻き起こしたのが発端である。ドストエフスキーは、この夫人の勇気を擁護した経緯があった。

＊18　フランスの啓蒙思想家ディドロ（一七一三～八四）の『ダランベールとディドロの会話』（一七六九）が典拠である。そのなかに次のような一節がある。「われわれは、触れる能力や記憶を授かった楽器である。われわれの感情は、ピアノの鍵盤であって……」。

＊19　『地下室の記録』が批判の標的としたチェルヌイシェフスキーの小説『何をなすべきか』で、主人公の一人であるヴェーラ・パーヴロヴナが見る「四番目の夢」の内容をもじっている。そこに描かれた鋼鉄と水晶による宮殿は、シャルル・フーリエが空想した共同体住居ファランステールの内容をなぞるもので、その実際のモデルとして造られたのが、一八五一年、ロンドンの万国博覧会で展示された「水晶宮」だった。

＊20　スラヴ神話に出てくる幸福をもたらす鳥。この鳥をイメージした図は存在しない。言い伝えでは、この鳥を目にしたものは、いっさい口を閉ざさなければならない、そうでないと幸福に出会えないとされていた。ドストエフスキーは、オムスク監獄に入獄中にこの神話を知ったとされ、『死の家の記録』にも言及がある。

＊21　世界七不思議の一つ。エーゲ海南東部にある古代ギリシャの町ロードスの入江に建てられたとされる太陽神ヘリオスのブロンズ像。作者は彫刻家のカレス。紀元前二八〇年に作られ、高さは三十一から三十四メートルあったと想定されている。

＊22　ドストエフスキーが『地下室の記録』を書いていた当時、ロシアのジャーナリズム界から愚弄の的となっていた文学ジャーナリスト（一七八八～一八六六）で、『物見高いエンキリディオン』という文集で、「ロードス島の巨像は、ある作家によれば、セミラミーデによって作られたとされ、またある作家は、人間

の手ではなく、自然によって建立されたと主張する」と書いていた。
＊23　ドイツの詩人でジャーナリストのハインリヒ・ハイネ（一七九七～一八五六）は、雑文集のなかの『告白』と題するエッセーに、「ルソーは『告白』のなかで、ほんとうの過失を覆い隠すためか、あるいは虚栄心からか、偽りの告白を行っている」と書いた。
＊24　詩人、作家（一八二一～一八七八）。名前および父称は、ニコライ・アレクセーエヴィチ。ドストエフスキーと同年に生まれたロシアの詩人、作家。はじめ、ロマン派的な立場に立っていたが、批評家ベリンスキーの影響を受けて体制批判の側に回った。文集の編纂、出版社の経営にも情熱を燃やし、雑誌「現代人」を主宰したほか、晩年には「祖国雑記」を買い取り、経営。代表作に叙事詩『デカブリストの妻』、『だれにロシアは住みよいか』がある。総じて、同時代の革命思想（主として、チェルヌイシェフスキーの『何をなすべきか』）に対する厳しい批判を含む『地下室の記録』だが、その第二部のエピグラフとして、ネクラーソフの詩を引用した背景には、社会主義にたいするドストエフスキーなりの考えが反映していると思われる。
＊25　ニコライ・ゴーゴリ最晩年の傑作『死せる魂』第二部に描かれる典型的な地主。
＊26　イワン・ゴンチャロフの小説『平凡物語』の登場人物で、ロマンティックな青年貴族アレクサンドルを冷徹に教えさとすリアリストの叔父。
＊27　ドイツ中部にあり、歴史的、文化的な都市のひとつとして知られる。
＊28　ドイツ最南端にある州で、スイスと国境を接する。「黒い森」の意味がある。州西部には、ドストエフスキーも訪れたことのある温泉保養地バーデンバーデンがある。
＊29　ゴーゴリの小説『狂人日記』の主人公ポープリシチンが夢みる空想上の王。
＊30　ゴーゴリの小説『ネフスキー大通り』に描かれる人物で、侮辱したドイツ人の職人に鞭で打たれた彼

は、将軍に不満をもらし、同時に参謀本部に請願書を書こうとする。

＊31　西欧派の流れを汲む十九世紀ロシアの月刊誌。二期に分かれ、とくに知られるのが二期目、すなわち一八三九年から八四年で、ドストエフスキーの初期の作品の多くがこの雑誌に掲載された。二期目の最初の編集者はクラエフスキーだが、後にネクラーソフに編集・発行権が移った。ドストエフスキーの最晩年の小説の一つ『未成年』もこの雑誌で発表された。

＊32　マンフレッドは、バイロンの劇詩『マンフレッド』の主人公の名前。この作品では、「何かしら崇高なもの」程度の意味で用いられている。人間でありながら、神々しい万能感をもつマンフレッドは、愛する人を失った悲痛な記憶を心から拭うため、精霊に「忘却」を求める。だが、それはできないことと知り、「喪失」の究極のかたちである「死」の問題に立ち向かう。この劇詩では、バイロンの哲学「世界の悲哀」が表明されている。

＊33　一八〇五年、ナポレオンがロシア・オーストリア連合軍を破った戦場。『地下室の記録』の主人公は、ここでみずからをナポレオン一世になぞらえている。

＊34　ナポレオン一世とローマ法王、ピウス七世との葛藤を念頭に置いている。ナポレオンは、一八〇九年にカトリック教会から破門されたが、その後、法王は、五年間にわたって北イタリアに幽閉され、事実上、フランス皇帝の囚人の地位に甘んじた。ピウス七世がローマに戻ったのは、一八一四年のことであった。

＊35　ナポレオン一世の誕生日、八月十五日に合わせて開催された一八〇六年のフランス帝国樹立の祝典を念頭においている。ローマにあるボルゲーゼ公園は、十八世紀の前半に創られ、さまざまな洗練優美をきわめた建物が建ち、噴水や彫像が飾られている。この時期、この土地は、ボルゲーゼ家の所有であった。ボルゲーゼ家の嫡子であるカミッロに嫁いだのが、ナポレオン一世の妹ポリーヌだった。公園内にあるボルゲーゼ美術館にあった展示品が一時期、右のような理由から、ルーブル美術館に移されたことがある。ちなみに、

コモ湖は、アルプス山脈のイタリア側に位置する、風光明媚な避暑地として知られる。
＊36　「領主権」とも訳される。中世の封建時代にしばしば見られた慣習法であり、処女である奴隷の娘たちの身は、領主に属するものとみなされた。しかし、このような権利が法的に存在した歴史的資料は見当たらない。ちなみに、一説では、ドストエフスキーの父親は、この権利を行使したとされている。なお、「移動派」の画家ワシーリー・ポレーノフには、これと同じ題名をもつ絵がある（一八七四年）。そこでは、自分の若い娘たちを連れて領主のもとを訪れる老人の姿が描かれている。
＊37　カード賭博の一種。
＊38　プーシキンの短編集『ベールキン物語』（一八三〇）に収められた「その一発」に登場する主人公。復讐に執念をもやしつづけ、物語の終盤でついに天敵に勝利する。他方、レールモントフの戯曲『仮面舞踏会』（一八三四〜三五）では、凄腕の賭博師アルベーニンとの賭けに敗れ破産したネイズヴェスヌイ（見知らぬ男）が、シルヴィオと同じタイプの人物として登場する。
＊39　「バルト海の真珠」と呼ばれる風光明媚なラトヴィア共和国の首都。十八世紀初頭の大北方戦争勃発とともにピョートル一世の軍がリガに侵攻、スウェーデンからロシアに割譲された。帝政ロシアによる支配は、第一次世界大戦時まで続き、交易都市として発展した。一九九一年、ソ連邦より独立。
＊40　ロシアの首都サンクトペテルブルクの中心に位置する広場で、文字どおりの意味は「乾草広場」。当時、駅馬車の発着場であったと同時に、十八世紀半ばに市場として整備され、乾草や薪などが売買された。広場界隈には、旅人や御者相手の売春宿がひしめいていた。
＊41　フランスの女流作家（一八〇四〜七六）。女性解放論の先駆者としても知られる。詩人ミュッセ、作曲家ショパンらと浮名を流した。一八四〇年代には、社会主義思想に共鳴し、マルクス、バクーニンらと交流するとともに、女性権利拡張を主張する多くの著作を残した。

＊42　十九世紀のジャーナリズムでさかんに用いられた用語で、とくに、スラヴ派と呼ばれる右派の思想家たちの間に流布した。ドストエフスキーがこの言葉にどのような意味を込めようとしていたかは、最晩年の小説『未成年』の主人公のセリフから明らかである。「生きた生活、それはつまり、頭でっかちの、作りものではない生活を言うのでね……それは、おそろしく単純で、ものすごくありふれているもの、毎日、毎分ごとに目に飛び込んでくるようなものを言うのさ……」。『地下室の記録』では、まさにリーザこそが、逆説家の主人公に対置された「生きた生活」のシンボルとして意味づけられている。

# 革命か、マゾヒズムか

## 1　状況

二十一世紀の現代に改めて脚光を浴びはじめたフョードル・ミハイロヴィチ・ドストエフスキー（一八二一～八一）。彼の文学が、これほどにも強い迫真性をもって現代の人々に理解され、支持されている理由とは何なのだろうか？　そもそも、ドストエフスキーがドストエフスキーである理由とはどこに潜んでいるのだろうか？

その問いに答えるには、読者であるわたしたちひとり一人が、たとえば、『罪と罰』から『カラマーゾフの兄弟』にいたる後期の代表作に虚心に立ちむかうのが最適であることは言うまでもない。しかし、ドストエフスキー文学のコアとも言うべき部分にじかに触れたいと願うむきには、まさにここに訳出した『地下室の記録』が、最良の案内役を果たしてくれるにちがいない。では、『地下室の記録』のエッセンスをひと言で言い表すとしたら、どのような表現が可能となるだろうか。

わたしはあえてこの小説を、ドストエフスキーによる「自己探究の書」と呼ぶことにする。作者みずからが、自分、いや人間とは何か、という問いをめぐってまさに限界的とも言える思索を重ねた書、現代的に言いかえるなら、まさに、自分探しの書と。

では、そもそも「自己探究」とは、何を意味するのか——。

そこで最初に述べておきたいのは、ドストエフスキーがここで書いている「地下室」とは、あくまでも人間の「意識」のメタファーであって、主人公である元八等官が引きこもった部屋は、なにも建物の地階に位置しているわけではない、ということである。何よりもまっ先に、そのことを確認しておかなくてはならない。

さて、アレクサンドル二世による「農奴解放令」の発布から三年後の一八六四年三月、ドストエフスキーは、みずからが主宰する雑誌「エポーハ（世紀）」に『地下室の記録』と題する中編小説の第一部を発表した。後にフランスの作家アンドレ・ジッド（一八六九～一九五一）が「ドストエフスキー文学を解く鍵」と呼び、今日にいたるも数多くの読者を惹きつけ、読みつがれている代表作の一つである。この小説がじっさいに書かれだすのは、発表に先立つ同年一月のことだが、構想は前年の秋口にまで遡る。ジッドの言う「鍵」がどこにあるかをしっかりと見きわめるには、ある程度、この時期の作家の伝記面に注意をはらい、その精神状態をしっかりと見ておくことが必要である。

『地下室の記録』を読むにあたって、わたしたちが念頭に置いておくべき事実がいくつかある。第一に、ドストエフスキーには、死刑を宣告された体験（一八四九年、ペトラシェフスキー事件）があり、時の皇帝ニコライ一世の恩赦によって、執行直前に流刑に減刑、シベリアの町オムスクの監獄で四年間の獄中生活を強いられている事実である。第二に、その後、彼が配属されたセミパラチンスクでの兵役生活のなかで出会った妻マリヤが結核にかかり、モスクワに移ってからその病状が極端に悪化しはじめた事実である。シベリアと中央アジアを舞台に激情的に燃えあがった恋は遠い過去のものとなって、ドストエフスキーの心にはもはや憐憫以外なにものも残されていなかった。そして第三に、兄ミハイルと発刊した雑誌「ヴレーミャ（時代）」の同人でもあったアポリナーリヤ・スースロワとの恋とその破綻――彼女とのヨーロッパ旅行のさなかに知ったルーレット賭博も、おそらくはこの小説の成立を考えるうえで無視することのできない大事なモメントとなっている（ルーレットこそは、『地下室の記録』がめざす「二二が四」、すなわち公式の否定と、運命の絶対的な力のシンボルともなりうるものだ）。さらに第四には、廃刊に追い込まれた「ヴレーミャ（時代）」に代わる新しい雑誌「エポーハ（世紀）」の刊行をめぐる一連のゴタゴタである。ドストエフスキーは『地下室の記録』を執筆するにあたって、どこまでも当局による検閲を意識しなければならなかった。

これら四つの「事実」のなかで、とりわけ重要な意味をもっているのが、アポリナーリヤ・スースロワとのヨーロッパ旅行である。『地下室の記録』には、それまでの彼の小説でははっきりと自覚されなかった発見がいくつも書きこまれているが、たとえば、地下室人が口にする「絶望の快楽」といった言葉には、このアポリナーリヤとの愛の破綻が深く影を落としていることはまちがいない。歴史学者E・H・カーを引用しよう。
「もしスースロワが恋愛を支配と残忍へのサディズム的熱情の角度から見たとすれば、ドストエフスキーの方はまた恋愛というものを、近代的術語でいえばマゾヒズム的ともいうべき、苦痛への情熱、女によって苦痛をなめさせられる喜びと考えたのである。（……）また彼女は、残虐に対する欲望と苦痛に対する欲望、すなわちサディズム的なものとマゾヒズム的なものとは、性的衝動の交互的な表われであることを彼に悟らせた」（『ドストエフスキー』松村達雄訳）
思うに、ルーレットへの情熱とこのアポリナーリヤへの愛は不可分の関係にあった。端的に言えば、破滅への意志、「運命への二重の挑戦」（コンスタンチン・モチューリスキー）である。結核に苦しむ妻マリヤに対する愛が、憐れみの情によって増幅されたシラー風の理想主義のなごりであったなら、アポリナーリヤへの愛は、カーの指摘通り、罪と苦痛、破滅への意志によって鍛えられた闘争的な性格を帯びていた。
さて、二度目のヨーロッパ旅行からロシアに戻ったドストエフスキーは、療養中の妻を見舞うためにモスクワに赴き、療養地から遅れて戻ってきた妻のマリヤと十カ月ぶりに再会を果たした。マリヤの病状は、表面上、一進一退をくり返していたが、モスクワに戻ってから悪化の一途をたどりはじめ、『地下室の記録』第一部の発表からまもない四月の中旬、ついに帰らざる人となった。妻マリヤの死は、つかのまながらも、ドストエフスキーの心に一種の浄化をもたらす結果となった。そのことを暗示する貴重なメモが、マリヤの遺体の傍らで書き記されている。

「キリストの戒律のままに人間を自分自身と同じく愛すること――それは不可能である。地上における個としての人性の法則がわれわれを縛っている。自我がさまたげとなる。しかしキリストのみがそれをよくなしえたことだが、キリストは、太古から人間がそれをめざし、また自然の法則によってめざさざるをえないでいる永遠の理想である」

「地上における個としての人性の法則」――ドストエフスキーが『地下室の記録』で徹底して追究しようとしたテーマがここにある。『地下室の記録』第二部の執筆とほぼ並行して書かれたこの文章には、『地下室の記録』そのものが根底にはらんでいるひとつの究極的な世界観が、かすかながらも暗示されているように思う。

## 2 「地下室」の仮想敵

「わたしは、病んだ人間だ」——。

世界文学に類のない、告白体による驚くべき一行で書きはじめられた『地下室の記録』は、農奴解放後、自由化の波に乗ってにわかに勢いを増しはじめた社会主義あるいはニヒリズムにたいする闘争宣言である。当時、作家の目の前にあったロシアの現実とは、アレクサンドル・ゲルツェン（一八一二〜七〇）の「飢えと放浪への解放」という言葉が示すように、「世界の終わり」をも予感させかねない恐るべき混沌を呈していた。農奴の身分をあがなった民衆は、自由の果実を手にしたいと願って、争うように都会に押し寄せ、金や資本という新しい神に翻弄されながら、極貧の生活に身を沈めていった。他方、改革の不徹底に不満を感じはじめた知識人たちは、農奴解放後の自由な空気を利用しつつ、社会主義の未来をバラ色のユートピアとして描くことで、若い知識人を革命運動へ誘導すべく企んでいた。そのような状況のなかで、かつてはユートピア社会主義にかぶれ、いまは「転回」を明らかにしているドストエフスキーは巧妙にも、みずからが批判しようとする標的を一つに絞りこんでいた。ここで言う「巧妙に」の意味については、後ほど補足することになるが、何よりも第一義的にその標的とは、新しい時代の革命家、ニコライ・チェルヌイシェフスキー（一八二八

〜八九）であり、彼が著したユートピア小説『何をなすべきか』（一八六三）である。チェルヌイシェフスキーは、その小説で、「すべての行為は利益によって説明される」「犠牲なるものはそもそも存在しない」などの言辞をとおして理性万能主義の世界観を説き、社会主義的な理想の正当性を訴えようとしていた。もっとも、この『地下室の記録』が世に出た時点で、当のチェルヌイシェフスキーはすでに逮捕され、終身刑を宣告されていたから、この小説は、図らずも、敵に追い討ちをかけるといういささか残酷な役回りを果たさざるをえなくなったことも否めない。

それはともかく、流刑地からの帰還後、右派とも左派とも一定の距離を保ち、あくまで融和的な立場をとろうとするドストエフスキーの目に、チェルヌイシェフスキーの名が新たな脅威と映ったことはいうまでもない。彼のとなえるユートピア主義が、かつて作家自身がはげしく傾倒したフーリエ主義を源に置くものだけに、思いは複雑だったろう。では、そのドストエフスキーがチェルヌイシェフスキーとの対決のために意図して作りあげた主役はどのような人物だったのか。それこそが、少なくとも表面上はもはや誰が見ても役が勝ちすぎるとしか映らない「地下室人」である。「病んだ人間」「底意地の悪い人間」とみずからを呼び、見苦しいほど〈意識の病い〉に取りつかれた四十歳の元小役人――。では、なぜ、このような人間が、社会主義への闘争宣言とも言うべき『地下室の記録』の主人公として必要だったのか。この解説が今明らかにしようとするテーマがここにある。

## 3　夢想家の〈病い〉

ドストエフスキーは、『地下室の記録』から十二年後に雑誌形式で刊行した『作家の日記』（一八七六年一月〜）で、二十代の青春時代を回顧しながら次のように述べている。

「当時わたしは手のつけられないほどの夢想家であった。（……）あたかも阿片を吸ったように、まばゆい金色《こんじき》の燃えるが如き幻想の中で、心を傾け思いをこめて、ありとあらゆることを体験した。わが生涯において、あれ以上に充実した、神聖な、そして純粋な時はなかった」（『ドストエフスキーの青春』コマローヴィチ著　中村健之介訳）

すでに五十代も半ばにさしかかった作家がみずからをふりかえる、「手のつけられないほどの夢想家」を、かりに作家の青春時代の生き写しだと仮定して、何よりも目を瞠らされるのは、それから十数年を隔てた形で描かれた「地下室人」との違いの大きさである。むろん、地下室人をそのままドストエフスキーの自画像なり分身なりととらえることは危険だし、作者自身もそのような書き方はいっさいしていない。しかし、『地下室の記録』に描かれた地下室人を完全にフィクショナルな人物として欄外にくくりだしてしまうとしたら、それもまた大きな誤りをおかすことになるだろう。事実、これまで多くの批評家が、地下室人とドストエフスキーとのある程度の親和性ないしは分身関係を想定しながら、ジッドの言う「鍵」

の意味を解き明かそうとしてきたのだから。

では、ドストエフスキーは「手のつけられないほどの夢想家」という言葉で、どのような過去の自画像を読者に伝えようとしていたのか。「夢想家」から、わたしたちはつい、アイロニーの才に欠けた、ただし心根の優しい、感傷的人間を思い浮かべがちだが、実像はけっしてそのようなものではなかった。ドストエフスキーの初期の小説に登場する人物たちを見れば、夢想家と呼ばれる一連の人物たちが、どこまでも〈意識の病い〉に苛まれた地下室人の面立ちをしていたことに気づく。たとえば、『分身』（一八四六）の主人公ゴリャートキンなどはその最たる例と呼んでよいだろう。つまり、夢想家と地下室人とは、たがいにけっして相容れない関係にあったわけではない、ということだ。しかし他方、夢想家という言葉は、現実とそれを認識する意識との閾《しきい》が未分化の状態にあることを暗示している。つまり、細分化されながらも、なおかつ一種の連続的な意識の地平で現実が認識されているということだが、逆にある意味で、この極度の〈意識の病い〉に苛まれていたからこそ、若いころのドストエフスキーは夢想家たりえたと言ってもよいのである。

ところが、二十代の夢想家と四十歳の地下室人との間には、まぎれもなく、一枚の分厚い壁が立ちはだかっていた。

二十代半ばから後半にかけてドストエフスキーは、フーリエやジョルジュ・サンドらユートピア社会主義者がとなえる「世界調和」の理想に深く傾倒していった。「世界調和」の理想は、夢想家における〈意識の病い〉を最終的に解決する何かとしての意味を帯びていた、と言おうか、彼はみずからの〈意識の病い〉を克服する手だての一つとして、この理想に出口を見いだそうとしていたと考えられる。そしてその夢想の行き着く先に、はたして何が待ち受けていたか。ほかでもない、逮捕、投獄であり、その延長上で生じた死刑宣告であり、最終的には、オムスク監獄での四年間の獄中生活、中央アジアの国境警備隊での五年近い厳しい兵役である。ドストエフスキーは、まさにみずからの夢想の犠牲となって、これほどにも過酷な試練に直面しなくてはならなかったのだ。

## 4　革命か、マゾヒズムか

十年もの空白を経て首都ペテルブルクに戻り、作家活動を再開したドストエフスキーの目に、ロシア社会の眺望は一変しているように見えた。かつて自分がいだいた理想を支えてくれるはずの現実は存在せず、理想そのものも大きく変質しかかっていた。一八六一年の「農奴解放令」後ににわかにリバイバルしはじめたユートピア社会主義も、何かしら、著しく色合いが変わってしまったように感じられた。若い世代の革命家たちは、一八四〇年代に流行したフーリエ主義から、すべてのロマンティックな色合いをはぎとり、利益第一主義の超合理主義的な考えによってそれを理論づけようとしていたからである。後年、フーリエ主義を

「キリスト教的社会主義」と呼んだドストエフスキーの理想との断絶は、もはや火を見るよりも明らかだった。ドストエフスキーはその断絶を、やがて「父」と「子」の世代の対決として認識することになるが、彼は、むろん、みずからがまぎれもなく父の世代に属することを自覚していた。『地下室の記録』について、コマローヴィチが書いている「崩れ去った四〇年代の信念を前にしての絶望」は、まさにそのことを意味していた。

もっとも、ペテルブルクへの帰還後、ドストエフスキーはしばらく、みずから積極的には反社会主義、反革命の立場をおおやけにせず、ペテルブルクの文壇や思想界を右顧左眄《うこさべん》しながら、自分がとるべき針路を正確に見きわめようとしていたふしがうかがえる。当時、超のつくほどの保守派の論客として知られ、後にドストエフスキーが多くの長編を寄稿することになる雑誌「ロシア報知」の編集者カトコフにたいする批判的な言辞がそれを物語っている。つまり、シベリア流刑という経験によっても、彼は、必ずしも、みずからの青春時代の良心の証しともいうべき「理想」を放棄しつくしていたわけではないということだろう。

そうなると、なおのこと、若い革命家たちの動向に怠りなく注意をはらわなくてはならなくなる。ただし、脛《すね》に傷をもつ身として、ドストエフスキーは、どこまでも彼らとの距離をしっかりと見定めたうえで行動を起こす必要があった。そのため、彼らにたいしてドストエフスキーがとった態度には、頭ごなしの批判といったたぐいのものではない、なにやら言い訳がましい、批判のための批判とも言うべき曖昧さが含まれるにいたった。しかしその「批判」の内側には、社会主義的な手段による現実変革よりも、よりいっそうラディカルな人間精神の探究という目的が隠されていた。では、ドストエフスキーが探究しようとした人間精神のラディカリズムとははたしてどのようなものであったのか。ひと言で言って、それは、限りない自己探究、すなわち人間が人間であることの意味、人間の自立的な意味にたいする倦むことない探究である。思えば、この探究なくして、後期の五大長編小説に描かれた世界の深みはけっして生まれなかっただろう。ドストエフスキーは、まさにこの『地下室の記録』の執筆において、第二の「創造的啓示」を受けていたのだ。すなわち、それは二十代半ばの彼が、『貧しき人々』（一八四六）の執筆を思い立った際に経験した「ネヴァ川の幻想《ヴィジエーニエ》」にも匹敵する瞬間だったと言ってよい。

倦むことのない自己探究は、まず、ごく身近な世界の否定からはじまる。地下室人は、『地下室の記録』をしたためる決心を下すにあたって、それまで二十年間つとめてきた役所を退職する。もっとも、役所勤めそのものがすでに、ある意味での「世界の否定」だった。医者嫌いの性向、役所を訪れる請願者たちに対する嫌がらせがその一例である。やがて彼の否定の矛先は、カントの言う『すべての美しくて崇高なもの』へ向かい、さらには、「直情径行型の人間」や「実践家」を新たな標的としていく。地下室人が、この「直情径行型」や「実践家」という言葉にイメージしていたのは、たとえば後の『罪と罰』の登場人物ルージンらに見られる実務家タイプだが、同時に作家は、先ほどもふれた、超合理主義的なユートピア世界を説く若い革命家たちをも念頭に置いていた。『地下室の記録』のなかで再三発せられる「諸君」や「きみたち（Вы）」の呼びかけには、何かしらあいまいかつ巧妙な仕掛けが隠されているように思える。

では、地下室人は、はたして何をもって攻撃の道具としていたのか。それこそ、人間が人間である以上、宿命的に抱えこんでいる「意識」であり、端的に「底意地の悪さ」、ロシア語で言う「ズロースチ（злость）」である。この語の意味する範囲はおそろしく広く、「意地悪」「憎しみ」「悪意」「癇癪《かんしゃく》」などと訳すこともできるが、最終的には「自尊心」「猜疑心」なども含みこんだ「意識」ないし〈意識の病い〉へとその射程を広げていく。そしてこの〈意識の病い〉が最終的にたどりつく地点とは、地下室人がみずから「絶望の快楽」と呼ぶ最終的な砦である。そしてこの砦に攻撃をしかけてくるアンチテーゼこそが、「二二が四」に象徴される利益至上の合理主義ということになる。

興味深いことに、この「絶望の快楽」は、徐々にマゾヒスティックな色あいを強めながら、ついに「歯痛」の快楽の発見に向かい、さらにはサディズムの発見（「黄金のピン」）を呼びまねく。ただし、地下室人にとって、マゾヒズム（「歯痛」）やサディズム（「黄金のピン」）の発見を自賛することが、『地下室の記録』の目的とするところではなかった。あるいは、すべての合理主義的な制度や、性善説にのっとった社会主義を批判し、「常識と科学」による人間の本質の再教育など不可能であるといった保守的な考えを展開することが目的でもなかった。地下室人による批判は、社会主義批判の枠を大きく越えて、人間の自立的な意味の探究、さらには、歴史のなかに生きる人間のアイデンティティとは何かといった問いかけへと化していた。

地下室人が、人間の自立的な意味の探究の果てにたどり着いた最後の地点とは、ありとあらゆる不条理の肯定である。そもそも、合理主義や理性、あるいは「自然の法則」が生みだしてきた歴史の現実そのものが、不条理そのものではなかったか。では、人間の自立とははたしてどのような状態を言うのか。地下室人によれば、それは、最終的に「意識の唯一の原因」である苦痛そのものを愛するというところ（すなわちマゾヒズム）に行きつき、意識のメタファーである「地下室」への籠城《ろうじょう》と、その「地下室」での無為こそが人間の自立的な意味の証しとして肯定される。結論としていささか拍子ぬけの感がしないでもないが、第一部は、少なくともそのような終わり方をしているように見える。

## 5　支配の願望

ドストエフスキーと同時代を生きる若い世代に不気味な勢いで広がりつつあった合理主義の風潮に、闘争を挑むこと、これこそが『地下室の記録』が果たそうとしていた最大の使命である。ドストエフスキーは、「一八六〇年代人」と呼ばれるニヒリストたちの虚妄をつくことで、一人の作家として自立する道を模索していた。時代は、右か左かの色分けを要求しており、その色分けを拒否して文壇を生き抜いていくことは困難だった。ドストエフスキーが天敵とみなした相手は、およそ二十年前の彼がいちどは夢みたことのある「永遠にゆるがない」「蟻塚」であり、より象徴的には、「水晶宮」である。

では、どのような戦法を用いて、この「蟻塚」や「水晶宮」と戦おうとしていたのか。くり返しになるが、当時、彼が手にすることのできた武器とは、同時代の合理主義的傾向とはおよそ相容れない人間の意識という不条理であり、意識の灼熱から生まれてくるマゾヒズムの快楽である。それらの武器は、傍目にいかにも頼りないものであったし、そもそも、戦法と呼べるものではなかった。あえて言うなら、玉砕戦法というのが正しいかもしれない。

さて、『地下室の記録』全編を通して、ドストエフスキーが地下室人について意識し続けていた一つのイメージがある。それは、自意識の病いを病んだ「鼠《ネズミ》」のイメージである。『地下室の記録』が、比喩的なトポスとして地下室への連想を誘い続けているという事実に照らして言うなら、地下室人のメタファーとしての鼠は、読者にも大いに納得できる。ここでは、地下室人の一見「一匹狼」的な行動になぞらえ、「一匹鼠」と彼を呼ぶことにするが、この一匹鼠は、人間社会の俗悪さに激しい憎悪と復讐心をいだきながら、それを素直に正当化できず、「実践家」たちから軽侮の唾《つば》を浴びせられるまま、すごすごと自分の地下室に引き返してこざるをえない。勝利は、ひたすらこのちっぽけな一匹鼠の頭と意識の彼方できらめく蜃気楼のようなものである。
『地下室の記録』第二部をお読みになったみなさんは、全体のほぼ三分の二を占めるこの部分が、どことなく演劇的な雰囲気をたたえていることに気づかれただろう。第二部をかりに芝居に置きかえるなら、この作品は、次のようになるだろう。

第一部——いささか長大な「前口上」
第二部——全三場からなる一幕ものの芝居

次に、第二部の構成を見てみよう。

第一場、Hôtel de Paris《オテル・ド・パリ》の一室
第二場、モードショップ（売春宿）
第三場、ペテルブルクの外れにある「地下室」

第一部「前口上」で展開された哲学とは、「歯痛」にも快楽はある、というテーゼに集約される。これは、基本的に、農奴解放令後のロシア社会に蔓延する成りあがり主義や拝金主義、そして農奴解放に伴う一連の改革と官僚主義化の流れのなかで浮上しはじめたキャリア

志向、さらに、若い世代にラディカルに浸透しつつあった合理主義的思考に対するアンチテーゼとなるものだった。そうした彼らの生態をできるだけグロテスクに戯画化し、客観化すべく、ドストエフスキーがその主役をになわせた相手が、「地下室人」だった。ただし、物語は、地下室人による「石の壁」へのドン・キホーテ的な挑戦で終わったわけではない。『地下室の記録』を、「わたし」の視線に重ねて読むかぎり、地下室人に対置させられた〈新しい人々〉の俗悪ぶりが強烈に印象づけられる。しかし他方、主人公の「わたし」に一定の距離を置き、少し突きはなした視点から見ると、どっちもどっちとしか表現しようのない両者の関係性が浮かびあがってくる。地下室人＝一匹鼠が、右に挙げた三つの場でとる行動の異常性はだれが見ても明らかである。「直情径行型」という言葉で彼が批判する〈新しい人々〉や「実践家」よりむしろ、彼自身のほうが何倍も、この言葉にあてはまるにちがいない。では、実践家たちへのアンチテーゼとして、地下室人の主張はどれだけ有効性を帯びているのか。そもそも彼が敵視する合理主義の根本とは何なのか。どれほど「直情径行型」の「実践家」であっても、地下室人が名づけた「二二が四」の単純な図式のなかでみながみな生きているわけではない。つまり、他者＝世界を「二二が四」として定義し、裁断することのうちに、逆に地下室人の、並外れた自我の強さと傲慢さが隠されているということだ。そこで一つ、疑問が浮かびあがってくる。すなわち、地下室人＝一匹鼠にとって、他者とははたして何なのか、という疑問である。

オテル・ド・パリでの送別パーティへの出席は、主人公の異常な心理状態に端を発していた。ズヴェルコフおよび三人の友人たちと彼の闘いに見え隠れしている構図とは、たんに日常的なルーティーンと、意識という病いを病んだ非日常的な世界の対立であり、どちらに正義があるのか、といったレベルの話ではない。地下室人の目の前に立ちはだかった四人は、第一部「地下室」で示された、まさに「石の壁」そのものに見えた。しかし、かつてペテルブルクの裏町を徘徊した地下室人に、女たらしの道楽者ズヴェルコフも含め、過去の級友たちを、「間抜け」、「ろくでなし」などと見くだし、責めたてる権利はない。地下室人の批判とは、あくまでも自らの〈優越性〉を見せつけるための戦法でしかない。そればかりか、世界は、地下室人の自我の関数にすぎず、その膨張と収縮に応じ、時としておそろしく無意味で、唾棄すべき対象に変容する。読んでほしいのは次の一行である。

「(……)それでは、あなたの健康を祈って乾杯します。ムッシュー・ズヴェルコフ。せいぜいチェルケス女をたぶらかし、祖国の敵どもを撃ち殺し(……)」

送別パーティで発せられたこの挨拶を読めば、だれもが、この一匹鼠にたいする怒りを禁じえなくなるはずだ。しかし、現実に「石の壁」は、一匹鼠のそうした死にものぐるいの抵抗などお構いなしに着々と時を刻んでいる。この挨拶の直後に、「決闘」の可能性を口走った地下室人を大笑いするフェルフィーチキンにこそ、現実と良識の一線は引かれていると考えるべきではないか。

一匹鼠の行動は、時とともに野放図さをましていく。送別パーティの席では、じつに夜の八時から十一時までの三時間、壁に沿って、時おり踵を意識的に高く鳴らしながら、「行きつ戻りつ」をくり返した。越えることのできない「石の壁」の前で、自分は「がまんにがまんをかさね」た、と地下室人は書いているが、それはむろん自嘲にすぎない。なぜなら、その三時間は、「わたしの全人生のなかでもっともみじめな、滑稽きわまる、おそろしい(……)瞬間」だったのだから。

では、地下室人＝一匹鼠が、その闘いのなかでいだいている最後の夢、最後の願望とは何なのだろうか。どのような戦利品を目あてに彼は闘いつづけているのか。それはほかでもない、「安心」である。「安心」、つまり、支配の感覚そのものである。ペテルブルクの裏町で夜遊びに現《うつつ》をぬかしながら、地下室人はついにこの、支配の感覚がもたらしてくれる「安心」だけは手に入れることができなかった。支配の欲望は、むろん、自意識という病いを抱えてこそひときわ熾烈な感覚となるはずだが、現実の生活はもとより、娼婦相手でさえ、それを満たすことはできなかった。支配するという感覚の何たるかを予感しているものの、実感としてそれは存在しない。逆に、一匹鼠の意識のなかで膨張しはじめる「石の壁」とは、まさにこの支配の感覚の甘さを堪能しきった連中のメタファーでもある。

## 6　アポロンと一匹鼠

第二部第二場で描かれる「モードショップ」の描写は、かなり思わせぶりな書き方ではじめられている。ズヴェルコフ一行に遅れること約半時間、遅くとも午前零時過ぎには地下室人はこのモードショップの客になっていた。第二部の5節と6節の間には、約二時間の微妙な時間差があり、その間、地下室人とリーザとの間で、娼婦と客としてのごく月並みな性行為がなされたことが暗示されている。

「だって、ぼくたち……さっき……ここでひとつになったくせして、その間ずっと、おたがいひと言も口きかなかったわけだし（……）」

興味深いことに、地下室人は、この無言の性交のあと、徐々にこの娼婦にたいする「支配」の快感にめざめていく（「（……）こんな若い女の気持ちひとつ、きちんと扱えなくてどうする?……」）。無言のままのセックスでは実現できなかったその感覚が、思いもかけず、言葉による「対話」のなかからふつふつと湧き起こってくる。言葉による支配――。地下室人の声は、支配の快感を得ようとする欲望に幾重にも引き裂かれはじめる。なぜなら、相手がだれであれ、優位に立ち、支配権を得ようとする行為は、地下室人が最大の持ち味とする逆説とアイロニーが、ほかならぬ自分に向けられることを意味するからだ。支配の声には、いくつもの声色がある。誘惑の声、自信の声、自尊心の声、自嘲の声――。それらがばらばらに混じりあい、徐々に不協和音を起こしはじめる。

ところが、思いもかけず、この幾重にも分裂した声が、長広舌による気分の高揚とともに次第にひとつに解けあっていく。地下室人みずからが、おのれの「演技」の見事さに魅了されていくのだ。「演技」とは、他者の声と自分の声を一体化させ、自意識の鎖をみずから解く行為にほかならず、その「演技」を通してはき出されるセリフがたとえ「嘘八百」でも、地下室人は、一個の、完結した意識体として独立できる。「憐れみの言葉」を吐く地下室人が、リーザを相手にわれを忘れて演技できるのも、まさにそれが自己分裂からの解放のプロセスだったからにほかならない（「感きわまって、わたしの喉は痙攣を起こしそうだった」）。こうして、娼婦のリーザを前に、彼は初めて「支配」の快感に酔いしれることができた。「わたしはもうだいぶ前から、自分が彼女の魂を動転させ、その心をこなごなに打ちくだいてしまったと感じていた。そのことを確信すればするほど、わたしは一刻も早く、しかもできるだけ強烈なかたちで目的を果たしたくなった」

次にドラマは、第三場に入る。舞台は、「わたし」の「地下室」――。読者は思いがけず、この「地下室」が、ほかならぬ主人公にとって、恐ろしく居心地の悪い空間であることを知らされる。本来なら、一個の他者として独立できるはずもない従僕が、すでに何年にもわたって、この孤独な一匹鼠の支配者として君臨し、彼を卑しめ、虐《しいた》げてきたからだ。

朝早くモードショップからアパートに帰った地下室人は、たちまち支配者の地位を追われ、地下室に引きこもるいつもの一匹鼠に舞い戻る。地下室人を一匹鼠へと貶《おとし》めている最大の敵は、従僕アポロンであり、彼こそは、第二の「石の壁」として立ちはだかる。といっても、アポロンは、ズヴェルコフや彼の取り巻きとは対照的に、どはずれなほど禁欲的な人物である。

「あいつは、わたしのガンであり、神がわたしに遣わした鞭だった。(……)ああ、どれほどやつを憎んでいたことか! (……)人はもう、自分を一度として疑ったことのない男を目の前にしていることを知るのだった。この男は、わたしがこれまで出会ったなかで、最高レベルのペダントであり、なおかつもっとも偉大なペダントだった。おまけに、アレクサンダー大王も顔負けと言ってよいほどの自惚《うぬぼ》れ屋だった」

地下室人によるアポロンの描写には、どこか過剰とも言えるほど誇張が施されている。問題は、彼が、「自分を一度として疑ったことのない男」と定義されていることだ。まさに「石の壁」である。しかも右に引用したくだりは、一読しただけでは、罵倒なのか、批判なのかさえわからない両義性を帯びている。「最高レベルのペダント」「アレクサンダー大王も顔負け」の「自惚れ屋」といった過剰な性格づけを行うとき、ドストエフスキーは確実にそこに何がしかの仕掛けを施している。

地下室人＝一匹鼠は、「主人であるおれの意志」を全うしようとして給与の支払い延期という手段に出た。しかし、「支配」をめぐる闘いは、結局のところ、つねに一匹鼠が破れる運命にある。ところが、興味深いことに、ドストエフスキーはなぜか、一匹鼠とアポロンをとり結ぶ奇妙な関係にも注目する。

「（……）わたしは当時、やつを追いだすことができないばかりか、まるでやつはわたしという存在とひとつに化合しているかのようだった。（……）アポロンについて言えば（……）このアパートの付属品であるかのように思えて、まる七年間も追いだすことができなかった」

一匹鼠はいつのまにか、自分を見下すアポロンの視線に同化し、主従関係も逆転して、自分のほうがかえって「そばに置いて」もらっているという感覚に親しんでいるのだ。ここにも、むろん、一匹鼠の内面にすくうマゾヒズムの影が見てとれるが、この主従関係の逆転が、『地下室の記録』に満ちあふれるカーニバル的な感覚の源であることは言うまでもない。

従僕アポロンに対してさえ「主人」にも「支配者」にもなれない焦りは、リーザの訪問にたいするセンチメンタルな期待が強まるにつれ、一匹鼠を絶望へと駆り立てていく。アポロンとの激烈な闘いのさなかのリーザの登場は、この小説の最大の読みどころだろう。

主人公の地下室人とリーザの関係は、あくまで、アポロンを含めた三角関係のなかで把握する必要がある。

「リーザがいなければ、こんなことは何も起こらずにすんだんだ！」

リーザの訪問を恐れる気持ちは、たんに、モードショップでつかのまながらヒーローを演じた自分の、物乞いとも思われそうな惨憺たる実生活を覗かれる恐怖にのみ由来しているわけではなかった。地下室人は、リーザが地下室の闖入者として登場することを予感している。つまり、リーザは、地下室人のアイデンティティである「意識の病い」の殺戮者として意味づけられているのだ。逆にリーザの使命とは、ほかでもない、地下室に「生きた生活」を吹き込むことにあった。「生きた生活」は、最終的に『美しくて崇高なもの』の世界に通じている。近い将来、リーザとの間に生じかねない親密な関係は、地下室人としての敗北を意味するだろう。そうした彼が、みずから支配権を取り戻すためにうって出た行為こそ、ほとんど暴力に近いセックスだった。そのセックスは、モードショップでのそれとは比較にならない恍惚感を伴っていた。なぜなら、それはたんなる欲望のはけ口ではなく、彼にとって「愛する」ということの意味とその残酷なメカニズムの、原初的な確認を意味していたからである。

「愛するということは、わたしにとって――暴君のようにふるまい、精神的に優位に立つことを意味していた（……）」

では、いったい地下室人＝一匹鼠にとって、真の闘争相手とはだれであったのか。

結びは、従僕アポロンにならって、いささか「ペダント」的な解説になる。

そもそも、地下室人の従僕に、なぜ、ギリシア神話の神の名前がつけられているのか。従僕のアポロンはなぜ、聖書の詩篇を毎夜、念仏のように朗唱する頑固一徹な男として、一匹鼠の抑圧者として、描かれなくてはならなかったのか。答えは、おそらく、「光明神」としてのアポロンの系譜をたどっていくだけではわからない。

周知のとおり、アポロン神とは、本来、予言と牧畜、音楽、弓矢の神とされるオリュンポス十二神の一柱である。アポロン像の台座を飾ったのはしばしばトカゲや鼠だった（トカゲは、鼠を食する動物としてイメージされていた）。また、ロシア語の「ムイシ（鼠）」(мышь)が、ラテン語の「ムーサ」(musa) に似た響きをもち、アポロンの随伴者であるムーザ（詩の女神）と響きかわしていることも、アポロン神と鼠の親和性をよく表している。つまり、アポロン神と鼠は、古来、不即不離の関係にあったと考えていい。しかし、アポロン神には、もう一つ、影の顔があった。それはすなわち、人間を一瞬にして即死させる金の矢を武器とする厄病神としての顔、「遠矢射るアポロン」の顔である。トロイ戦争においてアポロン神は、トロイ軍に加勢し、厄病神としてギリシア軍に多くの禍《わざわい》をもたらした。しかも、「鼠の王」の別名をもつアポロン神は、まさに鼠の支配者として、みずからの敵に大量の鼠を放つことで敵の間に疫病を伝染させ、滅亡させたとされる。つまり、従僕アポロンと地下室人＝一匹鼠の不即不離の関係はまさに、こちらの影の部分に別の起源をもっていたのである。一匹鼠が、アポロンにむかって吐きかける罵声、たとえば、「ガン」(язва)、「首切り人」(палач)といった比喩には、それなりに文学的なコンテクストが隠されていることがわかる。

結論を急ごう。厄病神アポロンに「従僕」として仕える一匹鼠の比喩を、ドストエフスキーは、けっして自虐の意味でのみ捉えていたわけではない。鼠が、古来、芸術の神として不屈の生命力が与えられていたことは、ギリシア神話やスラヴ神話のなかに脈々と語りつがれている。ドストエフスキーは、アパートから従僕アポロンをついに追い払った一匹鼠の勝利の賛歌として、この『地下室の記録』第二部をつづった。地下室人＝一匹鼠は、アポロンとの決別を経てはじめて、一個の思想家として自立できたのだとも言える。

がしかし、この結論に、いくらか誇張があることを認めなくてはならない。アパートを出た従僕アポロンは、その後、得意な詩篇朗読の技術を生かし、葬儀屋の手伝いのような仕事に携わることになるが、その一方で、「ネズミ退治」と「靴墨」作りに勤《いそ》しんでいるともいう。『地下室の記録』全編に満ちあふれる悲劇的とも言うべき自意識のパトスのなかに、こんな洒落《しゃれ》たディテールをさしはさむドストエフスキーのしたたかさを思うと、『地下室の記録』をめぐるいかなる結論も嘘くさく見えてくる。

## 7　もう一つの水晶宮、またはキリスト幻想

さて、『地下室の記録』を読み終えた読者は、そもそも第一部「地下室」と第二部「ぼたん雪にちなんで」の間にどのような関係性があるのか、いぶかしい思いに打たれるにちがい

ない。第一部における「わたし」と、第二部に描かれた「わたし」の間には、じつに十六年の隔たりがある。はたして両者は、同じ人物か、とさえ疑った読者も少なくないはずである。

第一部の「わたし」に比較すると、第二部、十六年前の「わたし」は、幼馴染みの友人に嚙みつき、毒舌と皮肉を浴びせ、いたいけな娼婦リーザを相手に破廉恥きわまりないエゴをぶつけながら、その精神の底には、『美しくて崇高なもの』への信仰が息づいている。ところが、第一部の「わたし」にとって、それはすでに遠い記憶に変じ、彼自身が恐るべき「意識」の権化と化している。「地下室」での蟄居が、まぎれもなく彼の「病い」を悪化させるものであったことは明らかである。第一部から第二部への話の流れは、テーゼとその実践といった帰結をなしてはおらず、むしろ第二部に記された実践ののちに、第一部のテーゼが形成されたと考えてよいかもしれない。逆にその意味で、「ぼたん雪」のイメージを環として紡ぎだされた第二部の話は、原点への遡行としての意味を帯びている。では、現在のこの地下室人の精神に、リーザとの経験はどのような痕跡を残しているのか、と問うなら、おそらくはだれもが答えに窮するはずである。逆にそれぐらい、第一部と第二部の関係は、テーゼとその実践という話の流れとして読んだほうが、読者の心にすんなり入ってくる、端的に言えば、意識という〈病い〉をかさにきて、「直情径行型」や「実践家」たちに猛攻撃を浴びせてきた地下室人にたいする一種の裁き、という話の流れである。地下室人は、同時代のニヒリストたちへの批判者として登場しながら、同時にまた、『美しくて崇高なるもの』にたいする反逆者としての顔ももつ。「石の壁」にたいする批判がここまで辛辣になると、地下室人はあたかも、同時代のニヒリストたちと足場を同じくしているようにさえ見えてくる。ことによると、地下室人は、二枚舌の持ち主なのではないか……

ここで再び問わなくてはならない。

では、この地下室人の引きこもりと果てしもない「おしゃべり」の向こうに見えるものとは何なのか？　革命かマゾヒズムか、という二分法ははたしてどこまで有効なのか。そもそも、地下室人がめざしている最終の地点はどこにあるのか。絶対的とも言える孤独に引きこもる地下室人は、どこまでも否定そのものの存在として留まり続けるのか。

いや、問いの形式そのものを変えてみよう。地下室人にとって、否定以外にめざすべき地平は存在しないのか。少なくとも、わたしたち一般の読者の目にその地平は見えない。地下室人のラディカルな否定の精神のみが眼前に迫って来る。しかし、否定ではなく、肯定の胚芽とでも言うべきものが、『地下室の記録』には確実に書き記されていた。もっとも、この問題を考えるには、少し視点を変え、まず当時の検閲とのせめぎあいのなかでこの小説が迫られた一つの決断に思いを馳せなくてはならない。答えのヒントは、この『記録』が世に出てまもなく、ドストエフスキーが兄のミハイルに宛てて書いた手紙の一節にある。

「ぼくの作品についても苦情を言います、おそるべき誤植ですし、最後の一つ手前の章（あれは思想そのものが表現されている、もっとも重要な章なのです）などは、あんなふうにされるくらいなら、全然載せないほうがましです。なにしろ文章がさんざん削られ、意味が矛盾してしまっているのですから。でも、どうしようもありません！　検閲の連中は豚みたいなやからで、ぼくがこれ見よがしにあらゆるものを嘲笑し、時には神を冒瀆しているのに、そんなところは通して、そうしたすべてのことから信仰とキリストの必要性を帰結している箇所は、削っているんですから。まったくどういうことでしょうか。検閲の連中は、政府にたいする陰謀でも企てているんでしょうか？」（傍点引用者）

　残念ながら、検閲によって削除された部分は、その後もついに復元されることなく、わたしたち後世の読者には永遠に目隠しされる結果となった。問題は、ドストエフスキーが手紙に書いている「最後の一つ手前の章」すなわち第一部10節にある。それこそは、検閲の手が伸びた部分である。では、この10節のどの部分に、作家の「思想そのもの」と「信仰とキリストの必要」は書きこまれていたのだろうか。

　読者のみなさんには、もう一度、第一部10節を開いていただかなくてはならない。その冒頭は次のように書かれている。

「きみたちは、永久に壊れることのない水晶宮を、つまり、こっそりとあかんべえしたり、ざまあみろのしぐさをすることもままならない、そんな建物を信じておられる」

　そして作者は次のように続ける。かりにここに宮殿ではなく、鶏小屋があったとして、たまたま雨が降りだしたとしたら、「わたし」は、雨に濡れるのを避けるために、その鶏小屋に駆けこむことにする。しかし、かと言って、雨宿りをさせてもらえたことに恩義を感じ、その鶏小屋を宮殿とみなしたりするようなことはしない。この主張にたいして地下室人は、この場合、鶏小屋だろうと、邸宅だろうと大差ないではないか、との反論を想定し、次のように答える。すなわち、人間は、雨に濡れないためだけに生きているわけではないので、鶏小屋と邸宅との間には歴然たる違いがある。しかも、邸宅に住むことが地下室人たる「わたし」の選択であり、願望であるのだと。もし、その欲望を骨ぬきにしたいとお思いになるなら、「別のものでわたしの気を惹いてくれ。ほかの理想をわたしにあてがってくれ」と書くのである。地下室人は、ここで「ほかの理想」に言及しており、話題が、それまで読者が抱いてきた「水晶宮」のイメージといくぶんズレをきたしていることに気づかれるはずである。そのズレは、次の一行にいたって決定的となる。

「たとえ、水晶宮がただの蜃気楼で、自然の法則からするとありうるはずのないもので、わたし自身の愚かさの結果として、わたしたちの世代にありがちな、ある種の古臭い、不合理な習慣の結果でっちあげられたものだとしてもかまわない。水晶宮が、およそこの世にありうべくもないものだとしても、わたしには何の関係もない。水晶宮が、わたしの欲望のなかに存在しようと、というか、わたしの欲望が存在している間だけ存在しているということであっても、どっちみち同じことではないか？」

ここでは、すでに、これまで地下室人が述べてきたものとは、まるで正反対の主張が展開されている。というのも、たとえば、チェルヌイシェフスキーが『何をなすべきか』でイメージした水晶宮こそは、まさに「自然の法則」から生まれでてきた一つの必然的な結果なのだ（だからこそ、地下室人は、これを否定しにかかる）。なおかつ水晶宮とは、「わたしたちの世代」（すなわち一八四〇年代人）が抱いてきた理想とはあくまでも一線を画しているものはずである。ところが、今、水晶宮は、かりにそれが「蜃気楼」であったとしても、「わたし自身の愚かさの結果」として存在していると宣言されている。つまり、一定の留保がなされてはいるが、水晶宮は「わたしたちの世代」に属しているのである。

この矛盾を、解きほぐす作業は、先ほどの述べた検閲による削除の部分を再興することなしには不可能である。言い換えると、検閲が施した削除によって、ある大事な理念への言及がすっぽり抜け落ちる結果となったということだ。ドストエフスキーがそこで言及していたのは、ほかでもない、一八六〇年代のニヒリストたちが夢みた合理主義的な楽園とは別の「水晶宮」だった。では、その新しい水晶宮には、どのような世界のイメージが託されていたのだろうか。ドストエフスキーはそこにこそ、兄ミハイルに宛てた手紙に書いた「信仰とキリストの必要性」を帰結させていたのである。

その内容について語るには、今、『記録』を執筆した当時のドストエフスキーの、極限的ともいうべき精神状態に思いを馳せるしかない。痔さらには摂護腺炎（淋病が病因）の悪化、妻マリヤの肺患の進行である。

「何かを書くことは、今は、肉体的に不可能です。文字通り――不可能なのです」（三月五日）

「妻のマリヤはすっかり衰弱してしまって、アレクサンドル・パーヴロヴィチはもう一日も保証できないと言っています。二週間以上はもう絶対にもたないでしょう。中編（『地下室の記録』）はできるだけ早く書きあげるように努力しますが、でも、書けるような状態でしょうか、――察してください」（三月二十六日）

他方、こうした困難な状況のなかで、ドストエフスキーの内部に、一種の精神的浄化とでも呼ぶべき境地が訪れつつあった。アポリナーリヤとの恋愛が破綻をきたしたことがその大きな要因となったことは、すでに述べたとおりである。おそらく彼は、妻マリヤへの裏切りを意識し、若い愛人との呪わしい性愛に深い罪の意識を覚えながら、自分をがんじがらめにする世俗的欲望からの解放を切に願っていたのではないだろうか。少なくともそうした瞬間を経験していたことはまちがいない。そしてその精神的境地は、最終的にマリヤの臨終の床で書きとめられることになった。

「キリストは、太古から人間がそれをめざし、また自然の法則によってめざさざるをえないでいる永遠の理想である」

『地下室の記録』に記されている主張の一つに、合理的目的ではとうてい説明できない、自己犠牲という問題がある。自己犠牲とは、自分の利に反すると知りつつ、他者の利を最優先して打って出る行為であり、それは、まさに合理主義者によって否定される不条理そのものである。じつのところ、『地下室の記録』は、「底意地の悪さ」の発見に発する自己探究の試みから、ついに、自己否定という新しい地平に目を向けはじめた。思うに、この自己犠牲、自己否定の精神が、自分たちの側にあるという自信なくして、これほどの合理主義批判を展開することは不可能だった。そしてこの自己犠牲と自己否定の極北としてイメージされていた人物が、イエス・キリストだったのである。マリヤの臨終のかたわらにたたずむドストエフスキーの脳裏をかすめた想念、それは、地下室人にとって永遠に届きがたい遠い夢である。「キリストの戒律のままに人間を自分自身と同じく愛する」ため、「地上における個としての人性の法則」をいかに克服していけばよいのか。『地下室の記録』の第一部「地下室」には、そうした無言の問いかけがどこまでも深く息づいていた。

では、検閲当局はなぜ、『地下室の記録』から、帝政ロシアの支配層にとっては有益なイデオロギーである「信仰とキリストの必要性」に関わる記述を削除したのだろうか。問題は、ほかでもない、水晶宮そのもののイメージにあった。アメリカの研究者J・フランクは次のように説明する。すなわち、検閲当局は、チェルヌイシェフスキーの『何をなすべきか』の刊行をめぐって演じた失態の恐怖から抜け出せず、水晶宮、即、無神論的社会主義という図式にしたがって削除を決断した、と。

むろん、疑いは残る。なぜなら、そもそも「信仰とキリストの必要性」を、もう一つの水晶宮になぞらえるというドストエフスキーの行為自体に問題がなかったろうか。ことによると、検閲当局は、逆にドストエフスキーの二枚舌の可能性を嗅ぎとっていたのではないか。

しかし、ここは百歩譲って、ドストエフスキーが兄ミハイルに書いた手紙の言葉に従い、地下室人が、自分が現に置かれている袋小路からの脱出の可能性を、「信仰とキリストの必要性」に見ていたと仮定する。しかし、その理想は、はるかに遠い予兆のようなもの、不可能な夢として明滅しているにすぎなかったし、それが、地下室人の確固たる終着点として見きわめられていたとは信じがたい。第一部の最終節が示すように、彼は、いまだ、現実社会へのはげしい呪詛の虜《とりこ》となっていることは事実であり、その地点で見いだしえていたものとは、マゾヒズムと無為という、非実際的な脱出口でしかなかった。だからこそ、『地下室の記録』は、あくまでも出発点としての書として留まり、その真の解決を、五大長編と呼ばれる晩年の傑作群に託していくのである。

本書は、文芸誌「すばる」に三回にわたって連載した翻訳に、大幅に手を加えたものである。率直な思いを述べるなら、ドストエフスキーによる原文は想像以上に難解だった。翻訳に際しては、あくまでも読みやすさを第一に考え、随時、先人の訳業を参照させていただいた。ここにお一人お一人の名前を挙げることはしないが、心からお礼を申し上げる。

最後に、雑誌連載時から、思いやりあふれるサポートを惜しまれなかった編集者の川﨑千恵子さん、また、単行本として刊行するにあたって新たに編集の労をとってくださった金関ふき子さんのお二人に、心から感謝の意を表したい。

二〇一三年一月十五日

亀山　郁夫

本作品中には、現代ではその使用について配慮すべき表現がみられます。これは作品の成立した当時の認識によるものであり、古典作品であることをふまえ、そのまま訳出しました。ご理解いただけますようにお願い申し上げます。

初出誌　「すばる」

2012年2月号
2012年5月号
2012年9月号

**亀山郁夫** Ikuo Kameyama

1949年栃木県生まれ。名古屋外国語大学長。専門はロシア文学。主な著書に『甦るフレーブニコフ』『終末と革命のロシア・ルネサンス』『破滅のマヤコフスキー』（木村彰一賞）『磔のロシア』（大佛次郎賞）『ドストエフスキー　父殺しの文学』『大審問官スターリン』『「カラマーゾフの兄弟」続編を空想する』『「罪と罰」ノート』『ドストエフスキーとの59の旅』『謎解き「悪霊」』（読売文学賞）、主な訳書にドストエフスキー『カラマーゾフの兄弟』（毎日出版文化賞）『罪と罰』『悪霊』など。

**新訳《しんやく》　地下室《ちかしつ》の記録《きろく》**

2013年 3 月31日　第1刷発行
2013年 4 月24日　第2刷発行

著　者　フョードル・ミハイロヴィチ・ドストエフスキー
訳　者　亀山郁夫《かめやまいくお》
発行者　加藤　潤
発行所　株式会社　集英社
〒101-8050　東京都千代田区一ツ橋2-5-10
電話　03(3230)6094=編集部
03(3230)6393=販売部
03(3230)6080=読者係
印刷所　大日本印刷株式会社
製本所　加藤製本株式会社

 ISBN978-4-08-773482-9 C0097